SPIRALES

ISBN : 978-2-3225-5311-2

ELEN MUZET

SPIRALES

Suspense psychologique

À celle qui m'a transmis le goût des livres.

L'enfant est un miroir de notre propre humanité,
qui nous invite à prendre soin de nous-mêmes
pour mieux prendre soin de lui.
Boris Cyrulnik

On est de son enfance comme on est d'un pays.
Antoine de Saint-Exupéry

Prologue

La douleur se matérialisa d'abord par une décharge électrique. Un sentiment d'incrédulité suivit quand il vit du sang chaud et poisseux se répandre sur ses doigts. Quelques instants plus tard, une brûlure intense embrasa son abdomen, avant de se propager dans son corps tel un écho lancinant.

Hébété, il s'effondra.

Elle le regarda tomber sans savoir comment réagir. La sueur suintait le long de sa colonne vertébrale. Sous la lueur jaunâtre du plafonnier, les ombres s'allongeaient, menaçantes.

Elle lutta pour maîtriser sa panique, hypnotisée par l'acier souillé de sang. Une pensée absurde la traversa : sur le parquet, les taches écarlates ne s'effaceraient pas !

En pleine confusion, elle recula vers la porte-fenêtre. Peut-être, tenter de s'échapper par le balcon.

Elle rejeta l'idée. Impossible ! Elle ne pouvait pas l'abandonner à sa merci. Il allait la tuer.

Comment en étaient-ils tous arrivés là ?

C'était flou, incompréhensible.

Il y avait urgence. Elles étaient en danger. Elle devait recouvrer ses esprits au plus vite ! Elle cligna des yeux pour essayer de se dégager de la sidération dans laquelle elle était plongée.

D'abord, la libérer de ses liens pendant que leur agresseur gisait au sol, peut-être hors de combat, mais rien n'était moins sûr.

Dans le silence oppressant, le temps s'étirait en une gelée visqueuse. Si elle voulait saisir sa chance, c'était maintenant.

Soudain, il se redressa, la main pressée sur son ventre, tel un personnage de série B.

Elle inspira profondément, luttant contre sa peur, cherchant à reprendre le contrôle de la situation.

Alors qu'il s'approchait d'elle, il perdit l'équilibre et s'effondra à nouveau, genoux au sol.

Terrorisée, elle recula jusqu'au mur, le souffle court. Lorsqu'il se releva dans un ultime effort, leurs regards se croisèrent. Dans ses yeux, elle lut la folie, le désespoir d'un homme qui n'a plus rien à perdre.

Il était trop tard pour appeler à l'aide.

Chapitre 1

Sur la piste qui longeait le canal de l'Ourcq, Vanessa Chevalier dépassa l'écluse de Sevran. Elle courait à petites foulées et maintenait un rythme constant. Son objectif : l'entrée du parc forestier, pour un aller-retour de dix kilomètres, soit une heure de course. Ses victoires quotidiennes alimentaient sa confiance en elle et évacuaient peu à peu la colère tapie au fond de son cœur. À dix-sept ans, Vanessa était un mélange complexe d'instabilité et d'audace. Entre l'exaltation de l'adolescence et l'angoisse de l'inconnu, elle découvrait ses propres limites.

En une semaine, la température hivernale avait chuté de dix degrés. Sous ses pas, des feuilles racornies par le gel craquaient. Le froid cinglant lui brûlait les poumons. Elle ralentit pour boire une gorgée d'eau glacée.

Le long du canal, quelques sportifs bravaient les rigueurs de la météo. Elle sourit à l'idée d'être assimilée à eux. Ses propres sensations étaient plutôt celles d'une lutte contre le vent, contre elle-même et ses démons. Ses jambes lui faisaient mal. Grandir était difficile, tant au niveau physique qu'émotionnel. Un instant, elle songea à faire demi-tour.

Son médecin lui disait souvent que l'envie d'abandonner faisait partie du processus de guérison. Elle devait affronter sa peur et sa douleur. Ne pas les nier ni les laisser la gouverner. L'activité physique était une méthode efficace pour se libérer des problèmes d'addiction.

Elle allait atteindre son but, une grande victoire pour elle. Pas question de devenir championne, elle voulait simplement être maîtresse de son existence. Un sourire illumina son visage quand elle atteignit l'entrée du parc. Courir le matin la mettait en bonne disposition pour la journée. Elle but encore quelques gorgées avant de repartir en sens inverse.

Ses pieds frappaient le chemin, en rythme avec la mélodie *Blue-Jean* et la voix hypnotique de Lana Del Rey. La musique réveillait aussi sa colère contre sa mère qui, avec ses cris et son alcoolisme, lui avait volé son enfance. Combien de fois l'avait-elle retrouvée ivre en rentrant de l'école ? Marion Chevalier sombrait et Vanessa, impuissante, assistait au naufrage. Elle avait appris à éviter sa mère et à préférer la solitude de sa chambre.

Vanessa courut encore une vingtaine de minutes. Les notes de *Born to die*[1] l'accompagnaient maintenant, comme si les paroles avaient été écrites pour elle.

Quand la musique se tut, la jeune fille s'arrêta pour observer un couple de cygnes qui glissaient sur l'eau. Encore haletante, elle atteignit la passerelle et traversa le canal pour rejoindre l'autre rive. Quelques mètres la séparaient de la rue qui menait à son foyer éducatif. Soudain, un vertige brouilla sa vue. Elle s'immobilisa pour reprendre son souffle. Un peu plus loin, une petite fille riait aux éclats dans les bras de sa mère. Vanessa songea à sa propre fille, Flora. Il était hors de question qu'elle répète le schéma maternel ! Elle refusait que sa fille la haïsse le jour où elle comprendrait pourquoi elle vivait en famille d'accueil. Elle allait se battre pour rompre le cercle vicieux et pour prouver qu'elle pouvait s'occuper d'elle.

---

1. *Born to die* est une chanson de la chanteuse américaine Lana Del Rey.

Les paroles de *Dope,* la chanson de Lady Gaga, résonnèrent dans sa tête. Elle les connaissait par cœur.

My heart would break without you
Might not awake without you [...]
I need you more than dope[1]. [...]

Parce qu'elle l'aimait plus que l'ivresse de tous les paradis artificiels.

Parce que, sans elle, son cœur se briserait.

Sa fille, sa vie, son avenir.

---

1. Extrait de la chanson *Dope*, de Lady Gaga.
Traduction : Mon cœur se briserait sans toi / Je ne pourrais pas me réveiller sans toi / [...] / J'ai besoin de toi plus que de la drogue.

Chapitre 2

Commandant Christian Le Goff

Le radio-réveil de Christian Le Goff se déclencha, branché sur la station Oui-FM, et les accords d'une guitare électrique résonnèrent dans la chambre. Il ouvrit les yeux et s'étira dans la pénombre. L'horloge LED affichait 6 h 30, une heure matinale pour un jour de repos, surtout après une nuit agitée d'insomnies. Un poids lourd sur sa poitrine, qu'il attribuait au stress, l'avait privé d'un sommeil réparateur, mais il refusa de s'en inquiéter.

Commandant à la Brigade criminelle de Paris, Le Goff se rapprochait de l'âge de la retraite. Sa hiérarchie le taquinait parfois sur le sujet, mais il n'était pas prêt à raccrocher les gants, même s'il sentait, lorsqu'il montait les escaliers qui menaient à son bureau que son corps renâclait de plus en plus. *Putain d'essoufflement !* À cinquante-six ans, il ne se considérait pas comme vieux. Hors de question de rester inactif.

Pas besoin de se raser aujourd'hui puisqu'il ne se rendait pas au « 36 ». Dans l'après-midi, il passerait chez Picard acheter des surgelés, puis chez le primeur et peut-être au nouveau club de sport du quartier pour des renseignements, car il envisageait de reprendre la boxe. Mais d'abord, une douche revigorante et un café corsé s'imposaient.

Une fois prêt, il prévoyait de se consacrer au dossier « Justine Muller ». Sa hiérarchie l'avait chargé de rouvrir l'enquête non élucidée de cette jeune fille retrouvée étranglée en 2005 dans une rue du 4ᵉ arrondissement. À son arrivée à la Crim', dix ans plus tôt, une équipe travaillait sur cette affaire dont il se souvenait parfaitement. Sa mission : reprendre le dossier, l'étudier avec un œil neuf, déconstruire les anciennes hypothèses et en formuler de nouvelles.

Justine Muller. Un nom qui tournait en boucle dans sa tête. D'après les rapports d'enquête, c'était une jeune fille qui assumait son homosexualité malgré le rejet et le harcèlement durant sa scolarité, et un père en froid avec elle depuis qu'il avait découvert qu'elle était lesbienne. En revanche, elle avait bénéficié du soutien total de sa mère. Justine aimait sortir, danser, faire la fête. Quelques semaines avant sa mort, elle avait rencontré sa petite amie dans un pub. Justine préparait un master en droit de l'homme et faisait quelques heures de bénévolat dans une association pour les jeunes LGBT rejetés par leur famille. Ses rêves, ses secrets, sa vie, autant d'éléments à réexaminer pour comprendre ce qui lui était arrivé.

Il regarda par la fenêtre. Trois étages plus bas, quelques piétons chaudement emmitouflés, parapluies ouverts, se pressaient vers la station de métro la plus proche. Paris s'éveillait lentement sous le crachin hivernal. Tout en buvant son expresso, Le Goff sortit ses dossiers et alluma son ordinateur portable.

Première étape : réexaminer les auditions, les constatations de la scène de crime et le rapport d'autopsie. Il savait que ce travail serait long et minutieux, et qu'il requerrait son entière implication. Obstiné, il suivrait sans relâche la règle de conduite « ne jamais oublier, ne jamais abandonner ».

Car, quelque part, un assassin vivait en toute impunité.

Chapitre 3

Vanessa - Samedi 12 décembre 2015

À distance, Vanessa repéra Maria, sa camarade de foyer, qui fumait sur le trottoir, tout en essayant de se réchauffer. Maria lui offrit un sourire chaleureux et lui fit un signe de la main. Avec ses cheveux crépus noués en deux chignons « pompons » au-dessus de la tête et ses mitaines rouges laissant entrevoir ses ongles manucurés multicolores, Maria était un vrai tableau de créativité. Avec de semblables ongles, Vanessa, qui rongeait les siens, aurait eu l'impression d'être déguisée !

Devant la porte de son foyer, revigorée par la froideur de l'air, Vanessa repoussa une mèche de cheveux rebelle. L'allure de Maria, vêtue d'une doudoune grenat sur un legging léopard, suscita son hilarité.

— Pourquoi tu ris ? C'est mon legging ? Il vient du Secours catholique. Avec ma doudoune, c'est vrai que c'est un peu particulier, mais je ne vais pas me geler pour la mode !

En rigolant, elle *checka*[1] avec sa copine et enchaîna :

— Bravo, ma poulette ! T'as couru combien, aujourd'hui ?

— Une dizaine de kilomètres.

— Waouh ! Sérieux ? T'es bientôt prête pour le marathon de Paris !

_____

1. Action de se saluer en cognant légèrement poing contre poing.

16

Maria aspira une bouffée de sa cigarette, puis changea de sujet :

— Des nouvelles, pour ton stage ?

— Rien encore, mais il faut que je vérifie mes mails. Sinon, je devrai postuler à d'autres endroits.

— C'est pour bosser en maison de retraite, c'est ça ? T'as pas peur que ce soit déprimant de travailler avec des vieux ?

— On verra. J'ai besoin d'un stage en Ehpad[1] pour mon cursus, et ça m'intéresse de me rendre utile. Je préfère éviter les crèches pour l'instant. J'adore les enfants, mais tant que je n'ai pas Flora avec moi, c'est trop dur. Après mon bac pro, je pourrai tenter le concours d'aide-soignante, si je trouve un truc en alternance.

— Ouais, mais ça, tu peux le faire dans les hôpitaux.

— Je verrai. J'ai encore le temps d'y réfléchir.

— En tout cas, chapeau pour tes études ! T'es une tronche !

Vanessa secoua la tête en rigolant.

— N'importe *nawak*[2] ! Et toi, toujours à fond dans ta formation d'esthéticienne ?

— Carrément ! J'ai même des projets pour ouvrir ma boutique dans le sud, plus tard, près de la mer. Le soleil me manque trop !

— Mon rayon de soleil à moi, c'est toi ! répliqua Vanessa. J'adore ton sourire et ta façon de voir les choses.

— J'ai la joie dans le sang, c'est comme ça ! Je me dis toujours que si le pire peut arriver, eh bien, le meilleur aussi, pour équilibrer la balance ! Je suis peut-être partie du mauvais pied, mais maintenant j'ai décidé d'être heureuse.

— Toi, t'es vraiment ma sœur de cœur, tu sais !

— Des sœurs de différentes couleurs, alors, hein ! se moqua gentiment la jeune fille d'origine guadeloupéenne.

— T'es bête ! La couleur, on s'en fiche, non ?

---

1. Établissement d'hébergement pour personnes âgées dépendantes.
2. Argot signifiant « n'importe quoi ».

— Grave ! rétorqua Maria. Ah, j'allais oublier : Yasmine te cherche. Ça avait l'air urgent.

— Ah d'accord, je vais la voir. À plus tard, alors.

Vanessa monta rapidement les marches menant au sas, jeta un coup d'œil à la corbeille de courrier au bureau d'accueil et salua la secrétaire avant de repartir. Dans la salle à manger, un grand sapin de Noël décoré de guirlandes lumineuses et de boules scintillantes rouges et dorées, apportait une touche de chaleur et de gaieté. Selon la tradition de la maison, le premier week-end de décembre marquait le début des festivités !

Dans le petit salon, trois filles étaient absorbées par un téléfilm de Noël et commentaient joyeusement l'action à l'écran.

Alors que Vanessa s'apprêtait à remonter dans sa chambre, Yasmine, son éducatrice, l'interpella.

— Vanessa, tu as cinq minutes, j'ai quelque chose à te dire ?

— Je peux me doucher, d'abord ?

— Ça ne sera pas long, mais je dois partir ensuite et j'ai une info importante pour toi.

— OK, j'arrive. Mais je t'avertis, je rentre de courir et je pue !

— Ce n'est pas un souci, répondit Yasmine avec un sourire amusé, habituée à l'authenticité parfois déconcertante de Vanessa.

Curieuse et un peu inquiète, la jeune fille suivit Yasmine vers son bureau.

Chapitre 4

Vanessa - Samedi 12 décembre 2015

L'éducatrice invita Vanessa à s'asseoir et attrapa une chemise d'où elle sortit un courrier. Elle s'absenta le temps d'en faire une photocopie, revint quelques secondes plus tard et la tendit à la jeune fille.

— Ton dossier évolue positivement. Suite à ton dernier entretien, la juge est favorable à ce que tu puisses récupérer la garde de Flora dans le cadre d'un foyer mère-enfant. À terme, c'est bien sûr la main levée du placement qui est visée, mais c'est trop tôt, tu comprends ? Lorsque tu quitteras notre foyer, tu auras toujours besoin d'être accompagnée, c'est normal. Mais c'est une avancée formidable, n'est-ce pas ?

— Ouf ! J'arrive pas à y croire ! C'est dans combien de temps que la juge doit valider ?

— En mai de l'année prochaine. Ensuite, il faudra tout organiser. On avisera en fonction de ton planning scolaire. L'idéal serait de trouver un foyer proche de ton lycée.

— J'ai déjà commencé à noter des adresses de centres.

— Super ! Viens me voir demain après-midi, on regardera ça tranquillement. Je ne pouvais pas garder la nouvelle pour moi, tu es d'accord ?

— J'en reviens pas !

— La juge voit tes progrès et elle sait que tu es volontaire pour t'en sortir. Elle favorise les liens enfants-parents dès lors que cela ne met pas l'enfant en danger. Et que ça ne te met pas en difficulté, non plus. D'ailleurs, ça devra sûrement attendre la fin de ton année scolaire pour que tu profites des vacances d'été pour t'adapter à ton nouveau rythme.

Vanessa sentit vibrer contre sa cuisse. Elle extirpa son téléphone de sa poche pour un rapide coup d'œil. Yasmine l'encouragea :

— Vas-y, décroche, je ne suis pas à cinq minutes près.

Vanessa activa l'appel et confirma son identité. Son visage s'illumina d'un sourire.

— Absolument, je suis toujours intéressée… Oui, je peux me rendre disponible… Un instant, je note l'adresse.

L'adolescente regarda autour d'elle, à la recherche de quelque chose pour écrire. Yasmine, toujours réactive, lui tendit un papier et un stylo. Tandis que Vanessa inscrivait l'adresse de l'Ehpad des Églantiers, l'éducatrice lui souffla un conseil :

— N'oublie pas de demander le nom de la personne que tu dois rencontrer.

La jeune fille s'enquit du nom de son contact et se fit confirmer l'heure du rendez-vous avant de raccrocher. Dans un élan de joie enfantine, elle se mit à crier en tapant des mains :

— C'est pour le stage ! C'est pour le stage !

Yasmine jeta un œil sur l'adresse notée.

— Tu as rendez-vous à l'Ehpad des Églantiers, à quelques minutes d'ici ? Fantastique, félicitations !

— Oui, jeudi après-midi, il y a une fête pour les résidents et ensuite j'aurai mon entretien. Peut-être que je commencerai la semaine suivante.

— C'est une bonne nouvelle. Cependant, cela tombe pendant les vacances scolaires. Es-tu certaine que cela ne pose pas de problème ?

— Ah mince !

— Renseigne-toi dès lundi, parles-en à tes professeurs et vois si l'accord du proviseur est possible.

— C'est ce que je vais faire. On croise les doigts. Ça serait trop bien, c'est à dix minutes ! Sinon, il faudra que je mette les bouchées doubles pour trouver un stage. Ça devient urgent, ajouta Vanessa, d'une voix légèrement éraillée.

— Eh bien, rien ne t'empêche d'envoyer de nouvelles demandes. Bon, maintenant, je dois partir. On en reparlera, d'accord ?

— Merci, Yasmine.

Alors que cette dernière la raccompagnait à la porte de son bureau, Vanessa se retourna brusquement pour l'étreindre.

— Je serais trop contente de vivre en foyer avec ma fille, mais je voudrais aussi rester avec toi et avec mes copines, ici.

— Ça va aller, ma grande, la rassura Yasmine, avec un regard maternel. Une chose après l'autre. Tu n'es pas encore partie et tu pourras revenir nous voir.

Un sourire timide éclaira le visage de l'adolescente, alors que ses yeux brillaient de larmes retenues.

— Tu vas prendre ton envol, Vanessa. C'est ce que tu attends avec impatience ! Maintenant, fonce ! Pourquoi ne pas rejoindre les filles dans le salon et fêter la nouvelle avec elles ?

Yasmine lui caressa doucement la joue, puis recula de quelques pas pour saisir une boîte de mouchoirs en papier sur son bureau.

— Tiens, ça peut toujours servir ! Aujourd'hui, on accepte que les larmes de joie, d'accord ?

Vanessa prit quelques feuilles et s'échappa en rasant les murs, espérant ne pas être vue par le groupe des résidentes qui bavardaient dans le salon. Trop tard ! Intriguées, les filles cessèrent de rire et agitèrent leurs mains en signe d'incompréhension. Yasmine les rassura rapidement avant de partir. Oui, s'engager dans une voie inconnue était générateur de stress, surtout quand cela impliquait de lâcher la main qui vous avait guidé jusque-là.

Chapitre 5

Vanessa - Samedi 12 décembre 2015

À gauche de son lit, le mur était tapissé de photos de Flora. Dès que Vanessa ouvrait les yeux, cela lui rappelait pourquoi elle se battait. On lui parlait parfois du lien à créer avec son enfant, mais l'adolescente savait que là n'était pas le problème. C'était son absence qui la rongeait.

À quinze ans, elle n'avait découvert sa grossesse qu'au quatrième mois. Les services sociaux étaient intervenus, malgré l'opposition de Mme Chevalier, et Vanessa avait été placée en foyer de l'ASE[1].

La naissance prématurée de Flora, bien avant les cours de préparation à l'accouchement, avait pris Vanessa de court. Un matin, accablée de douleurs dorsales insoutenables, elle s'était fait pipi dessus. Consciente de l'arrivée imminente du bébé, Yasmine, son éducatrice-référente, avait conduit la jeune fille à la maternité. La poche des eaux était rompue. Branle-bas de combat !

Vanessa avait accouché sans le soutien de sa mère, grande absente, comme à son habitude.

Durant toute la nuit, Yasmine s'était tenue à ses côtés. À l'aube, Flora était née. Son bébé. Un instant d'émotion intense, en dépit des circonstances. Rapidement, on la lui avait retirée. Si frêle, si vulnérable. Des soins urgents étaient nécessaires. Plus tard, dans la salle

---

1. Aide sociale à l'enfance.

de néonatalité, Vanessa avait découvert Flora entourée de machines. Elle se souvenait de sa panique. Comment allait-elle affronter tout ça ? Florian, le père de l'enfant, n'était pas venu non plus pour la soutenir.

Elle était tombée de haut, heurtée de plein fouet par la réalité. Elle ne possédait aucun ami, seulement les potes toxicos de son « amoureux ». Avec eux, comme au collège, elle se sentait toujours à part, jamais intégrée. Contrairement à la plupart des jeunes de son âge, elle aimait les bouquins, son échappatoire dans le monde où elle vivait. Pas de mobile ni d'accès à la télévision, située dans le salon où sa mère cuvait.

Vanessa avait été attirée par Florian, le *bad boy* romantique qui avait compris son mal-être, l'entraînant dans des formes d'évasion moins innocentes. Mais Florian l'acceptait, l'aimait et à ses côtés, elle se croyait en sécurité. Avec lui, la vie prenait des couleurs kaléidoscopiques.

En réalité, le jeune homme n'avait été présent que pour les fêtes et les gueules de bois. Malheureusement, cela avait suffi pour que Vanessa s'accroche à lui. Quelques mois plus tard, sous le choc de la mort de Florian par overdose, elle avait accepté l'aide matérielle et psychologique qu'on lui proposait. Elle devait remonter la pente, pour sa fille et pour elle. Par-delà les épreuves, elle s'était découvert une âme de guerrière. Pas question de laisser son enfant orpheline,

D'un bond, elle se leva. La juge était d'accord pour une admission dans un centre maternel. Incroyable ! Vanessa quitta sa chambre d'un pas décidé et se dirigea vers la salle commune où plusieurs résidentes, dont Maria, étaient rassemblées. Elle allait tout leur raconter et s'excuser pour son comportement sauvage de tout à l'heure.

— Eh, les *coupines* ! J'ai un truc à vous dire ! claironna-t-elle en entrant dans la pièce.

Des regards curieux se tournèrent vers elle.

— La juge accepte ma demande de garde pour ma fille…

— Hein ? Mais c'est fantastique ! répondit le groupe, en chœur.

Maria s'approcha d'elle et la serra dans ses bras, presque à l'étouffer.

— Bien sûr, c'est uniquement dans le cadre d'un centre maternel. Et pas avant quelques mois, compléta Vanessa entre deux éclats de rire.

Toutes les filles poussèrent des cris et la félicitèrent dans une joyeuse cacophonie.

Bientôt, ce serait un nouveau départ et Vanessa se préparait à relever le défi.

Chapitre 6

Vanessa - Jeudi 17 décembre 2015

Un sourire sur le visage, Vanessa marchait d'un pas alerte vers l'Ehpad où elle avait rendez-vous. Le proviseur lui avait donné son feu vert pour commencer pendant les vacances scolaires. Restait à obtenir le stage ! Elle s'arrêta pour fouiller dans son sac à dos, à la recherche de son paquet de tabac. Dans sa hâte, son porte-monnaie chuta sur le trottoir, suivi de sa convention de stage et de sa petite bouteille d'eau. Vanessa jura, s'accroupit et ramassa le tout. Elle finit par mettre la main sur son paquet et alluma la cigarette, un peu aplatie, qu'elle avait roulée à l'avance. L'arôme âcre et puissant lui fit tourner la tête. Un rapide coup d'œil à son téléphone lui confirma l'heure.

Le responsable des stagiaires l'attendait à 14 h 30 pour la « fête de Noël » organisée par la direction. Une façon sympa de découvrir le quotidien de l'établissement.

Vanessa prit encore le temps de quelques inspirations, puis, après avoir écrasé son mégot, sortit un petit miroir de poche pour vérifier son apparence. Un pull bleu clair et un jean noir, simples mais convenables, même si ses baskets usées avaient perdu leur couleur initiale. Pour masquer sa pâleur, elle s'était permis un maquillage discret, piqué à Maria, et une touche rosée rehaussait ses lèvres. Elle se remit en route, bien emmitouflée dans son blouson et son écharpe.

Arrivée devant le portail de l'Ehpad, Vanessa se rendit compte qu'elle avait oublié de noter le code d'accès. Elle inspecta les lieux, à la recherche d'une solution. Aucune alternative. L'enceinte était close. Finalement, elle repéra une touche en forme de cloche sur le digicode du portillon adjacent. Malgré plusieurs tentatives, personne ne répondit. Elle n'allait tout de même pas manquer son rendez-vous pour une question de code ! Elle consulta sur son mobile les appels récents et actionna le numéro de son contact, là aussi sans succès. Alors qu'elle s'apprêtait à raccrocher, une voix se fit entendre :

— Ehpad des Églantiers, bonjour.

— Bonjour, je suis Vanessa. J'ai rendez-vous avec M. Barbet, pour un stage. J'ai oublié le code.

— Très bien. Je vous ouvre. Je vous le redonnerai. Je suis à l'accueil.

Vanessa, soulagée, poussa le portillon. Au même moment, une voiture déclencha l'ouverture du grand portail. Dommage, pensa-t-elle, que le conducteur n'ait pas décidé d'arriver cinq minutes plus tôt ! Elle parvint devant la double porte vitrée en même temps que le visiteur !

— Il faut un code, expliqua celui-ci.

— Ah, ici aussi ! Mince !

— Vous venez pour quoi ?

— J'ai rendez-vous avec M. Barbet, pour un stage, répéta-t-elle.

Il tapa le code et les portes s'ouvrirent sur un sas.

Une fois le seuil de l'Ehpad franchi, l'homme lui indiqua le bureau d'accueil.

— M. Barbet ne doit pas être bien loin, ajouta-t-il. Je vais jeter un coup d'œil. Au fait, moi, c'est Lucas et je suis ergothérapeute. Bonne chance pour votre stage !

La grosse horloge murale indiquait 14 h 32 ! *Ouf !*

Moins de cinq minutes plus tard, Philippe Barbet, bonnet rouge à pompon sur la tête, se présenta à elle. C'était un homme d'une quarantaine d'années d'allure cordiale.

— Bonjour, Vanessa. Si tu veux bien me suivre dans la salle à manger. Je gère l'organisation de la fête de Noël. Ensuite, nous monterons dans mon bureau pour discuter de ton stage. Je te présenterai la cadre de santé. Si tu rejoins l'équipe, elle sera ta responsable directe. Moi, je serai ton tuteur référent.

Vanessa, un peu intimidée par ce jargon, lui emboîta le pas.

— Tu verras, nous accueillons beaucoup de stagiaires, reprit-il. Aides-soignants, infirmiers, et même des jeunes qui viennent pour des stages de découverte. Je prône le mélange des générations. La diversité, c'est la vie !

Ils pénétrèrent dans une vaste salle où les résidents, principalement des femmes, étaient assis sur des chaises disposées en rangées. Devant eux, sur une zone transformée en piste de danse, évoluaient des femmes vêtues de costumes de cow-boys.

À gauche de l'entrée, un imposant comptoir avait été dressé pour l'occasion. À l'arrière, cinq jeunes filles s'activaient, à peu près du même âge que Vanessa ; sans doute les stagiaires en question. Elles disposaient des parts de gâteau sur des assiettes.

La salle affichait une décoration festive de circonstance : tentures rouges ; guirlandes vertes, dorées, argentées ; boules de papier crépon ; branches de sapin ; nappes à l'effigie du père Noël. Philippe Barbet présenta rapidement Vanessa avant de s'éloigner. L'adolescente posa ses affaires sur un fauteuil, puis rejoignit l'arrière du comptoir, mal à l'aise, ne sachant pas vraiment ce que l'on attendait d'elle. Une brunette lui expliqua brièvement comment l'aider à préparer les assiettes pour les apporter aux résidents installés pour profiter du spectacle. Vanessa tenta de prendre la mesure de la salle. Au loin, elle aperçut Philippe Barbet. Il semblait partout à la fois. Sur la « scène », la chorégraphie se poursuivait. Principalement des femmes, qui dansaient au son d'une musique western. Bien que leur âge ne les distingue guère de l'audience des résidents, elles paraissaient en meilleure forme.

Après la danse, les « cowgirls » s'éloignèrent et la musique s'arrêta quelques minutes. Les stagiaires en profitèrent pour proposer des verres de jus de fruits à l'auditoire et pour essuyer les mains poisseuses. Philippe encouragea quelques jeunes à rejoindre un petit groupe de dames qui s'apprêtaient à chanter sur un titre qu'il annonça au micro : *Mon amant de Saint-Jean.* Après deux ou trois faux départs, la chorale entama la chanson.

Discrètement, Vanessa attrapa son téléphone dans la poche arrière de son jean et vérifia l'heure. Pas très poli, mais elle se demandait si elle allait devoir encore patienter longtemps avant son entretien. L'ambiance était sympa, mais elle n'avait pas l'esprit tranquille. Comment se projeter dans ce lieu sans savoir si elle était acceptée pour le stage ?

Soudain, une vieille dame s'approcha d'elle et lui attrapa le poignet.

— Vous sauriez à quelle heure tout cela se termine ? Après, je dois encore rentrer chez moi.

Incapable de trouver une réponse, Vanessa lui sourit d'un air gêné. Par chance, un grand barbu vêtu d'une blouse bleue les rejoignit à point nommé, une assiette de gâteaux à la main.

— Salut, moi c'est Xavier, je suis aide-soignant, se présenta-t-il à Vanessa.

Elle se sentait minuscule à côté de ce géant qui, d'une voix apaisante, s'adressa à la vieille dame :

— Madame Martin, vous devriez rester encore un peu avec nous.

— Oh, je ne voudrais pas partir trop tard, car il fait vite nuit, lui répondit-elle avec une pointe d'inquiétude.

— Rassurez-vous, je vous raccompagnerai jusqu'à chez vous, la tranquillisa-t-il.

— Ah bon, vous en êtes sûr ?

— Absolument. Nous repartirons ensemble.

— Merci. Alors, je vais profiter encore un peu, conclut Mme Martin avant de retourner s'asseoir avec une part de tarte aux poires.

Xavier engagea la conversation avec Vanessa :

— On peut se tutoyer, si ça te va.

— Oui, bien sûr.

— Je ne t'ai jamais vue. Tu es nouvelle ?

— Je suis en première Pro ASSP[1] et je viens pour un stage. M. Barbet m'a invitée à participer à la fête de Noël.

— C'est ta première expérience en Ehpad ?

— Oui.

— Eh bien, voilà, tu as déjà fait connaissance avec Mme Martin. Peux-tu rester un peu avec elle ?

Vanessa cligna des yeux.

— Je ne veux pas te mettre en difficulté, ajouta-t-il en constatant son stress. Mme Martin est adorable. Il faut juste la rassurer de temps en temps, car elle a des troubles cognitifs.

Une femme blonde arborant un badge d'infirmière avança vers eux et, sans prêter attention à Vanessa, s'adressa à son collègue. Dans le brouhaha ambiant, la jeune fille n'entendit rien, mais elle vit la soignante pointer l'autre côté de la salle. Xavier s'éloigna, laissant Vanessa gérer seule la situation. Pour se donner une contenance, l'adolescente proposa à Mme Martin de lui apporter un rafraîchissement.

— Merci. Vous habitez ici, lui demanda-t-elle en lui rendant son assiette vide ?

---

1. Préparation au bac Pro ASSP, soit Accompagnement, soins et services à la personne.

— Non, je suis en visite.

— Ah, moi aussi, répondit la résidente d'un air songeur.

Vanessa ne sut comment interpréter cette remarque, mais elle préféra ne pas insister et alla chercher un jus de fruits. Une fois de retour, elle le tendit à la vieille dame, puis s'assit à ses côtés.

***

Vers 18 h, soulagée, Vanessa sortit de la maison de retraite, sa convention signée, comme un symbole du début de sa nouvelle vie. De retour au foyer, elle préviendrait son lycée par mail qu'elle était prise pour le stage et leur enverrait un scan du document signé.

Sur le trottoir, elle s'accorda une pause cigarette. Elle l'avait bien méritée !

Dans sa poche, le vibreur la tira de ses pensées. Un coup d'œil à son téléphone… C'était sa mère. Impossible de lui parler ! Encore moins de l'écouter ! C'était trop tôt. Trop déstabilisant. Elle avait besoin de calme.

Elle refusa l'appel et plaça son téléphone en mode avion.

Chapitre 7

Car l'âme ressuscite au profond des ténèbres,
Et l'on ne redevient soi-même que la nuit.

Renée Vivien

Gaël se réveilla en sueur, hanté par son cauchemar. Son cœur battait à tout rompre, comme celui d'un enfant terrifié, perdu, seul dans la nuit.

Il jeta un bref coup d'œil à sa montre : il était une heure du matin. Il se leva et se rendit à la salle de bain prendre un calmant. Pourvu qu'il ne somnole pas trop, le lendemain, au boulot !

Dans le miroir, il scruta son visage. Ses yeux étaient troubles, ses traits tirés. Cette lutte intérieure contre ce qui lui fallait bien appeler « son ombre maléfique » lui coûtait une énergie de dingue. Une part de lui redoutait de tout détruire, de perdre le contrôle et la femme qu'il aimait.

Il se reprit. Non, c'était fini. Il avait changé. Exit sa part sombre. Il l'avait domptée et la façade sociable qu'il arborait était désormais sa vraie nature. Il avait appris à maîtriser son angoisse, cette agitation frénétique qui se muait en rage et qui lui retournait l'estomac quand elle surgissait.

Il déambula dans l'appartement et finit par s'arrêter devant la fenêtre du salon. Dehors, le monde dormait. Un peu calmé, il marcha jusqu'à la cuisine, ouvrit la porte du frigo et se servit un verre de lait. De retour dans le couloir, il jeta un œil à la chambre en travaux. Ses paupières commençaient à s'alourdir. Il retourna se coucher, près de sa compagne dont la respiration bruissait telle une vague régulière. Il tenta de synchroniser son souffle avec le sien.

Il craignait un autre cauchemar et de sombrer dans l'abîme qui avait autrefois englouti son âme.

Sa mère était morte, pour toujours.

Même s'il n'y avait pas de tombe pour faire son deuil.

Il devait se concentrer sur cette réalité pour apaiser sa frustration et sa colère.

Tout ça n'avait plus d'importance.

Il devait oublier son enfance et les actes qu'il avait commis.

Il résista à l'envie d'allumer son téléphone ; le pire moyen d'occuper son esprit s'il voulait se rendormir.

Sa compagne se blottit contre lui et la chaleur de son corps le rassura. Près d'elle, il se sentait en sécurité. Il inspira le parfum de sa peau. Elle était le meilleur de son existence. Depuis qu'elle était entrée dans sa vie, sa lumière avait chassé ses démons. Il n'avait plus rien à craindre de personne.

Chapitre 8

Commandant Christian Le Goff

De retour à son bureau à la Crim', Christophe Le Goff fut accueilli par un monceau de paperasses. Il ne s'était pourtant pas absenté longtemps. D'ailleurs, loin d'être reposé, il se sentait vaseux et agacé par cette fatigue persistante. En même temps, était-ce surprenant, vu qu'il avait passé ses congés à travailler chez lui ? Il saisit son mug de café et en but une longue gorgée.

De l'autre côté de la pièce, le téléphone sonna. Son collègue décrocha, échangea brièvement, puis se prépara à sortir, arme de service en main.

— C'est reparti, annonça-t-il. Une femme a été poignardée dans le 19ᵉ arrondissement. La victime est décédée. La deuxième DPJ[1] est déjà sur place, mais ils veulent notre avis.

— Bon courage, répondit Le Goff, dispensé de ces interventions pour se concentrer sur le dossier Justine Muller.

Son collègue se hâta de rejoindre l'équipe et quelques minutes plus tard, Le Goff entendit la sirène d'un véhicule qui quittait la Crim'.

Il se replongea dans l'analyse des clichés qui s'affichaient sur l'écran, fragments figés de l'existence de Justine : déhanchement sur une piste de danse ; poing levé dans une manifestation pour le droit

---

1. DPJ : division de la police judiciaire.

des femmes ; sourire espiègle dans une soirée karaoké ; une photo de groupe ; une autre où elle posait, le bras autour de l'épaule de sa petite amie, etc. Des dizaines de photos, telles les pièces d'un puzzle qu'il s'efforçait de reconstituer. Qui avait pu vouloir sa mort ? Un étranger ou un proche ?

Il reprit le rapport. « Mort par suffocation provoquée… ». Le drame s'était joué rapidement, le temps que la petite amie de Justine descende la rejoindre depuis sa chambre de bonne. L'individu avait étranglé la jeune fille avec son étole. Un acte apparemment gratuit. Justine avait-elle été choisie au hasard ? Ou pour quel mobile ? Sans témoin ni vidéo, les pistes étaient minces.

Le regard du commandant se posa sur une photo floue prise dans le club où Justine avait passé ses dernières heures. Il parcourut la liste des personnes interrogées : des clients, des employés, le couple de « taulières » qui dirigeait l'établissement, les musiciens. Des visages épinglés comme sur un mur et attendant d'être replacés dans un ordre logique. Tant d'histoires intimes, de sentiments, de non-dits, voire de mensonges à démêler.

Il attrapa une pochette qui contenait le registre des scellés. Sur les lunettes de Justine, le criminel avait laissé les traces de son index et de son majeur. Jusqu'à présent, ces empreintes n'avaient rien révélé. Le criminel n'était pas fiché au FAED[1].

Le Goff fut interrompu par un appel de Tiphaine, sa fille cadette, capitaine à la PJ d'Aulnay-sous-Bois. Après une brève discussion sur un dossier qu'elle traitait, la conversation s'orienta vers l'affaire Justine Muller.

— Des avancées ? demanda Tiphaine.

— J'ai l'impression de nager en eaux troubles, soupira-t-il. J'essaie de trouver les failles, les données manquantes, avant de repartir

---

1. Fichier automatisé des empreintes digitales.

à la pêche aux infos, avec l'inconvénient d'arriver dix ans trop tard. Les souvenirs s'effacent.

— Tu t'es rendu sur les lieux ?

— Pas encore, mais ça ne saurait tarder. J'ai besoin d'avoir en tête tous les éléments du dossier avant d'y aller.

— Prends soin de toi, papa, ne te perds pas trop dans cette enquête.

Elle avait deviné que c'était déjà le cas. Le père songea à leur complicité, avant de tourner ses pensées vers Claire, sa fille aînée, homosexuelle comme Justine, qui avait souffert en silence du harcèlement au lycée et s'était suicidée. Il ressentait une culpabilité profonde, ayant été trop pris par son travail pour remarquer sa détresse.

Tiphaine Le Goff, au lieu de blâmer son père, avait utilisé sa colère pour combattre le harcèlement et les violences faites aux femmes. Comme lui, elle avait choisi la voie de la police.

— Je voulais venir chez toi, pendant tes congés, mais désolée, je n'ai pas trouvé une minute.

Le Goff sourit. Ils se ressemblaient tant. Chacun conseillait régulièrement à l'autre de lever le pied, sans qu'aucun des deux ne suive les recommandations.

— Je sais ce que c'est, rétorqua-t-il. Un soir, passe sur Paris. Il y a un nouveau restau thaï en bas de chez moi que j'ai envie de tester.

— On ne change pas les habitudes ! plaisanta Tiphaine.

Leur conversation se poursuivit dans la bonne humeur, évoquant des souvenirs et des projets. Avant de raccrocher, Tiphaine posa une question.

— Dans le cadre de l'enquête sur Justine Muller, as-tu ressenti un certain… malaise au sein de la police à propos de l'homosexualité ? J'ai lu des témoignages de collègues qui doivent encore cacher qui ils sont vraiment.

— Oui, admit Le Goff. Les temps changent, mais il y a encore nombre de préjugés, surtout dans un milieu où l'on valorise la virilité. L'homophobie est quelque chose que nous devons continuellement combattre, en interne comme en externe.

— On se doit d'être à l'image de la société que l'on sert, pas en dehors d'elle, conclut Tiphaine. C'est aussi pour ça que je me suis engagée.

Après leur conversation, le commandant décida de profiter de cette interruption pour aller déjeuner. Peut-être quelques collègues seraient-ils intéressés pour l'accompagner au *Soleil d'Or*, l'un des repères privilégiés des flics du 36 lors de leurs pauses. Du moins, tant que la police judiciaire parisienne demeurait au quai des Orfèvres. Le Goff songea que le futur déménagement chamboulerait nombre d'habitudes. Enfin, pas tout de suite. Pour l'heure, il aspirait à la chaleur d'un bœuf bourguignon, l'une des spécialités de cette brasserie du boulevard du Palais.

Alors qu'il se levait et enfilait sa parka, un trouble l'envahit. Son regard s'égara vers l'arrière de son bureau où une photo posée discrètement figeait un instant de bonheur disparu avec Claire et Tiphaine. La période des fêtes leur rappelait cruellement ce qu'ils avaient perdu. Pour fuir cette douleur, lui et sa fille s'immergeaient davantage dans le travail à l'approche du Nouvel An.

Chapitre 9

Vanessa - Mercredi 23 décembre 2015

Cela faisait trois jours que Vanessa était en stage et elle n'avait pas vu le temps passer. L'adolescente monta l'escalier de service quatre à quatre. Il était presque 8 heures et elle devait encore se changer alors que l'équipe du matin était déjà en place. Elle fit un rapide détour par la machine à café pour s'éclaircir les idées. Anastasia, la cadre de santé, s'approcha d'elle pour lui donner des instructions.

— Vanessa, pourrais-tu arriver un peu plus tôt afin d'être prête à commencer le service dès 8 heures ?

— Ah, d'accord. Je l'ignorais, lui répondit Vanessa, intimidée.

— Tu es stagiaire, alors je ne veux pas trop te mettre la pression, mais autant prendre les bonnes habitudes tout de suite. Ce matin, tu vas accompagner Camille, élève infirmière. Tu la trouveras au deuxième étage. C'est une petite rousse avec des cheveux bouclés, tu ne peux pas la manquer.

Vanessa s'éclipsa pour rejoindre son poste. En sortant de l'ascenseur, elle hésita un instant sur la direction à prendre. Une jeune fille souriante aux boucles fauves et aux taches de rousseur s'approcha d'elle.

— Salut, moi c'est Camille. Anastasia m'a dit que tu m'accompagnais ce matin.

— Oui. Je suis Vanessa.

— Eh bien, c'est parti ! C'est ta première expérience en Ehpad ?

— Oui, c'est tout nouveau pour moi.

— T'en fais pas, ça peut être un peu perturbant au début, admit Camille. Les cours, c'est une chose, mais la pratique en est une autre. Ici, les matins passent très vite, entre les petits déjeuners et les toilettes. Mais je m'arrange toujours pour échanger quelques mots avec les résidents.

— Waouh ! Tu sembles passionnée par ton métier.

— J'espère être utile, même si c'est difficile, je ne vais pas te mentir. Et comme je fais ma formation d'infirmière en alternance, je suis souvent à l'Ehpad, alors je connais bien la routine.

— Je ne savais pas que c'était possible, commenta Vanessa, surprise.

— Je t'expliquerai à l'occasion, si ça t'intéresse.

Camille saisit un chariot et se dirigea vers l'une des chambres.

— Tu veux installer le petit déjeuner de Mme Leduc, Vanessa ? Rien de bien compliqué. Elle peut manger toute seule. Bonjour, madame, ajouta-t-elle en s'adressant à la vieille dame, comment ça va, aujourd'hui ? Bien dormi ?

— Ça va mieux. Enfin, j'ai toujours mes douleurs !

— Vous en avez parlé à une infirmière ? demanda Camille.

— Je crois que j'ai déjà des cachets.

— Dites-lui quand même. Avec ce temps humide et froid, ça n'arrange rien. Au fait, je vous présente Vanessa. Elle est stagiaire. Vous l'avez peut-être vue avec une de mes collègues.

— C'est bien possible, lui répondit la dame, évasive.

Camille ajusta la position du lit pour que la résidente puisse manger sans risque d'étouffement, tout en expliquant ce qu'elle faisait à Vanessa. Se tournant vers la dame, elle ajouta :

— Voilà votre compote, le pain, le beurre et la confiture. Bon appétit ! À tout à l'heure pour la toilette.

Les deux stagiaires quittèrent la chambre. En sortant, elles croisèrent un homme en pleine discussion avec la cadre de santé. Vanessa eut un mouvement de surprise quand il leur adressa un petit signe de tête.

— C'est le médecin coordonnateur de l'Ehpad, précisa Camille. Il vient deux fois par semaine et on peut l'appeler s'il y a une personne malade.

— Mais je le connais, s'exclama Vanessa. C'est mon généraliste. J'ignorais qu'il travaillait également ici.

***

Une heure et demie plus tard, Vanessa et Camille étaient de retour dans la chambre de Mme Leduc. Une fois la toilette terminée, Camille lui proposa de se coiffer toute seule. En voyant la dame chercher des yeux un objet adéquat, elle lui tendit un peigne.

— Je sais que vous aimez bien donner un mouvement précis à vos cheveux et vous êtes plus douée que moi pour cela.

La résidente s'amusa de cette remarque.

— Vous savez, j'étais coiffeuse ! C'est comme le vélo, ça ne s'oublie pas ! J'ai gardé le coup de main.

— En tout cas, vous avez de beaux cheveux, la complimenta Vanessa.

La vieille dame sourit.

— Ah, vous trouvez ? C'est gentil. Comme ça, vous êtes nouvelle ?

— Oui, je fais un stage. Vous voulez que je vous aide pour la nuque ? demanda-t-elle.

— Merci, mon petit. Vous êtes toute douce.

Camille rangea rapidement les affaires de toilette et rinça le gant avant de le mettre à sécher.

Une fois sortie, elle rassura Vanessa.

— Tu vois, tu te débrouilles très bien. Il faut parler avec les personnes. Même si elles ont des difficultés à effectuer certains mouvements, j'essaie de les aider sans les infantiliser.

Vanessa l'écoutait, songeuse. Ces personnes âgées étaient-elles finalement plus décalées que les jeunes avec qui elle zonait autrefois ? Au bout du chemin de la vie, elle découvrait des fragilités similaires. Peut-être privé d'avenir et de rêves, chacun était-il condamné à errer sans but, tel un fantôme ? Vanessa comprenait ça dans sa chair. Aujourd'hui, elle voulait apprendre à aider les autres.

Vanessa et Camille descendirent au rez-de-chaussée pour prendre une pause courte, mais bienvenue. Déjà, l'heure des repas arrivait et il faudrait accompagner les résidents qui le pouvaient à la salle à manger.

Pendant qu'elle fumait sa cigarette, Vanessa songea à une petite grand-mère silencieuse, ratatinée au fond de son fauteuil, et qui ne demandait jamais rien. Alors, qu'elle lui proposait un verre d'eau, la vieille dame avait prononcé quelques mots en fixant la fenêtre de ses yeux délavés. Des mots qui s'étaient volatilisés dans l'air, comme des paroles sans importance, mais Vanessa avait eu le temps de les entendre :

« Mon Dieu que je suis vieille. Je n'aurais jamais pensé que ça viendrait si vite. »

Vanessa en avait encore des frissons dans tout le corps. Cette femme tout effacée lui avait donné une leçon de vie. Cette femme qui, un jour, avait eu son âge. Avait-elle eu des rêves ? Été mariée ? Eu des enfants ? Quelle avait été sa vie ?

***

En fin d'après-midi, de retour au foyer, Vanessa monta directement dans sa chambre. Elle n'avait qu'une hâte : s'allonger et dormir. En quelques jours, elle avait rencontré des dizaines de personnes nouvelles et elle se sentait submergée par ces flots d'informations. Mais, au fond d'elle, elle éprouvait une certaine fierté.

Elle pendit son blouson à la patère, posa son sac à dos et retira ses chaussures. Une fois sur le lit, elle plia les bras derrière son cou et laissa échapper un soupir. Dans sa tête, des instantanés photographiques de sa journée défilaient. La silhouette d'une vieille dame promenant son cabas dans les couloirs. Une autre qui tapait sur son verre avec sa cuillère. Une troisième qui attendait des heures derrière la fenêtre. Un corps nu, une peau fripée, une main accrochée au lavabo. Un sourire édenté. Une femme obèse en fauteuil roulant, un petit sac sur les genoux.

Vanessa étouffa un bâillement. Il restait peu de temps avant le repas et elle devait faire des recherches sur les foyers mères-enfants. Le mieux était de se lever et de passer immédiatement à la douche. Elle attrapa son téléphone pour regarder l'heure et remarqua une alerte qui signalait un appel. Un numéro qu'elle connaissait par cœur et auquel elle ne répondait quasiment jamais. Elle hésitait à le bloquer définitivement, mais c'était compliqué, parce qu'elle était mineure. Et parce que c'était sa mère et que cela ne changerait jamais.

Le sentiment de culpabilité l'emporta sur sa première impulsion et elle décida d'écouter le message sur le répondeur.

« Tu as oublié mon anniversaire. Je sais que tu l'as fait exprès. Pourquoi tu me fais ça ? Tu dois venir me voir avec Flora. J'ai des droits en tant que grand-mère ! »

La voix était avinée.

Bien sûr ! Ce n'est pas comme si j'étais placée et ta petite-fille aussi ! À cause de toi ! T'as vraiment rien dans la tête !

Vanessa réfréna son envie de balancer le téléphone contre le mur !

La voix poursuivait, pâteuse : « Tu ne peux pas me priver de ma petite-fille. Je vais demander sa gar… »

Vanessa raccrocha sans même écouter la fin du message et éteignit le mobile. Elle s'enfouit sous la couette, en position fœtale. Les sanglots arrivèrent comme une lame de fond, la ramenant aux années qu'elle avait partagées avec *elle*, à s'inquiéter, puis à s'endurcir pour fuir le chaos dans lequel elle vivait. Elle étouffa ses cris dans son oreiller.

Peu à peu, les larmes se tarirent et elle s'assoupit sans même s'en rendre compte.

Chapitre 10

Vanessa - Mercredi 23 décembre 2015

L'air exhalait le parfum sucré des pâtisseries à la cassonade et au beurre. Les senteurs de chocolat chaud à la cannelle se mêlaient agréablement à l'odeur piquante de la flambée dans le poêle à bois. Comme dans les films de Noël qu'elle regardait parfois à la télé. L'image de la famille idéale : eux trois réunis dans un cocon douillet. Florian, son amour, l'adorable petite Flora et elle-même, comblée au-delà de ses espoirs les plus fous.

Un Noël féerique dans un chalet à la montagne. Une parenthèse de bonheur sucré comme elle en rêvait enfant. À l'extérieur, le jardin disparaissait sous un lourd manteau neigeux. Près d'elle, la fillette chantonnait une comptine, de sa voix de crécelle. Être maman était une clé magique qui ouvrait les portes de l'émerveillement. Elle redécouvrait la vie à travers les yeux de Flora. Calée dans son mini fauteuil d'enfant, la petite fille regardait un dessin animé.

Après le repas du réveillon, une fois la fillette endormie, ils profiteraient de la nuit tous les deux en amoureux, blottis dans le canapé, en dégustant du champagne et des macarons chocolat et au caramel beurre salé.

Décoré de guirlandes lumineuses, le sapin trônait dans la pièce à vivre. Dehors, la nuit tombée les invitait à se confiner dans la chaleur de leur foyer.

Comme un cliché devenu réalité. Le bonheur pouvait être simple, finalement.

Alors qu'elle versait le chocolat crémeux dans les bols, un tressaillement nerveux la parcourut tout entière. Flora était immobile, figée, dans son fauteuil. Les yeux vides, la peau diaphane marbrée d'ombres bleues et lilas. Vanessa se précipita vers elle, affolée. Brusquement, la fillette glissa sur le sol, telle une poupée de chiffon. Vanessa hurla et tenta de soulever le corps de son bébé, mais la tête cogna le carrelage. Elle appela Florian au secours. Son ami ne l'entendit pas, vautré dans un fauteuil, défoncé, le regard vitreux. Il n'était déjà plus là.

Malgré la panique, Vanessa réussit à porter le corps inanimé de son enfant et à l'allonger sur le canapé.

Ce qu'elle vit la glaça d'horreur.

Plantée dans son bras sans vie, une seringue vide, piquée dans sa chair fragile de petite fille. Sur sa peau violacée, une goutte de sang perlait.

***

Vanessa se réveilla en sursaut, tremblante, le cœur au bord de l'implosion. Un spasme violent la secoua, tel un coup de poing. Elle suffoquait. Instinctivement, elle porta les paumes contre sa poitrine où la douleur s'insinuait tel un serpent. Des gouttes de sueur coulaient le long de ses tempes. L'adolescente se mit à osciller d'avant en arrière, mais rien n'apaisait son angoisse.

« Au secours ! »

Elle réussit à s'extraire de son lit et à sortir de sa chambre en hurlant « Yasmine ! », avant de s'effondrer dans le couloir.

Maria fut la première à ses côtés.

— Vanessa, qu'est-ce qu'il se passe ?

La jeune fille ne répondit pas. Son cœur allait lâcher, c'était sûr.

Au secours ! Au secours !

Les mots résonnaient dans sa tête sans franchir la barrière de ses lèvres. Maria tambourina à la porte la plus proche. Une résidente ouvrit, surprise par tout ce raffut. Lorsqu'elle aperçut Vanessa sur le sol, elle comprit et partit en courant.

Deux minutes plus tard, essoufflée par les marches montées quatre à quatre, Yasmine aidait Vanessa à se placer en position latérale de sécurité.

— Maria, préviens la directrice qu'elle appelle le docteur. Vanessa fait une crise d'angoisse.

Maria tremblait, affolée.

— Elle fait une crise cardiaque, s'écria-t-elle.

— Non, calme-toi. Enfin, dépêche-toi quand même. Vanessa, tu m'entends ? Concentre-toi sur ma voix.

L'adolescente répondit dans un souffle :

— … vais mourir.

— Non ! Ne pense pas ça ! Inspire tranquillement.

En attendant l'arrivée du médecin, l'éducatrice amorça un cycle de cohérence cardiaque sur cinq temps[1].

Vanessa commença à s'apaiser tout doucement et sa respiration ralentit peu à peu.

— Il y a eu un problème, à l'Ehpad ? demanda Yasmine.

— Non, c'est… c'est Flora…

---

1. La cohérence cardiaque permet de synchroniser l'activité des systèmes nerveux sympathique et parasympathique. Cette respiration régulière apporte un apaisement du rythme cardiaque et serait ainsi une méthode de gestion du stress.

Une quinte de toux l'interrompit.

— Prends ton temps. Qu'est-ce qu'il se passe avec Flora ? s'enquit l'éducatrice d'une voix douce pour tenter de masquer son inquiétude.

— Elle… elle est en danger.

— Comment ça ? Explique-moi.

— La seringue… dans son bras… Nooon !

— C'était un cauchemar. Ta fille va bien. J'en suis certaine. J'appellerai la famille d'accueil, dès que le Dr Gabin sera là. Veux-tu aller t'allonger sur ton lit ?

Quelques secondes plus tard, Maria et la directrice les rejoignirent. Cette dernière vérifia l'état de Vanessa et annonça que le médecin arrivait, puis elle s'éloigna pour rassurer les autres résidentes qui regardaient de loin.

Avec l'aide de Maria, Yasmine releva Vanessa et elles marchèrent lentement jusqu'à la chambre de la jeune fille.

— On va continuer la cohérence cardiaque, OK ? Maria, tu veux te joindre à nous ?

Maria hocha la tête, mais l'attention de Vanessa restait focalisée sur le cauchemar qu'elle venait de faire.

— Florian était là aussi, murmura-t-elle. Et puis, y a ma mère qui m'a appelée.

— Dans ton rêve ou pour de vrai ?

— Tout à l'heure, elle m'a laissé un message. Elle me reproche toujours tout. Elle veut voir ma fille, mais je veux pas.

Yasmine la rassura :

— On en a déjà parlé. Ta mère doit trouver de l'aide médicale pour son problème d'alcool. Et pour ta fille, c'est la juge qui décide, et pour le moment, elle a pas donné son accord.

Le Dr Gabin arriva peu de temps après. Il ausculta Vanessa avec attention et lui posa des questions pour comprendre les causes de sa crise. L'adolescente lui expliqua ce qu'elle avait ressenti, cette sensation d'étouffement, de mort imminente.

— Je t'ai aperçue à l'Ehpad. Tu y es pour un stage, c'est ça ? Comment est-ce que tu te sens, là-bas ? demanda-t-il enfin.

— J'aime bien, c'est intéressant.

— Les journées doivent être éprouvantes. Tu ne te sens pas trop submergée ?

— Non, ça va. Je suis souvent avec Camille, qui est en formation d'infirmière. Elle est sympa. Elle m'explique quand je ne sais pas.

Vanessa sourit faiblement, pendant que le médecin mesurait sa pression artérielle.

— Et ta gosse, tu la vois quand ? reprit-il à l'attention de la jeune fille.

— Après-demain, pour Noël.

— Ça va te faire du bien de passer un peu de temps avec elle. Bon, pour l'instant, mets ça sous la langue, ça va te détendre, précisa-t-il en lui tendant un minuscule cachet. C'était une crise d'angoisse.

Il sortit son bloc pour rédiger une ordonnance et se tourna vers Yasmine qui se tenait debout près de la porte :

— Je viens de lui donner un anxiolytique en sublingual, expliqua le médecin. Ça risque de la faire dormir rapidement. Pour le quotidien, je lui prescris un sirop à base de passiflore, ajouta-t-il en tendant le document à l'éducatrice. On va d'abord voir avec ça.

Il souhaita une bonne nuit à l'adolescente, qui, épuisée, luttait pour rester éveillée dans l'attente de nouvelles de sa fille. Elle fit un signe de la main à son éducatrice pour qu'elle s'approche.

— Tu as eu… quelqu'un… pour Flora ? articula-t-elle avec difficulté.

— Oui, tout va bien, je t'assure. Ta fille dort. Elle est en pleine forme.

Le médecin redescendit à l'accueil avec Yasmine pour gérer la partie administrative de la visite.

— J'ai ajouté un calmant léger, à n'utiliser qu'en cas de grosse crise d'angoisse. Évidemment, si ça arrive à nouveau, appelez-moi. Sinon, ajouta-t-il, qu'elle prenne le traitement à base de plantes matin et soir. J'aimerais autant éviter que la gosse devienne dépendante aux benzodiazépines. Elle a déjà eu assez de problèmes comme ça.

Chapitre 11

Commandant Christian Le Goff

Christian Le Goff raccrocha, après avoir noté le nom de son rendez-vous, une femme de SOS Homophobie. Le commandant parcourut la page internet qui décrivait les missions de l'association, laquelle intervenait dans les milieux scolaires pour sensibiliser aux LGBTphobies[1]. Il prit soudain conscience qu'une part de lui vivait dans le déni. Contrairement à la mère de Justine Muller qui avait repris le combat de sa fille, il n'avait pas utilisé son drame personnel pour lutter activement contre l'intolérance. Il se contentait de son domaine de compétence : enquêter sur des crimes.

Alors si, même là, il échouait, à quoi servait-il ?

Il fixa la photo de Justine Muller accrochée près de son bureau. Elle aurait dû avoir toute la vie devant elle. Et la mort qui l'avait frappée n'était pas venue seule ; quelqu'un lui avait tenu la main.

Le meurtrier était-il un ancien persécuteur ou un militant anti-LGBT ?

Justine était rentrée du pub après une soirée passée avec Éloïse, sa petite amie, dont le studio se trouvait à cinq cents mètres du lieu. Selon Éloïse, qui avait découvert le corps de sa compagne, tout

---

1. Les « LGBTphobies » ou phobies anti-LGBT, désignent la peur, la méfiance, le mépris, le dégoût, le rejet ou la haine envers des personnes en raison de leur orientation sexuelle ou de leur identité de genre.

s'était joué en quelques minutes. À leur retour, elles avaient fumé un joint et Justine, euphorique, était redescendue dans la rue.

Le Goff se leva et s'approcha du cliché où la jeune fille posait devant un pub. Autour de son cou, une croix à motifs ajourés dont la chaîne s'était peut-être brisée dans la lutte. Aucune des deux n'avait été retrouvée près du corps. Disparues. Le mobile du meurtre pouvait-il être le vol ? L'autopsie n'avait révélé aucune trace de violence sexuelle.

Christian Le Goff se replongea dans les rapports d'audition. Il relisait chaque phrase avec concentration et cherchait à décrypter les non-dits. Parmi les témoignages, celui du videur du pub attira son attention. Celui-ci avait rapporté la présence d'un SDF à proximité du bar, un détail jusqu'alors négligé. À Paris, il y a tant de sans-abri. Cet homme n'avait jamais été approché pour témoigner. Une lacune. Peut-être détenait-il, sans le savoir, une information cruciale pour l'enquête. Pensif, Le Goff se gratta la tête avant de poursuivre sa lecture.

Le témoin décrivait ainsi la soirée du 17 juin 2006 : « Je suis arrivé vers 18 heures. Il faisait chaud et les gens étaient de sortie. Il y avait pas mal d'habituées. Pour le reste, une soirée tranquille. L'établissement est ouvert à tous, mais peu d'hétérosexuels le fréquentent. Je suis toujours vigilant, certains viennent par curiosité, d'autres pour se rincer l'œil. Pas d'emmerdeurs, ce soir-là. J'ai refusé l'entrée à deux jeunes un peu éméchés et qui blaguaient lourdement, mais ils n'ont pas insisté. Le SDF qui s'installe parfois sur la place aux tilleuls était présent. […] Après ça, je ne l'ai plus vu. […] »

Le commandant interrompit sa lecture et, après avoir parcouru rapidement d'autres pages du dossier, se dirigea vers le bureau du commissaire pour parler de l'enquête avec lui.

— Le témoignage du videur mentionne un SDF aperçu près du pub, la nuit du drame.

Le commissaire détourna le regard de son écran pour fixer Le Goff avec scepticisme.

— Hum ! À Paris, les SDF sont légion. En quoi cette piste te semble-t-elle pertinente ?

— Il a été repéré plusieurs fois à proximité du bar, les semaines qui ont précédé le meurtre, puis soudain, plus rien.

Le commissaire fronça les sourcils.

— Étrange, en effet. Que sait-on de lui ?

— Peu de choses. Un homme blanc, de stature moyenne, vêtu de sombre et portant une capuche.

Le commissaire se leva et se posta à la fenêtre, pensif.

— Un portrait-robot a-t-il été réalisé, au moins ?

— Non. L'homme n'était pas un suspect.

— Les sans-abri sont généralement connus des commerçants et riverains. Pas d'images de vidéosurveillance ?

— Les enquêteurs ne se sont pas vraiment intéressés à lui, reprit Le Goff. Le videur en a parlé, parce que c'est son boulot de surveiller les alentours du pub. Le gars n'était pas là en permanence et, après le meurtre, apparemment, il a disparu. Cela mérite enquête. Il a peut-être été hospitalisé. Je vais contacter l'APHP[1] et le collectif Les Morts de la rue[2].

— Peut-être un mineur ou un migrant qui aura repris la route. Renseigne-toi aussi auprès des associations qui s'occupent d'eux.

— OK. Et si… et si ce n'était pas réellement un SDF ?

Le commissaire se retourna, interloqué.

---

1. APHP : Assistance publique des hôpitaux de Paris.
2. Le Collectif Les Morts de la Rue (CMDR) regroupe une cinquantaine d'acteurs associatifs en lien permanent avec les personnes en situation de précarité.

— Tu crois qu'un individu se serait fait passer pour un sans-abri, pour rester invisible, en quelque sorte ?

— C'est plausible, non ? Il y a parfois des voyeurs autour de ce type de bar.

— Hum, c'est tiré par les cheveux. Bon, cherche à en apprendre davantage, si cela est encore possible. Revois le videur, il aura peut-être plus à dire. Cette piste semble ténue, je suis sceptique, mais au point où on en est… On ne doit rien négliger. Tiens-moi informé.

Le commandant Le Goff acquiesça avant de prendre congé. Alors qu'il retournait à son bureau, une douleur aiguë lui transperça la poitrine. Il serra les dents pour la cacher et espéra que personne n'avait perçu son malaise. Après avoir fermé la porte, il s'assit quelques minutes au calme. Heureusement, son collègue n'était pas là. Que lui arrivait-il ? Il n'avait pourtant pas fait d'effort. C'était sûrement son côté bileux qui se répercutait sur sa digestion. Pas nécessaire d'alarmer quiconque. Et hors de question qu'on le croie inapte à mener son enquête. Il but lentement quelques gorgées d'eau, puis avala un pansement gastrique et un doliprane. La douleur diminua, puis disparut quelques minutes plus tard. Voilà, ce n'était pas la peine d'en faire toute une histoire. Et il n'était pas là pour s'écouter !

Chapitre 12

Vanessa - Jeudi 24 décembre 2015

Vanessa se sentait un peu fatiguée. Sûrement la lourdeur du déjeuner. Elle décida de s'accorder une pause cigarette avant d'attaquer l'après-midi et monta chercher son tabac à rouler dans son sac à dos. À son retour, elle trouva son porte-monnaie par terre, à l'intérieur de l'armoire métallique. Mince, elle avait oublié de fermer la porte du vestiaire. En se baissant pour le ramasser, elle constata qu'il était ouvert et vide. Où était passé son billet de vingt euros ? Elle fouilla frénétiquement son sac, sans succès. Elle fixait ses affaires dispersées, quand la voix aiguë d'Anastasia la ramena à la réalité.

— Eh bien, Vanessa, qu'est-ce que tu fabriques ? lui demanda-t-elle d'un ton autoritaire.

La jeune fille bredouilla, confuse :

— Je… j'ai perdu… je n'arrive pas à retrouver…

— Tu n'es pas censée participer à l'atelier mémoire cet après-midi ? l'interrompit la cadre de santé, d'un ton sec.

— Euh… j'y vais tout de suite. Je cherchais mon porte-monnaie.

— Tu l'as retrouvé apparemment, fit remarquer Anastasia en pointant l'objet du doigt. Allez, dépêche-toi maintenant. Un peu de dynamisme, voyons ! conclut-elle avant de s'éloigner, irritée.

Vanessa rassembla ses affaires et les replaça dans l'armoire. En se dirigeant vers l'atelier mémoire, l'esprit était en ébullition, elle heurta Xavier, l'aide-soignant toujours prêt à l'encourager depuis qu'elle avait commencé son stage.

— Eh bien, Vanessa, attention à ne pas te jeter dans les bras de n'importe qui, plaisanta-t-il.

— Désolée, répondit-elle, les larmes aux yeux.

— Oups, que se passe-t-il ?

— J'ai perdu de l'argent et je viens de me faire engueuler pour mon retard à l'atelier mémoire. En plus, je ne trouve plus où c'est…

— Je suis désolé pour ton argent, commença-t-il. Tu veux qu'on retourne voir cela ensemble ?

Vanessa hésita.

— Je ne sais pas où je l'ai perdu, en fait.

— Ah mince ! Pour la salle, elle se trouve par-là, ajouta-t-il en désignant le bout du couloir. Allez, file et garde le moral ! Je suis certain que tu vas retrouver tes sous.

Vanessa le remercia d'un sourire et courut jusqu'à la salle. Elle entra et s'installa discrètement autour de la table où quelques dames échangeaient avec l'animatrice. Une résidente en fauteuil roulant semblait sur la défensive :

— Oh, j'ai déjà répondu à tant de questions !

Elle pointa du doigt un cahier avant d'ajouter :

— Tout est dans le dossier, vous n'avez qu'à vérifier.

— Ce n'est pas un interrogatoire, la rassura l'intervenante d'une voix douce ! Vous racontez les souvenirs que vous voulez.

— Pendant la guerre, on n'avait rien, l'interrompit la résidente. On a eu faim. J'étais toute petite et je vivais avec ma maman et ma petite sœur. Ma mère était dure, mais c'était parce qu'on n'avait rien à manger. Je n'avais pas le droit d'aller jouer. Je devais rester avec elle pour tricoter. Une dame achetait ce qu'on fabriquait pour l'envoyer aux soldats qui avaient froid.

L'animatrice écoutait attentivement, même si ce n'était pas la première fois que la femme relatait cette période de sa vie. Puis elle se tourna vers une autre pensionnaire :

— Vous m'aviez raconté que vous alliez à l'école à pied, lui rappela-t-elle ? Quatre kilomètres, matin et soir.

— Ah, je vous ai dit ça ? lui répondit la vieille dame. C'est vrai. Maman nous accompagnait quand nous étions petits.

— Et concernant Noël, avez-vous des souvenirs d'enfance à partager ?

Une participante aux cheveux argentés répondit en rigolant doucement :

— Oh, mon enfance, vous savez, ça se perd dans la nuit des temps !

Soudain, l'animatrice sollicita Vanessa. Absorbée dans ses pensées, la jeune fille mit un moment à répondre.

— Oui, pardon…

— Pourrais-tu aller chercher Mme Martin ? D'une fois sur l'autre, elle oublie l'atelier. C'est à quelques mètres, sur la gauche, précisa l'animatrice. Tu verras son nom sur la porte.

Toujours préoccupée par la perte de ses vingt euros, Vanessa quitta la salle. Elle devait trouver un moyen de continuer sa journée malgré tout. En voyant Mme Martin, elle se rappela leur rencontre le jour où elle était venue pour postuler au stage. La résidente accepta de la suivre, mais s'inquiéta de savoir comment elle regagnerait sa chambre.

— Je vous raccompagnerai, si vous voulez, la rassura l'adolescente.

— Ah, c'est gentil. Et où m'amenez-vous ?

— À la salle des activités.

— Je n'ai pas encore dû y participer.

— Il semblerait que si, l'animatrice comptait sur vous.

— Elle doit me confondre avec quelqu'un d'autre.

— Vous la reconnaîtrez sûrement quand vous la verrez.

— Si vous le dîtes.

Elles atteignirent la salle, où Mme Martin prit place à côté de la dame en fauteuil roulant.

Vers seize heures, une infirmière entra d'un pas dynamique dans la salle, s'excusant pour l'interruption. Derrière elle, une aide-soignante poussait un chariot chargé de pichets, de verres et de gâteaux. C'était l'heure du goûter. L'infirmière distribua quelques cachets et Vanessa se rappela soudain son prénom : Alice. Avant de quitter la salle, celle-ci se retourna vers l'animatrice :

— Ah, j'allais oublier, je crois que vous souhaitiez participer à la collecte pour Xavier, n'est-ce pas ?

— Oui. J'ai appris pour l'incendie de sa maison, c'est terrible. Je serais heureuse d'apporter ma contribution.

— OK. Passez voir Philippe Barbet. C'est lui qui s'en occupe.

— Parfait, j'irai tout à l'heure.

****

Après l'atelier, Vanessa ramena Mme Martin dans sa chambre et l'aida à chercher un pull « perdu ». Comme quoi, il n'y avait pas que l'argent qui disparaissait. Et de toute évidence, la vieille dame n'était pas la seule à avoir des trous de mémoire. Vanessa s'apprêta à prendre congé.

— Au revoir, madame Martin. Je vous verrai lundi.

— Si vous le dites.

— Oui, je ne travaille pas demain, car c'est Noël, et ensuite, c'est le week-end.

— C'est déjà Noël ? Alors à bientôt. Si je suis toujours là.

— Bien sûr. Lundi, c'est dans trois jours.

— Je ne sais pas combien de temps je dois rester. Il va bien falloir que je rentre chez moi, sinon mon mari va s'inquiéter.

Vanessa la rassura doucement.

— Pour le moment, reposez-vous ici tranquillement. Le dîner va bientôt être servi.

— Vous en savez des choses. Vous pensez que je ne dérangerai pas ?

Touchée par son inquiétude, Vanessa lui effleura la main.

— J'en suis certaine.

— Bien, je vais patienter, alors.

— À lundi et joyeux Noël. Votre famille passera sûrement vous voir.

— Oh, ça serait merveilleux. Merci, mon p'tit. Joyeux Noël à vous aussi.

En quittant la chambre, Vanessa repensa à leur échange. Pourvu qu'elle n'ait pas suscité de faux espoirs chez Mme Martin. Puis, elle songea que de toute manière, d'ici à quelques minutes, la résidente aurait certainement oublié ce qu'elle lui avait dit.

Chapitre 13

Vanessa - Jeudi 24 décembre 2015

Par la porte entrebâillée, des voix s'échappaient. Vanessa s'arrêta quand elle reconnut celle d'Anastasia :

— Merci pour Xavier, expliquait-elle à quelqu'un. Si Alice n'avait pas dû covoiturer avec lui, personne n'aurait su qu'il vivait en caravane avec sa femme et sa fille de sept ans, suite à l'incendie de sa maison. L'assurance tarde à intervenir. Espérons une résolution rapide et le début des travaux. La cagnotte les aidera en attendant.

— Le plus important, c'est qu'il n'y ait pas eu de blessé, répondit la seconde voix que Vanessa identifia comme celle de l'animatrice.

La jeune fille recula d'un bond quand les deux femmes sortirent du bureau.

— Ah, tu es là ? s'étonna Anastasia.

— Oui, M. Barbet voulait me voir.

— Alors, entre ! Il ne va pas tarder. Il est chez le directeur.

Vanessa hésita un instant alors que les deux femmes s'éloignaient dans le couloir. Elle était toujours devant l'entrée, quand Alice s'approcha d'elle et lui demanda :

— Tu attends quelqu'un ?

— Monsieur Barbet.

L'infirmière pénétra dans le bureau pour déposer un document. Elle confirma les propos d'Anastasia :

— Il est chez le directeur et il n'est pas près de revenir !

— Zut, alors je vais laisser un message.

— Bonne idée.

— Au fait, qu'est-ce qui est arrivé à Xavier ? J'ai entendu parler d'un incendie chez lui.

— Oui, expliqua Alice. À cause d'un court-circuit.

— Quelle horreur ! Xavier est tellement sympa. J'aurais jamais imaginé ça. Je crois qu'il y a une enveloppe qui circule. Tu penses que je pourrai encore donner la semaine prochaine, parce que j'ai pas d'argent sur moi ?

Vanessa espérait retrouver son billet dans sa chambre et tenait à participer de quelques euros.

— Tu n'es pas obligée, lui répondit Alice. Chacun fait selon ses moyens.

L'infirmière s'approcha du bureau de Philippe Barbet où régnait un joyeux bazar. Elle chercha l'enveloppe, finit par la trouver sous le support de l'ordinateur et récupéra également un papier vierge. Elle le tendit à Vanessa qui s'installa à une table pour réfléchir à ce qu'elle allait écrire.

Au même moment, Camille entra.

— Salut ! Vous faites quoi ? demanda-t-elle. Tu pars maintenant, Vanessa ?

— Juste le temps de laisser un message à M. Barbet.

— Tu veux aussi donner pour Xavier ? suggéra Alice à Camille.

— Ah oui, j'allais oublier. Tu as l'enveloppe ?

— Je viens de la remettre sous le support de l'ordinateur.

Camille ajouta sa contribution, puis nota son nom sur le papier kraft avant de relancer Vanessa :

— Du coup, je t'attends ou pas ?

— Oui, j'arrive, Camille. Je te rejoins en bas.

— OK, Vanessa. Bon, Alice, passe de belles fêtes de Noël.

Vanessa avait du mal à se concentrer avec tout ce bruit. Il n'était plus temps de tergiverser ! Elle écrivit un message court et simple : *« Je dois partir. Je viendrai vous voir lundi matin. Joyeux Noël. »* Elle signa avec son prénom et son nom, et ajouta le mot « stagiaire » entre parenthèses.

Au même moment, Lucas, veste sur l'épaule et casque à la main, entra dans le bureau pour leur faire la bise. Puis, ce fut le cas de deux aides-soignantes qui déposèrent un cadre où s'affichaient des photos de la fête de la semaine précédente. Un vrai hall de gare !

Vanessa salua tout le monde à la hâte, et prit son blouson et son sac pour rejoindre Camille. Elles se retrouvèrent sous le porche et partagèrent une cigarette à l'abri de la pluie incessante, avant de se diriger vers la voiture.

— Je te dépose à ton foyer ? proposa Camille.

— Oui, je dois récupérer de l'argent pour acheter deux trois bricoles, raconta Vanessa avant d'évoquer ses mésaventures.

— Je comprends, compatit Camille. J'espère que tu retrouveras ton billet de vingt euros. C'est pas rien, quand même !

— Je suis dégoûtée, répliqua Vanessa en hochant la tête.

Elles parlèrent ensuite de ce que chacune avait prévu pour le lendemain, jour de Noël, et Camille offrit de déposer Vanessa à Montreuil, puisque c'était sur sa route.

— C'est plus sympa qu'en transports en commun, non ? Et on pourra continuer à papoter.

— Carrément, s'exclama Vanessa avec joie ! Merci, merci, je suis trop contente ! En plus, je déteste prendre le RER. Y a toujours des problèmes. Des fois, on reste bloqué pendant des heures sans savoir pourquoi. Franchement, là, c'est pas le jour ! Je veux profiter de Noël avec ma fille.

Chapitre 14

Sept heures ! Dehors, la nuit invitait à hiberner, mais dans un geste énergique, Vanessa repoussa sa couette et désactiva le réveil de son téléphone portable. Pas la peine d'attendre la sonnerie, de toute manière, elle était trop fébrile pour se rendormir. C'était enfin Noël ! Elle allait voir sa fille et passer plusieurs heures avec elle. C'était la seule chose qui comptait.

Avant la naissance de Flora, le 25 décembre n'avait été qu'un jour ordinaire. Dans l'esprit de Vanessa, les étoiles et la magie de Noël, c'était réservé aux autres. Peut-être y avait-il eu des moments où elle avait rêvé que tout était encore possible, où elle avait imaginé une relation avec une mère presque normale. Il y avait bien longtemps, elles avaient passé quelques réveillons à chanter, à se faire belles, à se maquiller – juste un peu pour Vanessa, quelques paillettes et du rose aux ongles. *Maman était si jolie. Et elle avait une si belle voix.* La musique résonnait joyeusement dans la maison. Une fois, Marion Chevalier avait acheté plein de bonnes choses à manger et surtout une montagne de desserts pour Vanessa, qui avait eu droit également à de la limonade à la fraise. Pour sa mère, du champagne, car après tout, c'était la fête, non ? Il n'y avait pas de mal à se faire plaisir, surtout ce jour-là ! Mais quand la bouteille avait été vide et que d'autres avaient suivi, Marion avait commencé à déblatérer sur le monde entier, puis à marcher en vacillant, jusqu'à se tenir aux meubles et terminer à genoux par terre. Au fil des ans, Noël n'avait été qu'un prétexte pour une énième beuverie. Vanessa avait fini par haïr ce jour-là. Avec Florian, ce n'était guère mieux. Juste une défonce entre potes, à peine plus festive ! La magie des paradis artificiels avait aussi ses limites.

Allez, debout et à la douche ! Personne dans le couloir ! Toutes les cabines seraient libres ! La plupart des filles faisaient la grasse matinée, surtout celles qui passaient Noël au foyer. Oh, le pouvoir bienfaisant de l'eau chaude ruisselant sur son cou, ses épaules, ses omoplates, massant ses muscles endormis !

Un quart d'heure plus tard, Vanessa était de retour dans sa chambre. Prête à affronter la journée ! Il ne manquait plus qu'un jus de fruits et un café. Le temps d'un aller-retour à la salle à manger et c'était déjà l'heure de s'habiller. Elle porterait une robe bleue, des collants noirs à petits dessins fantaisie et des bottines plates. Au quotidien, elle préférait les jeans, mais Maria avait insisté pour qu'elle s'arrange un peu et en associant quelques tenues empruntées à ses voisines de chambre, elle lui avait créé un look sympa.

***

Pourquoi le temps se traînait-il ainsi ? Et si Camille oubliait de passer la chercher ? Dix fois, Vanessa vérifia son téléphone. Dix fois, elle contrôla si les petits cadeaux emballés de papier doré étaient rangés dans son sac. Dix fois, elle se précipita à la fenêtre en entendant le vrombissement d'un véhicule.

Un coup de klaxon la fit sursauter. Une voiture se gara à quelques mètres de l'entrée, et Vanessa devina une silhouette qui lui faisait signe. C'était Camille. Vanessa enfila son blouson, enroula son écharpe autour de son cou et attrapa son sac à dos.

Le foyer commençait à s'éveiller et, en descendant, elle croisa deux filles qui allaient petit-déjeuner. Après leur avoir souhaité un joyeux Noël, Vanessa se précipita à l'extérieur et rejoignit Camille qui lui demanda :

— Alors, t'as retrouvé ton argent ?

— Non, heureusement qu'il m'en restait un peu dans mon placard. Je ne prends que ce dont j'ai besoin !

Vanessa farfouilla dans son sac et en sortit un petit paquet enrubanné de bolduc.

— Joyeux Noël, Camille. Et merci à toi pour le covoiturage.

— T'es folle ! J'ai pas fait ça pour ça. Surtout après ce qui t'est arrivé.

— Ça me fait plaisir de te remercier.

— Viens-là, que je te fasse la bise.

— Tu ne sais pas encore ce que c'est !

— C'est l'intention qui compte. T'as pris le temps d'aller m'acheter un cadeau ! Ça me touche vraiment. Merci beaucoup. Vas-y, installe-toi, fit-elle en désignant le siège passager, après avoir repris place au volant de sa voiture. Au fait, si tu veux un café, sers-toi. Le thermos est là, ajouta-t-elle en indiquant la zone centrale. Y a des gobelets en carton sur le côté de la portière.

Elle déballa le paquet que Vanessa lui avait offert, découvrant un petit porte-clés en forme de maison en pain d'épice.

— Oh, c'est trop kitch ! J'adore !

Elle accrocha immédiatement le cadeau de Vanessa à la clé de la voiture.

— C'est trop gentil ! Je me sens idiote. J'ai rien pour toi.

— C'est déjà sympa de me déposer en chemin.

— Ça me fait plaisir ! Bon, on attache les ceintures et c'est parti ! En musique, *siouplaît* !

Vanessa se cala confortablement et un sourire illumina son visage. Le véhicule remonta la ruelle, puis s'engagea en direction de l'autoroute où le trafic était fluide.

— T'inquiète pas si ça secoue, s'exclama Camille ! C'est une vieille Citroën que j'ai trouvée pour 200 balles ! Je ne peux pas aller à Paris avec, à cause des mesures écolos, mais pour le reste, ça dépanne.

L'exubérante élève infirmière avait troqué sa tenue professionnelle contre un pull de Noël et une jupe en tissu doré portée sur des collants noirs pailletés. Elle poussa le volume de la musique, chantant à tue-tête sur *Born this way* de Lady Gaga.

> *I'm beautiful in my way*
> *'cause God makes no mistakes.*
> *I'm on the right track, baby,*
> *I was born this way.*[1]

— J'adore cette nana. Elle est trop déjantée.

— Grave ! Elle a une super voix, mais ma chanteuse préférée, c'est Lana Del Rey, répondit Vanessa.

— Perso, je suis plus Lady Gaga !

— Je l'écoute aussi. Tu connais son morceau, *Dope* ?

— Hum… c'est pas le plus gai.

— Il me parle.

— Euh, tu serais pas du genre hyper sensible, toi ?

— Non !

---

1. *Je suis belle à ma façon / Parce que Dieu ne fait pas d'erreur / Je suis sur la bonne voie, bébé / Je suis née comme ça !*

Vanessa tourna le visage vers la fenêtre. Il fallait toujours qu'elle en dise trop.

— Comme ça, tu vas voir ta fille, reprit Camille ! Tu ne vis pas avec elle ?

— C'est un peu compliqué. Tu sais, je suis en foyer. J'espère avoir bientôt une place dans un établissement pour les mamans isolées.

— Ouais ! Pas facile, comme situation. Raconte-moi. Quel âge elle a, ta fille ?

— Vingt et un mois.

— Oh, c'est une petite puce. T'as des photos ?

— Oui, attends.

Profitant d'un arrêt sur l'autoroute, Camille jeta un œil prudent sur les clichés que Vanessa affichait sur son téléphone.

— Elle est trop chou ! Ce soir, tu m'appelleras pour me raconter ta journée avec elle ?

Vanessa lui adressa un sourire lumineux et hocha la tête en signe d'assentiment avant de demander :

— Et toi, tu m'as dit que tu allais chez des amis, c'est ça ?

— Oui, je passe Noël dans la famille d'un copain d'enfance. Ses parents m'acceptent comme je suis, contrairement aux miens.

— Mince ! Je comprends, avec ma mère, c'est tendu aussi.

— Il m'arrive de voir la mienne, toujours en cachette, car mon père refuse mon homosexualité.

— Euh, j'ignorais que…

— C'est pas quelque chose qu'on balance comme ça, la première fois qu'on fait connaissance. Voilà, ça m'empêche pas d'avoir des amies femmes, tout comme des amis hommes, mais savoir qu'on est perçue « anormale » par sa propre famille, ça fout les boules !

— Dis-toi que tes parents se privent de toi, alors que t'es une fille extra !

— Oh, c'est gentil ça. Ma mère est malheureuse que je ne puisse pas venir à Noël. Seulement, elle n'a qu'à essayer de raisonner mon père. C'est pas à moi de changer. D'ailleurs, c'est impossible. On ne demande pas à un oranger de produire des poires, ben moi, c'est pareil, je suis née comme ça.

Chapitre 15

Vanessa - Vendredi 25 décembre 2015

Une demi-heure plus tard, Camille déposa Vanessa à Montreuil, rue Victor Hugo, près du pavillon où vivait la famille d'accueil de Flora.

À peine eut-elle sonné au portail qu'Isabelle vint lui ouvrir.

— Bonjour, Vanessa. Joyeux Noël !

Elle passa son bras autour des épaules de la jeune fille, l'embrassa sur les joues et l'invita à la suivre dans la maison, où flottait une délicieuse odeur de pâtisserie.

— Rentre vite te mettre au chaud. Hou hou ! Flora, ta maman est arrivée ! Les jumelles sont en train de jouer avec elle, ajouta-t-elle à l'attention de Vanessa.

— Hum ! Ça sent trop bon, chez vous ! répondit l'adolescente en humant l'air avec délectation.

— Je viens de faire cuire des muffins à la banane et aux pépites de chocolat ! expliqua Isabelle.

Une toute petite fille vêtue de rose et à la voix de crécelle déboula dans le salon, joues rouges et bouclettes échevelées !

— Ma princesse ! s'écria Vanessa en s'agenouillant pour que l'enfant puisse se jeter dans ses bras.

Pendant quelques minutes, résonnèrent les rires et les gazouillis les plus beaux du monde. De tendres câlins, doux comme du duvet, réchauffèrent le cœur de la jeune maman. Elle happait ces instants de bonheur, en savourait chaque seconde, chaque émotion.

Dans la salle à manger, un grand sapin trônait, orné d'étoiles, de boules scintillantes et de suspensions argentées. À son pied, un ours polaire décoratif et des paquets de toutes les couleurs ! Les jumelles étaient vêtues de pyjamas à tête de renne, et Isabelle portait un pull sur lequel un bonhomme de neige jovial souriait. Tout respirait l'atmosphère de Noël.

— Je ne suis pas dans le thème, s'excusa Vanessa.

— Tu es ravissante comme ça. Attends, on va tous être dans l'ambiance dans quelques secondes !

Joignant le geste à la parole, Isabelle distribua à tous des bonnets rouges à pompon. Dans l'allégresse générale, Flora attrapa la main de Vanessa et l'entraîna vers le sapin au pied duquel les cadeaux s'amoncelaient. Elle piaillait :

— *Noyel noyel…*

— Donne-moi ton blouson, Vanessa, proposa Isabelle. Le déballage des paquets est imminent. On a eu beaucoup de mal à faire patienter Flora jusqu'à maintenant. Les jumelles essayaient de faire diversion lorsque tu es arrivée.

— Attendez, j'ai quelques pochettes à rajouter, répondit Vanessa en récupérant son sac. Eh oui, ma puce, le papa Noël m'a confié des cadeaux que j'ai apportés avec moi.

— *Cato*, s'écria Flora volubile.

— C'est parti pour la distribution ! Marc, viens vite, Vanessa est là, appela Isabelle.

Le mari arriva quelques secondes plus tard.

— J'étais sous la douche. Joyeux Noël, Vanessa ! s'exclama Marc en l'embrassant.

Le déballage commença avec des cris de joie. Flora déchirait les papiers et les froissait avec enthousiasme ! Vanessa découvrit un joli collier fantaisie à son intention. Elle-même avait choisi des mugs personnalisés avec chaque prénom. Isabelle se leva pour la remercier et la serra dans ses bras. Les mots « famille d'accueil » prenaient ici tout leur sens.

Puis vint le moment du petit déjeuner. Chacun s'installa autour de la grande table et les jumelles apportèrent les fameux muffins qui fleuraient bon dans toute la maison, et des cookies qu'elles avaient préparés la veille. Vanessa se dit qu'elle n'aurait sûrement plus faim lorsque midi arriverait !

Isabelle sembla lire dans ses pensées :

— Le repas de Noël ne se fera pas avant 13 h, comme ça on aura le temps de digérer un peu. Et après la sieste de Flora, si vous êtes partants : balade à Paris, pour voir les décorations des « grands magasins »[1] !

L'idée fut accueillie avec enthousiasme. Pour Vanessa, passer la journée avec sa fille était de toute manière le plus beau des cadeaux. Le reste n'était que du bonus.

Quelques heures plus tard, la petite « famille » prit donc le métro en direction du boulevard Haussmann, où les vitrines de Noël s'illuminaient de féerie. Sans doute ces animations étaient-elles à visée commerciale, mais la magie opérait sur tous les passants ! Au milieu d'arbres ornés de boules d'or et d'argent, une forêt imaginaire prenait vie, avec de joyeux lutins dansant au son de grelots. À quelques mètres de là, d'immenses ours polaires glissaient avec une grâce inattendue sur une patinoire. On avait l'impression d'entrer dans un conte vivant, une scène onirique. Les façades illuminées

---

1. Chaque année, dans les semaines qui précèdent Noël, les grands magasins parisiens (Printemps Haussmann, Galeries Lafayette, Samaritaine, etc.) se parent de belles décorations de fête et proposent des saynètes où se côtoient automates animés et décors enchanteurs.

ressemblaient à des rivières scintillantes sur fond d'heure bleue, aux dernières lueurs du crépuscule d'hiver. Vanessa et sa fille étaient émerveillées. Plus loin, des pantins habillés en noir et blanc et un fantôme qui s'agitait au son d'un vieux piano désaccordé évoquaient d'anciens films muets. Des dizaines de vitrines colorées invitaient à des voyages imaginaires. Vanessa et Flora pointaient du doigt, s'étonnaient, riaient, et la jeune maman rêvait déjà à l'avenir. Elle se promit qu'un jour, elle partirait en vacances avec sa fille, peut-être à la montagne, pour des batailles de boules de neige et des glissades en luge.

Les vitrines des immeubles se reflétaient les unes dans les autres, créant un kaléidoscope d'images en cascade. Flora, sa petite main accrochée à celle de sa mère, sautillait, pendant que Vanessa tentait d'éviter les promeneurs qui flânaient en famille. C'était l'heure de la digestion après un long repas de fêtes. Les rires résonnaient dans l'air empreint de l'atmosphère festive et éphémère de Noël.

Malgré cette félicité partagée, Vanessa sentait poindre une vague de tristesse, anticipant silencieusement l'heure imminente du retour.

Vers 17 heures, la porte du rêve se refermerait. Une fois la famille rentrée dans son pavillon de Montreuil, elle devrait alors quitter Flora pour rejoindre la station de métro et regagner son foyer. La rue lui semblerait soudain plus froide, la nuit plus sombre. La magie de Noël laisserait place à l'ombre de sa propre vie.

Chapitre 16

Les non-dits. Les secrets.
Les choses qu'on ne confie pas par pudeur.
Les choses qu'on retient par peur.
Les choses qu'on tait par dessein.
Celles qu'on ne peut révéler par impossibilité.
Où met-on toutes ces horreurs ?
Que deviennent-elles ?
Décident-elles de notre vie ?

Angélique Barberat
L'instant précis où les destins s'emmêlent

Un Noël différent, vingt-sept ans plus tôt. En ce jour où certains célébraient la paix et la joie, d'autres semaient des graines de colère et les arrosaient de larmes qui les faisaient grandir.

Gaël avait six ans et attendait que son papa vienne lui souhaiter une bonne nuit.

— Alors, bonhomme, le père Noël t'a bien gâté, cette année, n'est-ce pas ?

— Hum…

— Qu'est-ce qui va pas ? C'est quoi, ces yeux tristounets ?

— Non ! Pas tristounet !

— C'est bien vrai ce gros mensonge ?

— Maman était pas là. Elle a raté mon anniversaire aussi.

Deux grosses larmes coulaient le long des joues du petit garçon. L'homme se passa nerveusement la main sur le visage. Voir son fils triste lui brisait le cœur.

— Elle ne pouvait pas venir, je te l'ai dit.

— Mais j'avais demandé au Papa Noël qu'il la fasse venir.

— Le père Noël ne peut pas tout faire, tu sais. Il peut apporter des jouets, mais pas des êtres humains. Ils ont leur libre arbitre.

— C'est quoi « libre abrite » ?

— « Libre arbitre », ça veut dire que les gens sont libres de leurs choix.

— Maman, elle est obligée de me voir. Je veux pas le « libre abrite », répondit Gaël en secouant la tête et en donnant des coups de pied dans le lit.

Il attrapa un jouet qui traînait sur la couverture et l'envoya valser de l'autre côté de la chambre.

— Eh, tu te calmes, maintenant. Sinon…

L'homme soupira et chercha une idée pour changer l'humeur de son fils. Il attrapa un album illustré et commença à lire l'histoire, mais l'attention du garçonnet était ailleurs. Ses yeux fixaient le plafond.

— Papy a dit que maman était malade.

— Quoi ?

— J'ai entendu quand il parlait à mamie. Il s'est arrêté quand je suis entré.

— Eh bien, elle a peut-être la grippe ! C'est pour ça qu'elle n'a pas pu venir.

— Je veux maman !

Le père ne répondit pas. Il ne savait plus comment expliquer la situation à son fils. Lui-même avait déjà du mal à la supporter, tout comme le regard des autres, leur pseudo compassion, et plus que tout, la trahison. Il avait besoin de se détendre, peut-être avec un bon rhum. Il luttait pour rester positif devant ses enfants, mais c'était plus difficile qu'il n'y paraissait. Le gamin l'oppressait avec ses questions auxquelles il n'avait pas de réponse. Il essaya de ne pas tenir compte de l'agacement qui montait en lui.

— Et si j'appelais ta sœur pour qu'elle vienne te lire une histoire ? Elle sait toujours te faire rire.

Le petit ne bougea pas, serra son ours en peluche contre lui et se mit à répéter en boucle : « Je veux maman ! » en commençant à arracher les faux poils synthétiques, dans un geste mécanique.

Le cœur lourd, le père chercha du réconfort en lui-même. Pourtant, il avait tout prévu pour que Noël soit magique. Il échouait, tout simplement. Il quitta la pièce, laissant la porte entrouverte.

Quelques minutes plus tard, le petit garçon sentit un corps se glisser derrière son dos, sous la couette. Sa sœur se blottit contre lui, l'enveloppant de ses bras, et commença à fredonner une comptine. Elle sentait le chocolat au lait. Lorsque Gaël fut un peu calmé, elle murmura à son oreille :

— Papa est triste. Il faut arrêter de lui poser des questions. D'accord ?

— Moi aussi je suis triste. Pourquoi maman est pas avec nous ? Je la déteste. Et papa aussi.

— Elle est sûrement morte. C'est pour ça.

Gaël éclata en sanglots et se mit à lui donner des coups de pied.

— Non, non, c'est pas vrai. Papy a dit qu'elle était malade.

— Arrête, tu me fais mal.

— Je te déteste, t'es méchante.

— Si papy a dit ça, c'est pour pas nous effrayer ! Moi, je crois que maman est morte, mais elle veille sur nous. Et papa est triste, alors lui en parle plus. Juste avec moi, si tu veux.

Gaël renifla.

— Eh, te mouche pas dans les draps, quand même. Dis donc, t'as les pieds tout froids ! Tu veux que je dorme avec toi ?

— Non ! Tu dis des choses méchantes. Je te déteste.

— Maman, si elle est morte, c'est pas sa faute. Et c'est pas la mienne non plus.

— T'es même pas triste.

— Je le montre pas, c'est tout, répondit sa grande sœur. Je suis forte pour aider papa. Et pour t'aider toi aussi.

Elle se tut et se rapprocha doucement de Gaël.

Il se raidit d'abord, puis se roula en boule, se laissant bercer par celle qui n'avait que six ans de plus que lui.

— Qui c'est la frangine la plus géniale de la terre ? lui demanda-t-elle en le chatouillant sous les bras.

— Non, non, je veux pas. C'est pas juste.

— J'arrête si tu dis que je suis la plus géniale !

Il émit un petit rire, à travers quelques restes de larmes.

— Non, c'est pas toi !

— Redis encore ça, pour voir !

Elle continua à le chatouiller, se doutant qu'il avait inversé sa réponse pour prolonger le jeu. Du haut de ses douze ans, elle avait déjà endossé un rôle de protectrice.

Quelque temps plus tard, les enfants s'endormirent, épuisés par les émotions.

Le cycle des saisons et des ans, peut-être, apporterait un souffle de résilience.

Chapitre 17

Philippe Barbet se retint de justesse de donner un coup de poing sur son bureau. Il était dans une fureur telle que personne ne l'avait jamais vu ainsi auparavant.

— Cette enveloppe n'a pas pu disparaître toute seule ! dit-il en s'efforçant de recouvrer son calme. Je l'ai posée sous le clavier de l'ordinateur et quand Anastasia a quitté mon bureau, elle m'a dit qu'il n'y avait plus que toi, ici.

Vanessa, tétanisée, cherchait désespérément à se rappeler les événements de la soirée.

— Je ne sais plus, bredouilla-t-elle. Je vous ai attendu et j'ai laissé un message avant de partir.

— L'enveloppe, tu l'as vue et tu l'as prise. Qu'est-ce que tu en as fait ensuite ?

— Non, finalement, je ne l'ai pas prise, parce que je n'avais pas assez d'argent sur moi.

Brûlant d'une rage qu'il peinait à contenir, Philippe la fixait d'un regard noir.

—Tes explications sont confuses, proféra-t-il, d'un ton mordant.

— On cherchait l'enveloppe et on l'a trouvée sous le clavier, expliqua l'adolescente, la gorge nouée.

Vanessa eut un vertige et porta sa main à son front, mais Philippe Barbet, trop préoccupé, continua à vociférer.

— Qui « on » ? N'essaie pas de m'embrouiller.

Vanessa se défendit, évoquant la présence de Camille et d'autres collègues.

— Je n'étais pas toute seule et je ne suis pas une voleuse, insista-t-elle, la voix tremblante.

— Je l'espère pour toi. Je finirai bien par tirer tout cela au clair.

Philippe soupira et tenta de se calmer pour réfléchir. Il réalisa que sa réaction n'était pas appropriée. Il n'avait pas à passer sa colère sur cette fille qui n'y était peut-être pour rien.

— D'accord, ça pourrait être n'importe qui, lâcha-t-il finalement.

Vanessa se tut. Dans sa gorge, une boule l'empêchait de respirer, et seul un minuscule filet d'air s'infiltrait dans ses narines. Surtout ne pas laisser la crise d'angoisse arriver. Elle demanda la permission de se rendre aux toilettes, n'ayant pas trouvé d'excuse plus plausible pour sortir. Philippe releva le menton et la regarda, toujours furieux.

— OK. Tu peux y aller. Mais je n'en ai pas fini avec ce vol. Si tu te souviens de quelque chose, viens me voir.

Les joues en feu, Vanessa fonça jusqu'aux sanitaires et entra dans la première cabine. Là, elle s'assit sur la cuvette des WC, cacha son visage dans ses mains et fondit en larmes, le buste plié en deux, la tête sur ses genoux.

Elle finit par fouiller dans la poche de son pantalon pour récupérer un calmant qu'elle laissa fondre sous sa langue. Elle ne savait même plus avec qui elle devait travailler ce matin-là et hésitait à rentrer au foyer. Il était hors de question que les autres la voient ainsi. Surtout s'ils étaient déjà au courant. Elle venait de se faire accuser de vol ! Une bouffée de colère embrasa son cœur !

L'effet du cachet se diffusa dans ses veines et, petit à petit, elle prit plus de distance avec ce qu'il venait de se passer.

Un peu dans les vapes, Vanessa finit par sortir de la cabine des toilettes. Elle tentait de reprendre figure humaine en passant de l'eau fraîche sur ses paupières gonflées, lorsque Camille déboula sur les lieux, telle une tornade. Surprise, Vanessa se figea et Camille en fit tout autant.

— Qu'est-ce que tu fais là ? Je te cherchais, demanda l'élève infirmière.

Elle se tut en remarquant les yeux rouges de Vanessa. Impossible de s'y tromper : la jeune fille venait de pleurer.

— Qu'est-ce qu'il t'arrive ?

Vanessa renifla.

— Rien, rien.

— Arrête, je vois bien qu'il y a quelque chose, insista Camille. C'est pas ta fille, au moins ?

— Non.

— Bon, alors, quoi ? Dis-moi.

— T'es au courant que l'enveloppe de Xavier a disparu.

— Ça oui, difficile de l'ignorer, Anastasia ne parle que de ça depuis ce matin. Je ne sais pas qui est le bâtard qui a fait ça, mais je comprends qu'elle et Philippe soient hors d'eux. Toutes les personnes qui travaillent ici ont donné. On n'est pas Rothschild, mais on voulait aider Xavier. Et c'est quoi le rapport ?

— J'étais dans la pièce l'autre soir, j'attendais M. Barbet, tu te souviens ? Et maintenant, il me soupçonne.

— Tu déconnes ?

— Non, j'étais dans son bureau quand l'enveloppe a disparu.

— C'est du grand n'importe quoi ! On était plusieurs dans le bureau, je te rappelle.

Camille s'interrompit quelques secondes avant de reprendre, soudain suspicieuse :

— En plus, t'as perdu de l'argent, ce jour-là, non ?

Vanessa la regarda, effarée.

— Ce n'est pas moi qui ai volé, je te jure !

Camille s'approcha d'elle pour la réconforter.

— C'est pas ce que je voulais dire. En revanche, ton argent n'a peut-être pas été perdu pour tout le monde.

— Tu crois que c'était un vol ? Je suis dégoûtée.

— On ne peut rien prouver. En tout cas, je vais aller dire à Philippe que plusieurs personnes sont passées dans son bureau quand tu y étais. Allez, prends cinq minutes et viens me rejoindre. Garde la tête haute et concentre-toi sur le *taf* ! Ne fais pas cette tronche de coupable ! Si on t'en parle, tu réponds que tu trouves ça dégoûtant. Pas la peine d'en dire plus.

Vanessa s'écria :

— C'est vrai, je trouve ça dégoûtant d'avoir piqué l'argent et en plus de laisser accuser quelqu'un d'autre.

— Pour moi, c'est une personne qui est rentrée dans le bureau de Philippe après nous. Ou qui venait de l'extérieur, qui sait ? Même un résident, après tout. Peut-être qu'on va retrouver le magot planqué sous un matelas ! ajouta-t-elle, sur un ton facétieux.

— T'es bête !

— T'as ri ! C'est l'essentiel.

— Ouais, mais c'est pas drôle ! rétorqua Vanessa en la regardant de biais.

Elle était quand même soulagée de constater que Camille la soutenait.

— Allez, fit celle-ci, rejoins-moi vite dans la chambre de Mme Leduc. Tu te souviens où c'est ?

Vanessa acquiesça.

— Quand on aura terminé, poursuivit Camille, j'irai voir Philippe pour lui expliquer que moi aussi, je suis passée dans son bureau, l'autre soir, et que je n'étais pas toute seule.

Elle allait sortir, quand elle se retourna et demanda :

— Tu fais quoi, après le boulot ?

— Je rentre au foyer.

— Tu crois que tu pourrais faire un saut chez moi et rentrer plus tard ?

— Je vais appeler pour prévenir, mais je pense que c'est possible. Faut que je leur indique l'heure du retour, par contre, sinon, je risque un signalement.

— Essaie jusqu'à 20 h, ça nous laissera un peu de temps.

— D'accord. Tu finis à 17 h ? s'enquit Vanessa.

— Non, à 16 h, car j'ai commencé plus tôt. Je te donnerai mon adresse et tu me rejoindras. C'est à vingt minutes à pied, environ, vers le centre-ville. Et Philippe ne peut rien contre toi, ajouta-t-elle. L'enveloppe était sous le clavier de l'ordinateur et ce matin elle n'y est plus. C'est pas une preuve que tu l'as volée, ça !

Reconnaissante, Vanessa s'approcha de Camille et la serra dans ses bras.

Chapitre 18

Commandant Christian Le Goff

Avec une poignée de main résignée, Christian Le Goff salua la responsable de la ligne d'écoute de SOS Homophobie, l'association dans laquelle Justine Muller avait fait du bénévolat pendant deux ans. Malheureusement, l'entretien n'avait pas apporté de nouvelles informations.

Songeur, le commandant décida de ne pas retourner immédiatement au bureau, ressentant le besoin de s'aérer l'esprit. Il opta pour une marche dans le Marais, près de l'ancien emplacement du pub où Justine avait vécu ses derniers moments, un établissement désormais fermé. Cela n'arrangeait pas du tout ses affaires et compliquait ses recherches, notamment concernant le videur de l'époque qu'il souhaitait réentendre. Le Goff espérait néanmoins glaner des informations utiles en conversant avec les riverains. Mais le crime remontait à près de dix ans, et il était conscient du défi posé par le temps qui efface les mémoires. Pourtant, il gardait l'espoir que certains habitants du quartier pourraient encore lui fournir de précieux indices.

Il commença par questionner quelques commerçants de la rue, la plupart des magasins et restaurants ayant malheureusement changé de mains ou de personnel depuis le meurtre de Justine Muller. Les réponses étaient vagues, voire méfiantes. On hésitait à s'ouvrir à lui.

Sur une petite place bordée d'arbres nus, une odeur de pain chaud s'échappait d'une boulangerie. Il y fit une halte pour s'offrir une viennoiserie avant de tenter d'engager la conversation avec la gérante, une femme d'une cinquantaine d'années. Celle-ci lui répondit avec un haussement d'épaules indifférent :

— Dix ans, c'est long, monsieur. Les gens viennent, partent…

C'est finalement dans une épicerie fine que Le Goff rencontra un interlocuteur plus loquace. L'épicier, un sexagénaire au regard vif, se souvenait d'un individu correspondant à la description.

— Oui, un gars en noir, capuche toujours sur la tête. Je le voyais parfois, plutôt le week-end. Enfin, je crois, c'est vieux… Une fois, j'ai voulu lui offrir un sandwich. J'avais pris soin de ne pas prendre du porc, au cas où il n'en mangerait pas. Il l'a accepté sans parler, mais peu après, il s'est levé et a quitté les lieux. Et j'ai vu qu'il jetait mon sandwich à la poubelle. J'ai trouvé ça étrange. Et j'étais plutôt fâché. *Trop bon, trop con*, comme on dit.

Le commandant songea que ce comportement corroborait ses doutes.

— Vous vous souvenez à quoi ressemblait l'homme ?

— Non. Je me souviens seulement de l'anecdote. Désolé.

Après avoir remercié le commerçant, l'enquêteur quitta l'épicerie. Alors qu'il s'éloignait, le commerçant le rappela :

— Monsieur, monsieur…

Le Goff revint sur ses pas.

— Vous voyez, le petit magasin d'antiquités, là-bas ? Son propriétaire y travaille depuis plus de vingt ans et habite le quartier. C'est un passionné de peinture et de dessin. Il lui arrive de s'installer sur un banc de la place et de faire des croquis. Qui sait s'il ne pourrait pas avoir dessiné votre gars.

Derrière le comptoir encombré de livres et d'objets disparates – statuette, vase, chandelier, assiettes anciennes, ménagères, etc. –, un homme aux cheveux argentés s'affairait sur un vieux cadre. À l'entrée de l'enquêteur, l'antiquaire leva les yeux et le salua avant de se replonger dans son travail.

Le Goff s'avança en expliquant la raison de sa visite. Le vieil homme continua à nettoyer l'encadrement tout en écoutant son interlocuteur. Il prit son temps, avant de poser son chiffon et de demander au policier :

— Vous parlez du gars qui avait jeté le sandwich à la poubelle, c'est ça ?

— Exactement.

— C'est vrai que l'épicier avait fait la gueule. Ça l'avait refroidi ! Pour le jeune homme en lui-même, je ne sais plus. Ah oui, un après-midi, alors que je dessinais sur un banc, il était dans mon champ de vision. Il s'est levé et il est parti en donnant un coup de pied dans une cannette. J'étais sûr que c'était le *loustic* qui avait jeté le sandwich.

Le policier sentit une étincelle d'intérêt.

— Vous souvenez-vous de son visage ? Pourriez-vous me le décrire ? demanda-t-il.

L'antiquaire secoua la tête, l'air désolé.

— Je crains que non. C'est trop vieux. Et il portait toujours cette capuche… Mais attendez.

Il s'absenta plusieurs minutes, puis revint avec un carton dont il sortit un carnet à la couverture usée sur laquelle était écrit « 2004 à 2006 ».

— J'ai l'habitude de noter ou de dessiner les choses qui m'interpellent… Peut-être vais-je retrouver quelque chose, ici. Laissez-moi voir.

Il feuilleta les pages avec précaution, passant d'un croquis à l'autre, jusqu'à s'arrêter sur une esquisse au trait précis.

— Voilà… Ce n'est pas grand-chose et je crains que ce soit tout ce que j'aie. Vous pouvez le garder.

Le Goff se pencha sur le dessin. Une silhouette sombre, la capuche tirée sur le front, se détachait sur le papier. Pas de détails du visage, mais la posture, l'allure générale était là.

— C'est une piste, murmura-t-il, je vous remercie.

L'antiquaire ôta la page du carnet et la lui remit, promettant de le recontacter s'il retrouvait autre chose.

Chapitre 19

Vanessa - Lundi 28 décembre 2015

Durant le reste de la journée, Philippe Barbet ne lui reparla pas du problème, mais Vanessa en avait toujours gros sur le cœur, dégoûtée qu'il ait pu la soupçonner ! De plus, le stress l'avait vidée de toute énergie.

À 17 h, l'adolescente fila récupérer ses affaires, remerciant du bout des lèvres deux collègues qui lui souhaitaient une bonne soirée. L'une d'elles fit une remarque grinçante dès qu'elle leur tourna le dos : « Dis donc, ça ne leur réussit pas les fêtes ! Ils sont tous d'une humeur de chien, aujourd'hui ! »

Une fois dehors, Vanessa rabattit sa capuche, cachant son visage, puis elle marcha jusqu'au parc qui jouxtait la maison de retraite. Une zone arborée où quelques rares personnes promenaient leurs chiens. Là, elle respira à fond et s'assit sur un banc isolé pour rouler une cigarette.

La première bouffée qu'elle inspira à pleins poumons lui apporta un peu de détente. Quelle journée pourrie ! Elle n'avait qu'une envie, rentrer et se blottir sous sa couette ! Si Maria la croisait avec cette tête d'enterrement, sûr qu'elle voudrait en savoir plus. Elle ne se sentait pas d'en parler. Et il y avait l'invitation de Camille. Finalement, ça lui ferait peut-être du bien. Elle resterait juste le temps de décompresser ! Marcher jusqu'à chez elle l'aiderait à se détendre et à récupérer un peu d'énergie.

Le froid et l'humidité commençaient à s'infiltrer sous ses vêtements. Elle remonta la fermeture éclair de son blouson, attrapa son téléphone et envoya un texto à Yasmine pour la prévenir qu'elle passait chez une autre stagiaire de l'Ehpad, avant de rentrer. Quelques secondes plus tard, la réponse arriva : « OK. On t'attend entre 20 h et 20 h 30 maxi. À tout à l'heure. » Elle se mit en route.

***

Vanessa s'installa dans un large fauteuil au cuir élimé qui sentait la récupération. L'appartement de Camille était minuscule, mais vraiment sympa, surtout avec le petit balcon qui donnait sur un jardin, à l'arrière de l'immeuble.

Après avoir posé deux bières sur une table basse, Camille s'assit en tailleur par terre, sur un épais tapis. Vanessa songea qu'elle avait eu raison de venir. Camille était encore plus sympa qu'au boulot ! Elle avait troqué sa blouse d'infirmière contre un caleçon long de sport, un short en jean et un t-shirt XXL à l'effigie d'un groupe de hard rock. Le vêtement lui descendait à mi-cuisse et elle l'avait remonté en le nouant sur un côté. Ses cheveux bouclés flamboyaient sur ses épaules. Le tout lui faisait un look d'enfer !

La jeune femme posa sur la table basse un paquet de tabac, un briquet, un petit bout de carton, des feuilles à rouler et une boulette brunâtre. Vanessa reconnut immédiatement le haschich et comprit que Camille était en train de préparer un *joint*. Bien qu'elle soit en période de sevrage, elle ressentit l'envie d'en tirer une bouffée. Elle avait besoin d'oublier ce qu'il s'était passé le matin même.

L'opération terminée, Camille alluma son *cône* et mit un fond musical sur son téléphone portable. Vanessa ferma les yeux et inspira à fond, profitant de la fumée. Camille la regarda en souriant et lui tendit la « cigarette » spéciale ainsi qu'un cendrier en forme de coquille Saint-Jacques. Vanessa hésita un instant. Mais quoi ? Ce n'était pas quelques *taffes* qui allaient la faire rechuter ! Elle accepta, confortablement calée dans le fauteuil. La saveur si caractéristique du produit s'infiltra dans ses narines, envahit sa bouche, son cerveau, ses neurones. La détente ne se ferait plus attendre.

— T'as pu reparler à Philippe Barbet ? lui demanda Camille en se levant entrouvrir la porte-fenêtre du balcon.

— Pas pu, répondit Vanessa, laconique.

— Vas-y demain. Habituellement, il est sympa, mais c'est vrai que c'est un sanguin, et là, faut avouer qu'il était en pétard !

Elle éclata de rire avant de se rasseoir et d'ajouter :

— Sans mauvais jeu de mots !

Vanessa pouffa de concert, avant de tirer à nouveau sur le *pétard* en question !

— Ah ben, ça y est, tu commences à te décoincer un peu !

— Je suis pas coincée ! s'insurgea Vanessa.

— Je plaisante ! répondit Camille avec un clin d'œil malicieux. Bon, alors, pour revenir au sujet qui nous intéresse, de mon côté, je n'ai pas eu une minute à moi. Et je n'ai pas réussi à trouver Philippe au moment de partir. Désolée. Demain, promis, j'irai le voir avec toi et je lui expliquerai que j'étais aussi dans le bureau, qu'il y a eu plein de passage, et tout ça. Il aurait dû fermer sa porte à clé, mais il ne le fait jamais ! En tout cas, termina-t-elle, je suis contente de te voir sourire à nouveau.

Vanessa inspira une bouffée qu'elle savoura les yeux mi-clos.

— Le finis pas, hein ! J'en veux bien aussi, ricana Camille en tendant la main vers le *joint*.

Elle le récupéra et tapota au-dessus d'une petite soucoupe, pour y faire tomber la cendre.

— Je suis un peu moqueuse, parfois, s'excusa-t-elle. C'est mon caractère. J'aime bien taquiner les gens, mais c'est jamais méchant !

Vanessa sourit. Elle se sentait bien avec Camille. La pointe de culpabilité qu'elle avait d'abord ressentie en fumant du cannabis disparaissait au fur et à mesure que l'effet se répandait dans son corps !

Une heure plus tard, Camille et Vanessa refaisaient le monde, en écoutant YouTube. Camille, affamée, avait mis à réchauffer une pizza surgelée. Les deux jeunes filles l'avalèrent en quelques bouchées.

La détente propice aux confidences, Camille raconta à Vanessa comment elle avait trouvé à se loger près de son stage et loin de ses parents.

— Je voulais me barrer de chez eux. C'était invivable depuis que je leur avais avoué que j'étais homo.

Camille se tut. Elle attrapa un coussin qu'elle cala sous ses fesses. Adossée au mur, elle resta silencieuse, le regard voilé de tristesse, avant de poursuivre :

— Malheureusement, ce ne sont pas les seuls à réagir ainsi, même si l'avis des autres, entre nous, j'en ai rien à battre. Et honnêtement, ça n'arrive pas si souvent. La plupart des gens s'en fichent, en fait. Alors, oui, j'ai déjà reçu des insultes. Y a des cons partout. Mais je préfère ne pas y penser. Y a pas que les homos qui se font agresser de toute façon. Et je ne vais pas m'arrêter de vivre pour autant !

— Bien dit ! conclut Vanessa avant de regarder sa montre, inquiète de voir l'heure tourner.

Le temps filait toujours trop vite en agréable compagnie !

— Je te raccompagne ? proposa Camille. Comme ça, on pourra continuer à discuter.

— OK. Je vais t'avouer quelque chose : j'ai failli annuler, mais ça aurait été dommage. Tu es une chouette fille.

— Oh, merci ! Je suis un peu *barrée* comme nana et je plaisante facilement, sauf que dans le fond, je n'ai pas tant d'amis que ça. Je suis une sorte de « fausse extravertie ».

— Ah ! Ben pareil pour moi. Je me suis renfermée dans ma bulle, quand je vivais avec ma mère. Une manière de la fuir. Elle est alcolo, précisa Vanessa. Remarque, moi, avec la *dope*[1], j'étais en train de reproduire le schéma.

— Merde ! s'écria Camille.

— Quoi ?

— Tu aurais dû me le dire avant. Je n'aurais pas fait de *joint*.

Vanessa la rassura, cherchant à minimiser le problème :

— Oh, ça va ! J'ai juste pris quelques bouffées.

— Si t'as failli devenir toxico, vaut mieux toucher à rien. Perso, je fume que de temps en temps et j'en fais des légers. En tout cas, je ne t'en proposerai plus.

— C'est parce que j'étais stressée, aujourd'hui. Sinon je te jure que je ne touche plus à rien.

— Je ne suis pas là pour te juger, Vanessa. Mais l'autre jour, si j'ai bien compris, tu me parlais de récupérer la garde de ta fille. Alors, c'est consommation zéro. Ne déconne pas. C'est l'élève infirmière qui cause !

Vanessa fondit en larmes.

— Je suis trop nulle.

Elle se laissa glisser du fauteuil et se retrouva à genoux, au sol, la tête dans les mains. Camille, surprise, ne savait comment réagir à la crise de sa jeune collègue. Elle finit par s'approcher de Vanessa, cherchant les mots pour l'apaiser :

_____

1. Drogue.

— J'ai été maladroite. Excuse-moi. Je n'aurais pas dû utiliser le terme de *toxico*.

— Tu as raison, Camille. C'est le mot juste. Le père de Flora est mort d'une overdose. Ça a été un coup de poignard. J'étais paumée. Tout était devenu trop dur à gérer. Ma fille a été placée. Vu mon état, on ne pouvait pas me la laisser ! Et je ne te parle même pas de mon âge !

Camille se sentait gênée. Elle attrapa Vanessa et la serra dans ses bras. Les deux jeunes filles restèrent ainsi plusieurs minutes, avant que Camille finisse par rompre le silence.

— Allez, la *miss*. Je vais te raccompagner à ton foyer, mais avant tu vas boire un grand verre d'eau et un autre de jus d'orange. Fais voir tes yeux ? Faut pas qu'on devine que tu as fumé. J'ai lu qu'une petite séance cardio peut nettoyer rapidement le système sanguin. On va courir en chemin. Enfin, pas trop vite, je suis pas entraînée ! Et surtout, chasse le négatif. Ne laisse rien te plomber le moral ! D'accord ?

— Toi, il faut que je te fasse connaître Maria.

— C'est qui ?

— Une copine du foyer. Mon « rayon de soleil », comme je lui dis souvent. Toujours à voir les choses du bon côté. Pourtant, question passé pourri, elle se pose là !

— Ça s'appelle la résilience.

— Si tu veux, madame la savante !

— Je ne veux pas avoir l'air de me la péter, mais c'est vrai. La résilience, je crois que c'est la propriété d'un matériau que l'on tord et qui reprend sa forme d'origine.

— Sympa, la comparaison ! ricana Vanessa.

— Sauf, qu'à mon avis, nous, on ne reprend pas totalement notre forme d'origine. En vrai, c'est pas le but. Au contraire, on utilise ce qui nous a tordues pour apprendre à être plus fortes.

— Elle me le dit souvent, Maria : on est des *warriors* !

— Eh bien, la *warrior girl*, maintenant, c'est l'heure de rentrer ! s'exclama Camille en poussant Vanessa vers la sortie.

Elles quittèrent le studio, avec un sentiment de légèreté et d'insouciance enfantine retrouvée.

Chapitre 20

Un enfant n'a jamais les parents dont il rêve.
Seuls les enfants sans parents ont des parents de rêve.

Boris Cyrulnik

Sa mère avait disparu du jour au lendemain et Gaël n'avait pas su quoi répondre aux questions que ses camarades de classe lui posaient. Il bafouillait, rougissait, s'embrouillait. Et les mômes le lui faisaient payer, même si, en réalité, chacun s'en moquait royalement. Il s'était auto désigné « tête de Turc ». Il avait beau rester à l'écart, ils savaient toujours où le trouver. « Gaël est gaga ! Gaël, le gaga, gaga gagaël… » Il appréhendait chaque récréation. « C'est rien, il faut que tu t'en fiches », le sermonnait son père. *Fallait vraiment qu'il n'ait rien dans la tête pour lui donner des conseils comme ça !*

Le livre de sa vie avait changé d'histoire. Ce ne serait d'ailleurs pas la seule fois. La violence avait pris ses quartiers. Les autres élèves pouvaient bien le rouer de coups de pied, il ne savait rien. Sa mère s'était volatilisée. Il avait fini par leur expliquer, comme le faisait Émilie avec lui, qu'elle était morte. Certains ne s'en laissaient pas compter et continuaient à le harceler : « Gaga, le mytho ! Mon père, il dit qu'il n'y a pas eu d'enterrement. Ta mère, elle t'a lourdé, parce que t'es gaga ! »

Lui se défendait, l'excusait. Tout était possible, sauf l'abandon. Évidemment qu'elle était morte. Elle avait été incinérée. Un mot et un concept découverts récemment. Ça lui glaçait le sang rien que d'y songer, mais ça apportait une objection plausible à ses harceleurs.

Et les réponses à ses propres questions, il les trouvait dans les faits divers à la une des kiosques. On avait retrouvé un corps calciné en pleine forêt, il imaginait que c'était elle. Ça expliquait son silence. Ça le rassurait, même si ensuite il en faisait des cauchemars. Il oscillait entre peur et espoir de voir le visage de sa mère apparaître à la une de ces tabloïds. Lire ces gros titres, tenter de les comprendre virait à l'obsession morbide. Il ressassait ses idées noires. Il rêvait à ce qui aurait pu lui arriver de pire.

Et lui, comme par un effet miroir, se sentait de moins en moins vivant. Sa joie innocente et enfantine s'était éteinte. Il restait là, sans émotion, sans réaction, face aux brimades des autres écoliers. Il ne pleurait plus depuis longtemps. Il ne parlait plus.

Son père l'avait amené voir une psy. La dame lui posait des questions auxquelles il ne répondait pas toujours. Elle lui proposait aussi des feuilles de papier, des crayons de couleur. Gaël avait fini par s'en saisir et gribouiller des formes de visages, de corps sans vie. Comme il dessinait mal, personne n'avait vraiment déchiffré ces griffonnages. On les avait interprétés comme des symboles de la séparation d'avec sa mère, du trauma de l'abandon. Le cordon ombilical rompu, et lui qui se sentait brisé en mille morceaux éparpillés. C'était tout ça en même temps.

Il avait fini par assimiler, à défaut d'accepter, l'incompréhensible. C'était ainsi. Les gens pouvaient disparaître du jour au lendemain. Il s'était construit une bulle où il se réfugiait régulièrement ; un espace à lui où, même au milieu des autres, il pouvait se retirer, très loin. Une forteresse. Vide.

Les années passèrent et il décida de prendre des cours de judo, grâce aux encouragements de sa sœur, Émilie, qui n'hésitait pas à se battre avec lui quand c'était nécessaire. Son corps s'étoffa. Et lorsque son père déménagea, à sa rentrée au collège, aucun élève ne le tourmenta plus. Ils ignoraient tout de son histoire, de son passé. Il filtrait désormais ce qu'il racontait et ne se laissait plus marcher sur les pieds, ayant appris à rendre les coups.

Émilie le soutenait toujours. Il recommença même à sourire.

Mais jamais ils ne parlaient de leur mère. Le sujet tabou par excellence. Même déni du côté de son père qui s'évertuait à recréer une vie quotidienne normale. En apparence, du moins. Et n'était-ce pas ce qui comptait ? En cachette, il multipliait les béquilles : antidépresseurs, alcool, haschich le soir, avant de s'endormir. Il n'avait jamais refait sa vie, préférant les relations sans lendemain.

Pour Gaël, une famille, au final, presque comme toutes les autres.

Avec des émotions enfouies attendant leur heure pour sortir de l'ombre.

Chapitre 21

Vanessa - Mercredi 30 décembre 2015

L'enveloppe n'ayant été retrouvée nulle part, en dépit des recherches, Philippe Barbet décida de déposer plainte pour vol. Le mercredi, en fin d'après-midi, il demanda à Vanessa de le rejoindre dans son bureau. Ses traits tirés laissaient deviner sa contrariété.

— J'ai été un peu brusque avec toi, lundi, s'excusa-t-il. Je n'aurais pas dû te parler ainsi. Je n'ai aucune raison de te soupçonner. Certes, tu es venue dans le bureau en mon absence, mais avec mon autorisation, et tu n'es pas la seule à y être passée, d'après ce que j'ai compris en discutant avec d'autres personnes.

Vanessa l'écoutait en triturant nerveusement les petites peaux autour de ses ongles. Quand il eut terminé, elle releva les yeux et lui avoua :

— Je suis très mal, moi aussi ! Je viens de commencer mon stage, alors, je suis une coupable toute désignée. Ça m'a fichu en l'air.

— Je finirai bien par tirer ça au clair, et celui ou celle qui a fait ça passera un sale quart d'heure ! En attendant, je vais veiller à ce qu'il n'y ait pas de « ragots » te concernant. Inutile de rajouter de la tension à celle provoquée par le vol. Tout à l'heure, j'ai croisé Camille et elle m'a expliqué que vous étiez quatre ou cinq à être venus dans le bureau, ce soir-là. En tout cas, je crois que tu t'es fait une copine ! Elle était motivée pour te défendre.

Vanessa lui adressa un sourire timide.

— Camille est super sympa. Et je suis écœurée qu'on ait volé l'argent pour Xavier. C'est quelqu'un de bien. Il m'a aidée plusieurs fois. C'est dégueulasse.

— Enfin, en attendant, essayons de rester soudés. Bon, Vanessa, je te souhaite une bonne soirée.

En sortant de l'Ehpad, elle marcha en direction du canal de l'Ourcq. Arrivée sur la berge, elle s'assit sur un banc à la lueur d'un lampadaire. Elle alluma une cigarette, puis la savoura, pendant que ses yeux suivaient distraitement les canards qui glissaient lentement dans le courant froid. Elle attrapa son téléphone et regarda des photos de sa fille. La journée de Noël semblait déjà si loin. Les semaines et les mois défilaient et elle ne voyait toujours pas le bout du tunnel.

Elle inspira profondément la fumée de sa cigarette et laissa la nicotine envahir et apaiser son cerveau. Surtout, se focaliser sur du positif. Elle avait commencé un stage et, sauf ces deux derniers jours où les choses étaient parties en vrille, elle était plutôt contente. Le travail avec les personnes âgées l'intéressait beaucoup.

Elle se leva et marcha sur le chemin bordé de peupliers. Quelques minutes plus tard, elle décida finalement de rentrer pour poursuivre sa prospection des foyers maternels. Le temps filait à toute vitesse et son projet devait avancer. Si Maria était disponible, elle irait la retrouver dans sa chambre. Peut-être son amie serait-elle d'accord pour l'aider dans ses recherches. Cette idée la motiva et elle hâta le pas.

Chapitre 22

Camille - Mercredi 30 décembre 2015

Fatiguée, Camille éteignit l'ordinateur portable et le rangea dans sa sacoche avec ses documents de travail. Elle était restée un peu plus tard que d'habitude pour avancer sur son mémoire de stage, après avoir discuté de son sujet d'étude avec la cadre de santé. Elle ferma la porte du local où elle s'était isolée pour travailler. La lueur des veilleuses éclairait faiblement le grand hall. Camille prit l'escalier de service. Un mal de tête s'était installé, lancinant. Seul le repos en viendrait à bout. Aussi était-elle impatiente de rentrer chez elle et de se mettre au lit.

Au deuxième étage, elle se dirigea vers le local situé au bout du couloir, afin de se changer avant de partir. Préférant la semi-obscurité à l'éclairage cru des lampes qui aurait attisé son mal de crâne, elle n'alluma pas. Elle ne croisa personne. Les employés de nuit devaient vaquer à un autre niveau et les usagers étaient sûrement couchés.

À proximité de la salle où étaient stockés les médicaments, un bruit la fit sursauter. Elle stoppa net. Cela provenait peut-être d'une chambre.

Non ! Ces dernières étaient localisées derrière elle, à une vingtaine de mètres de là. Les secondes s'effilochèrent. Camille, le cœur battant, essayait de se concentrer sur ses perceptions. Il lui semblait discerner une respiration sifflante, semblable à celle d'une personne enrhumée.

Quelqu'un se trouvait dans le local.

Elle hésita à avancer, se traitant intérieurement de froussarde. Ça ne pouvait être qu'un infirmier ou une infirmière. Mais pourquoi chercher à dissimuler sa présence ? Camille commença à reculer en direction du pavé d'allumage. Surtout ne pas rester dans le noir. Dans la lumière, elle pourrait voir le danger arriver et tenter de se défendre.

Juste avant qu'elle n'appuie sur l'interrupteur, une ombre surgit. Elle distingua vaguement une capuche rabattue, un masque médical et une blouse de soin. Impossible de reconnaître qui que ce soit. Dans sa fuite précipitée, l'individu la heurta violemment.

Sans avoir eu le temps d'actionner la lumière, Camille, déstabilisée, tomba en arrière. Le temps qu'elle se reprenne, l'ombre s'était évanouie vers l'escalier. Poussée par l'adrénaline, la jeune fille se releva et se lança à sa poursuite, mais quand elle arriva dans le hall d'accueil, il était désert. Une blouse jetable gisait au sol. Camille sortit en direction du parking. Dans la rue, une silhouette de dos démarra une moto. Trop tard pour la rattraper. D'ailleurs, qu'aurait-elle pu faire ? Il fallait désormais prévenir la direction au plus vite.

Son mal de tête reprit. Pendant un instant, elle n'y avait plus pensé, mais il se rappelait à son bon souvenir. Après deux tentatives infructueuses, elle parvint à taper correctement le code d'entrée. Tremblante, elle monta dans l'ascenseur pour rejoindre l'étage. En sortant, elle heurta de plein fouet Alice et se mit à hurler, les nerfs à vif. L'infirmière s'écarta, surprise de voir Camille à cette heure tardive et surtout dans un tel état.

— Qu'est-ce qu'il t'arrive ? demanda-t-elle, alarmée.

Le visage livide, la jeune fille bredouilla quelques explications.

Alice l'attrapa par le bras et la fit asseoir dans un fauteuil. Les yeux horrifiés, elle l'écouta raconter ce qu'il s'était passé, avant de s'inquiéter au sujet de sa chute.

— Ça va ? Tu n'es pas blessée, au moins ?

— Non, rien de grave.

— Tant mieux ! Est-ce que tu as vu le visage du cambrioleur ?

— Non, il portait un masque et une capuche. Et puis, tout est allé si vite.

Derrière eux, l'aide-soignant Xavier s'approcha. En découvrant la figure décomposée de Camille, il alla chercher un verre d'eau et le tendit à la jeune stagiaire :

— Tiens, bois un peu, lui dit-il. Ça va te faire du bien. Tu as l'air choquée.

— Merci, Xavier, lui répondit faiblement Camille. Alors, tu es revenu ? Ça va, toi, ta maison ?

— Oui, rassure-toi. On en parlera une autre fois. Mais qu'est-ce qu'il t'est arrivé ?

Alice lui résuma la situation.

— OK. Je vais aller vérifier l'état de la réserve à pharmacie, puisque visiblement c'était l'objet de l'intrusion.

— Non, attends, intervint Alice. Reste avec Camille. C'est moi qui dois y aller.

— Très bien. De toute manière, le voleur est parti, de toute évidence. On doit aussi prévenir la direction. Tu veux que je m'en charge ?

Xavier avait raison, la priorité était d'appeler la cadre de santé et le directeur de l'Ehpad pour les informer de la situation. L'infirmière donna son feu vert avant de se rendre dans le local pour évaluer les « dégâts ».

Chapitre 23

Le directeur des Églantiers avait convoqué le personnel pour une réunion d'urgence afin de discuter de l'incident de la veille au soir. Il était nécessaire de rassurer les résidents et leurs familles.

Envoyée par le commissariat, le capitaine Tiphaine Le Goff les rejoignit une dizaine de minutes plus tard, en compagnie de son coéquipier *Snickers*. Un surnom en lien avec son addiction déraisonnable aux barres chocolatées. L'ambiance était morose. Le visage crispé, Anastasia était installée en bout de table. À sa droite, le directeur de l'Ehpad, puis Philippe Barbet, tous deux l'air soucieux. Ces derniers temps, quelque chose ne tournait pas rond ! Un peu plus loin, Camille Clément, ébranlée par l'incident de la veille, était assise entre Vanessa et Xavier.

Debout, la policière expliqua son rôle et la manière dont allait se dérouler l'enquête.

— Je comprends que la situation soit difficile pour vous, commença-t-elle. Mon objectif est de faire la lumière sur ce qui s'est passé. Et bien sûr de retrouver le ou les responsables de l'agression de Mlle Clément et du vol des médicaments, des dérivés opiacés principalement. En général, ces produits sont destinés à la consommation personnelle ou à la vente aux toxicomanes. Pour tenter d'y voir plus clair, j'aurai besoin de votre coopération et de vos témoignages. En revanche, je vous interrogerai individuellement, pour ne pas créer de confusion entre vos différents souvenirs. Mlle Clément, je vais commencer avec vous. Si vous voulez bien me suivre.

Camille hocha la tête et se leva, pendant que le reste de l'assistance demeurait en compagnie de l'autre policier.

Les deux femmes s'installèrent dans un bureau, porte fermée. Camille entreprit de relater les événements de la veille, depuis le moment où elle avait entendu un bruit suspect jusqu'à l'agression dont elle avait été victime. Sa voix ne tremblait pas, mais son teint blafard et les cernes qui ombraient ses paupières inférieures témoignaient d'une mauvaise nuit.

En face d'elle, le capitaine Tiphaine Le Goff prenait des notes tout en l'écoutant attentivement, l'interrompant de temps à autre pour lui poser des questions. À première vue, l'agresseur semblait avoir préparé son coup en portant une tenue qui le dissimulait presque entièrement. Par ailleurs, personne ne l'avait vu entrer ou sortir de l'Ehpad, à part Camille.

Xavier, puis Alice, présents eux aussi la veille au soir, furent interrogés ensuite. Trois heures plus tard, les deux officiers de police repartirent après avoir demandé à l'ensemble du personnel de rester à leur disposition.

Vanessa tenta à plusieurs reprises de faire rire Camille, pour lui remonter le moral. Quelle fin d'année pourrie ! Elle angoissait à l'idée que la policière découvre son passé et son addiction à la drogue. Décidément, ça lui collait à la peau !

Chapitre 24

Commandant Christian Le Goff

Le commandant Christian Le Goff gara son Audi à quelques dizaines de mètres du pavillon de Mme Muller, la mère de Justine, et sortit sous une pluie battante. Il regrettait de ne pas avoir pris sa moto pour se rendre à Coubron, afin de gagner du temps dans la circulation, dense en ce dernier jour de l'année, mais sa fatigue l'en avait dissuadé. Décidément, l'âge commençait à se faire sentir !

Il s'avança, l'estomac noué par l'appréhension de cette rencontre. Il avait passé des heures à décortiquer le dossier, qu'il connaissait quasiment par cœur. Tout était en ordre, photographié dans sa tête. Pourtant, une angoisse sourde pesait sur sa poitrine, une lourdeur qui le suivait inlassablement. La fin d'année était difficile et il se refusait à une pause. Un rendez-vous médical était prévu pour fin janvier, la première disponibilité. Jusque-là, le mieux était de cohabiter avec la douleur et de l'oublier en se concentrant sur son travail et sur cette visite qu'il redoutait. Après avoir été interrogée plusieurs fois par le passé, Mme Muller avait dû affronter le silence des institutions. Les questions qu'il comptait lui poser risquaient de rouvrir une plaie jamais cicatrisée. Il était bien placé pour savoir qu'on n'oublie pas.

Il sonna au portail. Une petite femme aux cheveux cendrés apparut sur le perron, puis descendit les marches à sa rencontre. Derrière les lunettes, ses yeux cristallins évoquaient immédiatement ceux de Justine. Mme Muller fit entrer l'enquêteur dans le jardin. Dès qu'il la vit en face de lui, frêle, mais digne et courageuse, il se sentit soudain très petit. Le visage de Mme Muller, marqué par les épreuves, gardait une beauté lumineuse. Avec une détermination sans faille, il savait qu'elle consacrait sa vie à donner un sens à ce qui était arrivé à sa fille et s'était engagée activement dans la lutte contre l'homophobie. Elle restait persuadée qu'un jour, même à des années d'écart, la vérité à propos du meurtre de sa fille finirait par éclater. Même si, jusqu'à présent, le temps lui avait donné tort.

À l'intérieur, Mme Muller invita le commandant à prendre place sur le canapé, dans un salon sobrement décoré. Des photos de famille ornaient les murs, et un bouquet de fleurs fraîches trônait sur la table basse.

Le Goff huma dans l'air une odeur de gâteau.

— Voulez-vous un café ? lui proposa Mme Muller d'un ton neutre.

— Avec plaisir, confirma-t-il avec un sourire, tentant de la mettre en confiance.

— J'ai préparé quelques sablés. Est-ce que cela vous dirait d'y goûter ?

— Je vous remercie. Je vous avoue même que je ne m'attendais pas à cet accueil, lui répondit l'enquêteur, reconnaissant.

— Cuisiner me détend, répliqua-t-elle, laconique.

— En tout cas, si leur saveur est aussi délicieuse que leur odeur, j'en salive d'avance.

Toujours lapidaire, la mère de Justine lui fit signe de patienter et s'absenta quelques minutes. Le Goff entendit des bruits de vaisselle en provenance de la cuisine. Il profita de ce temps mort pour sortir son carnet de notes et son enregistreur. Il pourrait ainsi réécouter plus tard la discussion qu'il allait avoir avec Mme Muller. Avec son accord, évidemment.

Discrètement, Christian Le Goff se leva pour regarder de plus près la décoration de la pièce. Sur les murs, des photos et des dessins. Sur plusieurs clichés, il reconnut Justine. Elle et sa mère partageaient le même visage ovale, les mêmes traits fins. Il retourna s'asseoir en entendant la maîtresse de maison qui revenait dans le salon. Mme Muller apparut avec un plateau où étaient disposées deux grandes tasses fumantes et une assiette de sablés. Elle s'installa en face du policier, l'invita à se servir et but quelques gorgées avant de commencer à parler.

— Je voudrais comprendre votre intention. Pourquoi reprendre le dossier aujourd'hui ? Y a-t-il du nouveau ?

Il réfléchit. Hors de question de donner de faux espoirs à la mère de Justine. Il était trop tôt pour partager avec elle sa recherche de l'identité du SDF présent à proximité du bar où Justine avait passé sa dernière soirée. Pour le moment, rien n'avait abouti.

— Malheureusement, non, avoua-t-il d'une voix grave. Mais il est souvent nécessaire que l'enquête soit rouverte, même des années plus tard, par un nouvel intervenant qui tente de l'aborder avec un regard différent.

Mme Muller le regarda avant de soupirer d'un ton las :

— Je suppose que vous allez me poser les mêmes questions que les enquêteurs il y a dix ans, n'est-ce pas ?

Le Goff acquiesça d'un hochement de tête. Il devinait que Mme Muller avait déjà répondu à ces interrogations, de nombreuses fois.

— Je vais tout faire pour trouver des éléments nouveaux, mais surtout pour reprendre l'enquête à zéro, connaître le déroulé précis de cette journée au cours de laquelle votre fille a perdu la vie. Je vais essayer de comprendre et réétudier les éléments en notre possession, avec un nouveau regard et de nouvelles expertises.

— Je ne vous le cache pas, tout ça est si lourd. Ça dure depuis tellement d'années. Chaque fois, on espère... Ne vous méprenez pas, monsieur Le Goff, ajouta-t-elle avec un sourire triste, je suis contente que vous soyez là. Enfin, « contente » n'est pas le mot, mais vous voyez ce que je veux dire. Depuis toutes ces années, je me bats pour découvrir ce qui est arrivé à Justine. Pour elle, pour sa sœur, pour toute notre famille. Ne rien savoir est terrible. Comment voulez-vous faire votre deuil dans de telles circonstances ? On m'avait dit que l'homme avait laissé des empreintes sur les lunettes de ma fille. Pourquoi cela n'a-t-il jamais servi à identifier quelqu'un ?

— Ses empreintes ne sont pas fichées et ce sont les seules que nous avons de cet individu. Soit il s'agit d'un crime unique, soit il a ensuite pris davantage de précautions, lui répondit l'enquêteur.

Mme Muller soupira avant de poursuivre :

— Je ne veux accuser personne. Je sais que les enquêteurs ont fait leur travail, mais il y a forcément une piste, quelque part, qui a été oubliée, non ?

Le Goff l'écoutait, partageant en silence son point de vue.

— Madame Muller, pouvez-vous me parler de Justine ? De sa personnalité, de ses goûts, de ses projets, de ses rêves ? Tout ce qui pourrait m'aider à comprendre qui elle était. Prenez votre temps.

— Après toutes ces années, dans mon cœur, ma fille est toujours vivante. Alors, même si c'est douloureux, j'ai envie, je dirais même, j'ai besoin de parler d'elle.

— Je suis là pour vous écouter et je vous remercie de m'accorder votre confiance. Tout d'abord, acceptez-vous que j'enregistre notre entretien ?

Elle acquiesça en silence.

Elle retira ses lunettes pour frotter ses paupières, puis les remit. Elle resta ainsi quelques secondes, l'air songeur, le regard lointain. Enfin, elle reprit sa tasse et termina son café. Petit à petit, elle commença à parler. Quelques mots d'abord. Puis un flux ininterrompu. Elle raconta tout ce qu'elle savait de sa fille, avec une émotion légitime dans la voix. Elle parla de son enfance, de son caractère très sociable, de son goût pour la musique, de son engagement pour la cause des minorités sexuelles, du master qu'elle préparait en droits humanitaires.

— Ce n'est pas parce que je suis sa mère que je dis cela, mais Justine était véritablement brillante. Je ne vous surprendrai pas si je précise qu'elle avait choisi un sujet de mémoire en lien avec les sexualités dites « dissidentes ». J'ai conservé ses fiches de recherche, si vous souhaitez les consulter, je vous les confierai.

Le Goff accepta. Il y avait quelques photocopies dans les dossiers, mais les documents avaient été rendus à Mme Muller, car ils ne semblaient pas contenir d'éléments susceptibles de faire avancer l'enquête. Peu importe, il allait réétudier chaque page comme si c'était la première fois.

— Justine parvenait à faire quelques heures mensuelles de bénévolat. Évidemment, elle était plus engagée lors des vacances scolaires. Elle sortait aussi, dès que son emploi du temps le lui permettait. Elle aimait faire la fête, je ne vous le cache pas. Un aspect d'elle très éloigné de moi, mais peut-être est-ce une question de génération.

Mme Muller raconta également que, quelque temps après sa mort, elle s'était rendue dans le pub où Justine avait passé sa dernière soirée. En discutant avec les responsables et les clients, elle avait réussi à en savoir plus sur la petite amie de sa fille, Éloïse. Elle lui avait rendu visite chez ses parents où elle se reposait, pour dépression, très affectée par le meurtre de Justine. Cela faisait un peu plus de trois mois qu'elles se fréquentaient et Justine, très amoureuse, envisageait de la présenter à sa mère. Depuis, Mme Muller prenait de ses nouvelles, une ou deux fois par an. Christian Le Goff hocha la tête. Dans le dossier, il avait également lu le rapport d'audition d'Éloïse, qui avait retrouvé Justine effondrée sur le pavé.

Le Goff écoutait Mme Muller avec attention.

— Comme je vous le disais, ma fille était mobilisée pour défendre les causes LGBT. Désormais, c'est moi qui poursuis son engagement. J'ai l'impression qu'elle est toujours à mes côtés. Elle était fière et n'avait jamais eu peur d'être elle-même, même si cela signifiait s'opposer à certaines personnes, raison pour laquelle elle luttait contre les discriminations et l'homophobie.

— N'avait-elle jamais subi elle-même ce type de violences ?

— Oh si, bien sûr. Plusieurs fois. Dans son lycée, notamment. C'est pourquoi cette cause lui tenait tant à cœur.

Christian Le Goff se leva du canapé et s'approcha des photos accrochées au mur. Il s'attarda sur le sourire de Justine, sur ses yeux pétillants de malice derrière ses lunettes rondes. Une enfance et une adolescence qui paraissaient pourtant heureuses.

Mme Muller se joignit à lui.

— Elle croquait la vie, dit-elle d'une voix tremblante. On lui a volé toutes ces années. Et on a brisé une famille.

Le Goff se tourna vers elle et lui répondit avec compassion.

— Je vous comprends. Et ce n'est pas une simple formule. Je ferai tout ce qui est en mon pouvoir pour identifier celui ou celle qui a fait ça.

Mme Muller hocha la tête, les yeux rivés sur les photos de sa fille.

— Je ne veux pas que Justine soit oubliée, monsieur Le Goff.

Le policier resta silencieux.

— Ce n'est pas facile tous les jours, reprit Mme Muller. Au début, on pensait vraiment que la police allait trouver quelque chose, un indice… on y croyait.

— Je suis sincèrement désolé. J'ai une question, poursuivit-il après une pause : auriez-vous d'autres photos de la croix que votre fille portait autour du cou ?

— Oui, c'était un pendentif ancien. Justine n'était pas du tout branchée religion, mais la forme du bijou lui avait plu. C'est vrai qu'il était très joli, ouvragé. Plus jeune, j'étais fan de Madonna. Justine avait mes cassettes, mes CD, mes cartes postales, et elle aussi adorait ! Je ne sais pas si vous vous en souvenez : cette chanteuse arborait des looks excentriques, et les croix y tenaient une grande place. Cela l'a peut-être influencée, car Justine adorait les croix de toutes sortes. Nous lui avions offert celle-ci pour ses 18 ans. Elle était magnifique. Il est fort possible qu'on ait voulu la lui voler.

— C'est une hypothèse, en effet, répondit Le Goff.

Mme Muller se leva et prit la direction de l'étage en faisant signe au policier de la suivre. Une fois en haut, elle l'invita à entrer dans la chambre de Justine.

— Cela peut vous paraître étrange qu'au bout de tant d'années j'aie conservé la chambre de ma fille. J'ai donné certains de ses habits à des associations. Mais j'ai gardé ceux qu'elle portait le plus souvent. Quand elle a été tuée, elle ne vivait plus en permanence à la maison. Elle cherchait une colocation pour prendre son indépendance. Souvent, le week-end, elle dormait chez des amis, à Paris. Mais elle était encore domiciliée ici et y venait régulièrement.

— Chacun a sa manière de mener son deuil ; je ne me permettrai jamais de juger cela.

Il s'arrêta. Ce n'était pas le lieu pour s'épancher. Mais il sentit que leurs âmes se rejoignaient, en silence.

Mme Muller s'approcha de la table de nuit et fouilla dans une boîte en métal d'où elle sortit une photo.

— Regardez bien, dit-elle en tendant le cliché à l'enquêteur. Autour du cou de Justine, on distingue nettement la croix en or rose. Les branches se terminent par des sortes de pointes. Au milieu, il y a comme une rosace. Et aussi, je m'en souviens, le poinçon avait une forme d'aigle.

Le Goff prit la photo et l'examina attentivement. On distinguait clairement les détails de la croix. En procédant à un agrandissement, peut-être pourrait-il y voir une marque quelconque qui permettrait de l'identifier à 100 %, si jamais on la retrouvait. Il demanda à la mère de Justine s'il pouvait lui emprunter ce cliché, plus net que celui dont il disposait déjà.

— Cela a l'air d'être un bijou précieux, dit-il.

— Oui, enfin, il date du début du XXᵉ siècle, si je me souviens bien. Il était surtout important pour Justine, même si ce n'était pas un héritage familial. Elle le portait en permanence depuis le jour où nous lui avions offert.

Elle fit une pause, avant de poursuivre :

— Quand je dis « nous », je parle aussi de mon mari. La relation de Justine avec son père n'a pas toujours été apaisée, c'est le moins que l'on puisse dire. Il ne voulait pas entendre parler de son homosexualité, persuadé qu'elle avait été manipulée, que ce n'était pas sa nature profonde. Ce en quoi il se trompait. Il estimait que j'encourageais Justine dans une voie déviante. Nous nous disputions régulièrement à ce sujet. Malgré tout, il l'aimait. Il a été bouleversé par sa mort. Depuis, il est décédé d'un cancer.

— Je suis désolé. Vous avez raison lorsque vous dites que cette tragédie a brisé une famille. Bien sûr, ajouta-t-il, je vous rapporterai la photo dès que possible.

Mme Muller ouvrit un placard et récupéra sur une étagère plusieurs chemises cartonnées.

— Voilà, dit-elle en les remettant à l'enquêteur. Je vous confie les recherches de ma fille, comme je vous l'ai proposé, tout à l'heure.

Ils ressortirent de la chambre. Mme Muller semblait ne plus pouvoir s'arrêter de s'épancher.

— Je refuse de baisser les bras, mais je vous jure qu'il y a de la souffrance, de la colère ! Comment est-ce possible qu'un meurtre reste ainsi sans réponse ? Ma fille ne peut pas reposer en paix. Et moi, non plus.

— Notre objectif est également de retrouver le ou la coupable. Les éléments sous scellés vont être réanalysés avec les technologies mises à jour. J'ai demandé une nouvelle expertise des vêtements et des lunettes de Justine.

Ils redescendirent dans le salon. Le Goff, en proie à un trouble étrange, commença à ranger ses affaires et celles prêtées par la mère de la victime, puis se prépara à partir. Le souffle un peu court, il remercia Mme Muller pour son accueil et il lui promit de la tenir au courant de l'évolution des investigations.

Une fois dans la rue, perdu dans ses pensées, le commandant se dirigea vers son véhicule avec une démarche d'automate. Il était lessivé. Le bruit de ses pas résonnait dans le crépuscule. Il se hâta vers sa voiture. Là, il resta assis en silence.

Claire, sa fille aînée, aurait eu bientôt 30 ans. À l'époque, elle écoutait beaucoup la chanteuse Amel Bent. Même si ce n'était pas tout à fait son style de musique, il avait appris à en connaître et à en apprécier les paroles :

« Je n'ai qu'une philosophie
Être acceptée comme je suis... »

Pour une raison qu'il n'avait comprise qu'après sa mort, cette chanson parlait au cœur de sa fille.

Sa main avança vers l'autoradio et l'alluma. Aussitôt, une musique détona dans l'habitacle. Un rythme chaloupé. Une voix chaleureuse.

« Sans cesse, redoubler d'efforts
La vie ne m'en laisse pas le choix... »

Il vérifia. Non, ce n'était pas un CD, mais la radio. Hasard ? Coïncidence ?

Alors qu'il s'apprêtait à démarrer, sa gorge se serra comme si quelqu'un cherchait à l'étrangler. De grosses gouttes commencèrent à perler sur ses tempes. La violence de la douleur lui donna l'impression qu'il venait de recevoir un coup de couteau en pleine poitrine.

Avant qu'il n'ait eu le temps de réagir, il s'effondra sur son volant.

Chapitre 25

Les feuilles se décomposent,
pourrissent et se font oublier.
On ne fait pas mieux que l'oubli pour renaître.

Angélique Barbérat
Bertrand et Lola

Ce jour de janvier, un événement déclencha en lui un tsunami émotionnel. Jusqu'alors, le flux de sa vie avait continué son rythme routinier. Gaël s'était inventé un passé et avait fini par y croire.

Il avait toujours détesté les fêtes de fin d'année et les refrains sirupeux des bonnes résolutions du Jour de l'An. Des rengaines destinées à faire croire à la magie du renouveau ! Cette année-là, pourtant, il y eut bien un miracle ! Car il fallait quand même un putain de hasard pour que cela arrive !

Il avait quinze ans et demi, c'était la fin des vacances scolaires et il avait suivi son père, en déplacement professionnel à Lyon. Ils marchaient dans la rue piétonne de la République, quand une silhouette attira son regard. Il n'aurait su expliquer pourquoi, car des dizaines de personnes se baladaient là au même moment. Sans doute une part de lui l'avait-elle déjà reconnue dans la foule.

Ses souvenirs d'enfant auraient dû s'estomper depuis longtemps, car les photos de sa mère avaient peu à peu disparu de la maison. Mais lui avait conservé quelques clichés dans une boîte secrète. Son cerveau lui envoya l'information, pour aussitôt la refouler. C'était impossible.

Im-po-ssi-ble !

Le temps s'arrêta, tandis qu'un mécanisme de défense tentait de mettre à distance les émotions qui l'assaillaient.

Im-po-ssi-ble !

Elle était à quelques pas de lui.

Im-po-ssi-ble !

Elle avait toujours les cheveux blonds et courts. Elle avait neuf ans de plus, mais toujours le même visage.

Im-po-ssi-ble !

Elle était belle.

Im-po-ssi-ble !

Elle tourna les yeux vers eux. Gaël sentit les battements de son cœur s'enrayer. Le regard bleu acier le percuta. Il trébucha.

Tel un zombie, sa mère venait de ressurgir.

Ses certitudes se fissurèrent, fragiles comme du verre. La voix de sa sœur, en boucle, résonnait dans son cerveau : « Maman est morte ! Maman est morte ! Maman est morte ! »

Gaël sentit une boule d'angoisse gonfler dans sa gorge. Il allait s'évanouir, abandonner son corps sur le bitume. Il finirait là, piétiné par les passants ! Il s'affaissa sur l'asphalte. Son père se précipita pour le retenir.

Trop tard.

Une autre image se grava au fer rouge dans son cerveau. La main de sa mère, tenant une autre main.

Celle d'une femme.

L'onde de choc provoqua une succession de vagues qui déferlèrent, de plus en plus violentes, jusqu'à une lame de fond qui le submergea. Gaël se releva, dégagea le bras de son père qui tentait de le maintenir debout. Il regarda les deux silhouettes, puis courut vers l'arbuste le plus proche et vomit sur le sol un jet acide qui lui brûla la gorge.

Totalement abasourdis par la situation, les trois autres protagonistes restaient pétrifiés sur cette scène de rue improvisée. Soudain, la femme qui ressemblait au souvenir de sa mère fit un pas dans sa direction. Cela ramena le père à la réalité. En une demi-seconde, il fut près de Gaël et lui entoura les épaules de son bras puissant.

— Ça va ? Tu as mal digéré quelque chose ? On va rentrer à l'hôtel, je vais appeler un taxi.

Percevant le bruit des talons qui se rapprochaient, sans se retourner, il cria d'une voix ferme qui n'autorisait aucune réponse :

— On n'a pas besoin de vous. Merci.

La femme ne tint pas compte de ce refus. Elle s'avança, affolée. Un nouveau spasme tordit son estomac et Gaël vomit à nouveau, éclaboussant ses chaussures et son pantalon. Ses yeux suintaient des larmes brûlantes.

Son père, immédiatement, fit barrage de son corps.

— Je viens de vous dire de nous laisser. Y a rien à voir.

— Gaël ?

— Vous faites erreur.

— Non, je ne me trompe pas. Gilles, c'est toi, j'en suis sûre. Et lui... c'est... c'est forcément mon fils. Gaël... Mon fils fait un malaise. Jade, vite, appelle les secours !

Un peu en retrait, la femme interpellée s'apprêtait à intervenir si la situation dégénérait.

L'homme fit face à la mère de Gaël et éructa :

— Je te jure que si tu t'approches de lui, je te démolis.

Le visage de son ex-compagne pâlit et ses yeux se durcirent.

— Ne me menace pas. Tu ne vois pas qu'il est malade ? Jade, je t'en supplie, ne l'écoute pas, cria-t-elle à l'attention de sa compagne. Vite, les secours !

— Vous, ne vous en mêlez pas, la coupa Gilles d'une voix tranchante. Il est comme ça parce qu'il t'a vue, donc tu as intérêt à dégager vite fait, comme tu as déjà su le faire. Tu n'es plus rien pour nous. Tu es morte, tu entends, morte.

Le visage de la mère pâlit, mais elle reprit, refusant de se laisser intimider :

— Gaël, ne l'écoute pas. C'est ton père qui m'a empêchée de te voir. Il me menaçait. J'étais en dépression.

— T'étais pas déprimée pour te la taper, hurla Gilles en pointant du doigt la jeune femme en retrait. Les enfants et moi, tu nous as détruits ! Maintenant, tu te casses, sinon, je te jure que là, c'est moi qui te fracasse.

Affalé sur le bitume, Gaël grelottait, le corps secoué de spasmes. Il songea une seconde à courir après cette silhouette tant de fois espérée. Un fantasme chimérique ! C'était trop tard. On ne réécrit pas le passé. Ses mains prises de tremblements hésitaient à quitter son corps pour serrer sa mère dans ses bras ou pour l'étrangler. Elle d'abord, ensuite l'autre, dont il ne parvenait pas à regarder les traits et qui, accrochée au bras de sa génitrice, tentait de l'éloigner de la scène.

Elles n'avaient pas à le voir ainsi ! Il ne voulait pas de leur pitié. Il les haïssait. Il ignorait jusqu'à cet instant que haïr à ce point était possible.

Il se releva et donna des coups de pied à l'arbre contre lequel il venait de rendre ses tripes. Il n'avait plus besoin de cette douleur ! Il hurla. Il allait la crever ! Elle ferait enfin la une des faits divers !

Son père tentait d'éloigner les badauds qui s'étaient arrêtés pour les observer. Il attrapa son fils fermement et l'entraîna vers la place Bellecour, où il héla un taxi. En voyant l'état du jeune homme, le chauffeur refusa de les prendre dans son véhicule. Après deux refus, le père proposa une grosse rallonge au troisième chauffeur, qui accepta de les conduire, non à l'hôtel, mais à l'hôpital le plus proche.

Tout ce qui vivait autour de lui avait cessé d'exister. Gaël courba la nuque et se recroquevilla, la tête sur les genoux ; ses doigts crispés, ses ongles enfoncés dans son jean ; le cœur brûlé au fer rouge.

À partir de là, le film s'arrêta.

Quand il reprit ses esprits, quelques jours plus tard, il était allongé dans un lit d'hôpital. Mais personne ne semblait réellement savoir ce qu'il s'était passé. Son père avait inventé une histoire où Gaël avait croisé une fille dont il était tombé amoureux et qui l'avait humilié en se moquant de lui au lycée. L'adolescent en avait fait une dépression. Gaël valida cette nouvelle « vérité ». Il resta deux mois en unité de soins. Quand il sortit, on lui prescrivit des médicaments et on l'inscrivit dans un suivi psychiatrique.

Son père et sa sœur évitèrent également le sujet. Durant la semaine, Émilie était absente pour ses études, mais elle rentra tous les week-ends pour s'occuper de lui et tenter de lui changer les idées. Elle aussi fit semblant de croire à l'explication officielle de son hospitalisation. Mais à sa façon de le regarder, il comprit qu'elle était au courant. Plus encore le jour où, en ouvrant la boîte secrète dans laquelle il conservait les photos de sa mère, il constata qu'elles avaient disparu. Le week-end suivant, en colère, il demanda à sa sœur :

— C'est toi qui as fouillé dans ma boîte ?

— Oui. J'attendais que tu me poses la question. J'étais au courant depuis longtemps, frérot. C'est mieux comme ça. Il faut l'oublier, définitivement. D'ailleurs, qu'elle ne s'avise jamais de revenir dans nos vies. Si elle essaie de te faire encore du mal, je la tue.

Gaël en voulut à sa sœur durant plusieurs semaines. Il se renferma davantage sur lui-même. Il les détestait tous. Plus encore, ce clown de psy à qui il rendait visite tous les mois et qu'il réussissait de mieux en mieux à berner. Surtout ne rien laisser paraître. Ne pas parler de ce qui le rongeait. Faire croire que tout allait bien pour qu'on évite de lui poser des questions. S'il ouvrait les vannes maintenant, il ne réussirait jamais à contrôler la spirale de sa colère. Son père, sa sœur, la psy… et sa mère, il les exploserait tous contre un mur.

Un moment, il fut tenté par la drogue, mais préféra finalement se *défoncer* au sport. Les *loques* qui se camaient le dégoûtaient plus qu'autre chose. Il n'avait pas envie de se mêler à eux et encore moins de leur ressembler. Par ailleurs, sa rage pouvait passer pour de la combativité, une envie de se surpasser.

Il finit par pardonner à sa sœur. Il était préférable d'enterrer ces souvenirs maudits sous une chape de silence. Une forme d'amnésie thérapeutique.

Chapitre 26

Vanessa partit de l'Ehpad en courant, après s'être soudain rappelé qu'elle avait rendez-vous chez son généraliste. Elle continuait le traitement à base de passiflore, mais il lui était arrivé de prendre aussi trois ou quatre fois, une demi-dose d'anxiolytique. Le médecin conseilla à Vanessa de parler de ses angoisses à sa psychologue. Une crise comme celle qu'elle avait eue avant Noël n'était pas anodine. Vanessa lui avoua qu'elle avait fumé un *joint*, une fois seulement. Contre toute attente, il la félicita de ne pas avoir rechuté et d'avoir su gérer son manque.

— Mais j'ai craqué. J'aurais pu dire non. Je sais le faire. Je me suis sentie trop mal, après. J'avais l'impression d'avoir trahi ma fille.

— Le fait de culpabiliser ne peut pas améliorer la situation. Le plus important est de trouver un moyen d'occuper ton corps et ton esprit. Tu dois apprendre à te détendre et éviter de fréquenter des personnes qui consomment du cannabis.

— Ça va être difficile, car c'est une fille de l'Ehpad.

— Ah !

— Je veux pas la dénoncer.

— Évidemment, Vanessa, là n'est pas le sujet. Mais il est impératif que tu refuses fermement si elle te propose à nouveau de la drogue, sous quelque forme que ce soit. Si besoin, appelle-moi, viens m'en parler. Tu dois faire régulièrement des prises de sang et donc, si tu consommes, je le saurai. L'enjeu est trop important, Vanessa. Si tu replonges, tu ne pourras pas récupérer la garde de ta fille. La juge ne te fera plus confiance.

— Je vous en supplie. Ne dites rien à personne.

— Je me tairai cette fois-ci seulement. Tu es en bonne voie et tu dois persévérer dans l'abstinence. Sinon, tu connais le risque.

— Oui, je sais.

— Donc, tu dis « non ». Et si tu sens que tu vas craquer, le mieux est de quitter immédiatement le lieu où l'on te propose un produit. Je suis là pour t'aider, pas pour te faire la morale, mais j'insiste, car c'est important.

— OK, j'ai compris

Vanessa repartit un peu rassurée de chez le médecin, même si une partie d'elle-même s'agaçait de recevoir des conseils, comme une gamine. Au fond, elle avait conscience qu'il disait vrai, et elle était soulagée qu'il ait promis de ne rien dire de son dérapage.

***

Camille était en arrêt maladie depuis quelques jours. Certainement le contrecoup de la peur qu'elle avait eue lors du cambriolage et de l'agression à l'Ehpad. Le médecin avait diagnostiqué une rhino-pharyngite avec fièvre et toux ; le genre de chose qu'il vaut mieux éviter de ramener en maison de retraite.

Vanessa lui téléphona pour prendre de ses nouvelles et lui proposa de lui apporter quelques courses en attendant qu'elle se rétablisse. Lorsqu'elle arriva pour lui déposer les commissions, Camille la reçut en se tenant à distance.

— Pas de bisou pour le moment. Il vaut mieux que tu évites d'attraper une saleté ou que tu la ramènes au boulot. Du coup, je ne t'invite pas à manger avec moi. Une autre fois.

— De toute façon, je ne peux pas, la rassura Vanessa. J'ai pas prévenu le foyer.

— C'est super contraignant, dis donc ! Je ne sais pas si je supporterais.

— Je ne suis pas majeure, alors je suis obligée de suivre ces règles. Sinon, je pourrais me faire renvoyer.

Camille détourna son visage le temps d'une quinte de toux, avant de lui répondre :

— Ah d'accord. Je pensais que t'avais déjà 18 ans.

— Non, c'est pour ça d'ailleurs que je peux continuer à vivre là-bas. Après, je devrai partir. Je vais essayer d'intégrer un foyer pour mamans célibataires. Je dois convaincre la juge que je suis prête pour cela.

— La vache ! Bonjour la pression que ça doit te mettre ! Tu m'étonnes que t'aies des angoisses. Encore désolée pour l'autre fois. Promis, je ne te proposerai plus rien.

— C'est bon, c'était à moi de refuser ! Sinon, toi, pas trop flippée depuis l'agression à l'Ehpad ?

— Je sais bien que j'étais pas visée. J'étais juste là au mauvais moment, mais c'est pas le top ! Je crois que j'ai droit à des séances psy, je vais voir ça dès que ma bronchite sera terminée. Et à l'Ehpad, l'ambiance, pas trop sinistre ?

— Si, plutôt. C'est dingue quand même. Maintenant, y a un gardien à l'accueil. Tous les visiteurs doivent noter leurs noms, prénoms et coordonnées en entrant dans l'établissement et montrer une pièce d'identité. Y a des flics qui passent régulièrement dans la rue, surtout le soir.

Camille allait répondre, quand elle fut interrompue par une quinte de toux.

— T'as pas du sirop ? s'inquiéta Vanessa.

— Si, rassure-toi, j'ai tout ce qui faut. Le médecin m'a prescrit des *antibios*, aussi. Je suis passée chercher les *médocs* à la pharmacie.

— Fallait m'appeler. Je te les aurais apportés, réagit Vanessa.

— T'inquiète, c'est à cinq minutes de chez moi. Et pour les flics, tu sais s'ils ont trouvé quelque chose sur les caméras, à l'accueil ? demanda Camille qui avait envie d'en savoir plus sur le sujet.

— Non, pour l'instant ça n'a rien donné, apparemment. Mais je ne suis pas non plus dans les confidences du directeur !

— Ah ah ah ! Moi non plus ! Pour le cambrioleur, c'est vrai qu'il était bien camouflé avec sa capuche. Enfin, j'espère qu'ils vont quand même l'identifier.

Camille se remit à tousser sans discontinuer.

— Ça m'épuise, dit-elle en se mouchant.

— Bon, je vais te laisser te reposer. Je t'appellerai pour prendre de tes nouvelles.

Sur le chemin du retour, Vanessa songea à nouveau aux derniers événements. Entre le vol de l'enveloppe et celui des médicaments, personne ne se sentait plus en confiance à l'Ehpad, même si la sécurité avait été renforcée. L'euphorie de Noël s'était volatilisée.

Elle arrivait aux abords de son foyer, quand son téléphone se mit à vibrer. Le numéro qui s'afficha lui était inconnu. Elle répondit à l'appel sur la réserve.

— Oui, je suis bien Vanessa Chevalier. […] Quelle date ? […] Euh non… oui, attendez, je n'ai rien pour noter. […] Vous pouvez m'envoyer toutes les infos par mail ? Ah, merci beaucoup […] Oui, bien sûr, je viendrai avec ma fille.

Elle raccrocha et se mit à courir en direction de son foyer, impatiente de lire le mail sur l'ordinateur du salon et de raconter à Yasmine et Maria qu'elle avait rendez-vous dans un centre maternel.

Chapitre 27

Deux jours plus tard, après avoir prévenu l'Ehpad qu'elle devait s'absenter une après-midi pour un entretien dans un foyer mère-enfant à Montreuil, Vanessa prit le bus pour aller chercher sa fille dans la famille d'accueil.

Le centre dans lequel elle avait rendez-vous hébergeait des mamans isolées et proposait même des appartements autonomes, dont certains en HLM. L'âge des mères se situant entre 16 et 21 ans, elle faisait bien partie de la cible. Le logement pouvait être situé à Montreuil ou dans une autre commune de la Seine-Saint-Denis, ce qui l'arrangeait, car elle espérait ne pas trop s'éloigner des personnes qui comptaient pour elle. Yasmine lui avait conseillé de s'orienter vers des centres de ce type, car nombre de foyers n'acceptaient les hébergements que jusqu'aux trois ans de l'enfant. L'âge de Flora, dans un an, ce qui arriverait très vite. Il fallait donc anticiper et trouver un logement où Vanessa apprendrait à vivre en autonomie avec sa fille, tout en bénéficiant d'un accompagnement éducatif. Il y avait également une possibilité pour que la fillette intègre une crèche.

Que de bouleversements pour Flora et aussi pour elle-même ! Passer d'un foyer où elle n'était jamais seule à un appartement où elle gérerait l'intégralité du quotidien avec une enfant de deux ans. Un saut dans le vide, la fin d'une vie d'adolescente, voire d'insouciance, quoiqu'elle ait pu vivre jusqu'à présent.

Elle redressa la tête ! Elle allait y arriver. Elle se battait pour ça depuis des mois !

L'air était frais, mais le soleil brillait et, sur le chemin du retour, elle espérait avoir le temps de passer par le parc voisin de la maison d'Isabelle et Marc, la famille d'accueil. Là-bas, un mini-toboggan, des balançoires, un bac à sable et un manège permanent avec une monture licorne qui faisait l'émerveillement de Flora. Elle lui réclamerait forcément d'en faire un tour.

Vers 15 h, Vanessa sortit de la station de métro et se dirigea vers le pavillon avec l'impression de flotter au-dessus de l'asphalte. Elle pressa le pas, ne voulant perdre aucune des précieuses minutes qui lui étaient octroyées avec sa fille.

À peine le déclic de l'ouverture du portail se fit-il entendre que la porte de la maison s'entrouvrit et qu'une bouille d'ange apparut. Isabelle tenait Flora par la main, mais la fillette finit par s'en dégager pour se précipiter dans les bras de sa mère.

Vanessa se baissa au niveau du sol pour accueillir sa *princesse* et la serra contre elle, à l'étouffer.

Chapitre 28

En rentrant au foyer, elle croisa Yasmine qui l'invita à faire un débriefing dans son bureau.

— Comment s'est passé ton rendez-vous, Vanessa ?

La jeune fille fixait un point sur le mur.

— Il y a une place qui devrait se libérer dans les trois mois. C'est peut-être trop tôt, non ?

— On va voir cela avec la juge. Sinon, y en aura d'autres. C'est vrai que ça serait mieux que tu aies terminé ton année scolaire, pour toute l'organisation à mettre en place.

— Ça me fait un peu peur, quand même.

Yasmine attendit quelques secondes, puis lui demanda avec douceur :

— C'est le changement ou l'organisation qui t'inquiète ?

— Ben, les deux. En plus, je crois que cette place-là va être pour un temps très court. Un an tout au plus. Et même peut-être moins. Flora a déjà 2 ans pratiquement. Qu'est-ce que je vais devenir après ? Je pensais que le suivi continuerait. Mais ils me l'ont avoué, il y a parfois des situations difficiles où les mamans se retrouvent sans nulle part où aller.

— Je croyais que leur accompagnement se poursuivait jusqu'aux 21 ans de la mère.

— Oui, seulement c'est en dehors du foyer et ils ont peu de places. Ils ne peuvent pas m'assurer que ça sera possible.

Vanessa fondit en larmes.

Yasmine soupira.

Elle savait le drame que pouvait représenter, pour une mère et son enfant, de devoir quitter un foyer, sans avoir de solution de relogement, même temporaire. Que faire dans ces cas-là ? Continuer à les héberger sans recevoir de rétribution ? Les organismes ne tiendraient pas très longtemps sans l'aide des pouvoirs publics et des régions. Et puis, il y avait d'autres jeunes filles qui attendaient de pouvoir intégrer la structure. Comme Vanessa, par exemple. Et pour ça, il fallait que certaines sortent du système. La question se posait déjà ici, puisque l'hébergement prenait fin aux 18 ans des gamines.

C'était un cercle infernal. On tentait de créer un espace familial, mais la stabilité n'était que provisoire. Si l'éducatrice avait connu des jeunes filles qui s'en sortaient remarquablement bien, d'autres sombraient dès qu'elles quittaient le foyer, et elles se retrouvaient à appeler le 115 pour trouver un hébergement d'urgence avant la nuit. Quand elle parvenait à les joindre ! Et quand il restait de la place ! Tant de semaines, de mois, à les accompagner, les épauler, les encourager, tout ça pour recommencer quasiment à la case départ. À les imaginer toutes seules dehors, avec les dangers que cela supposait, Yasmine en faisait des cauchemars. La précarité et la rue détruisent en général, mais plus encore les femmes.

Elle se reprit rapidement pour ne pas transmettre ses angoisses à Vanessa. La gosse n'avait pas besoin de ça, elle avait déjà les siennes ! Et Yasmine voulait encore y croire. Croire qu'elle servait à quelque chose. Que pour quelques-unes, au moins, les années passées au foyer faisaient une différence !

— Vanessa, je te propose de prendre les étapes les unes après les autres, sans les gérer toutes en même temps. Quand tu intégreras le foyer maternel, tu ne seras pas seule. Tu bénéficieras d'un soutien psychologique et éducatif. Même à la sortie, tu pourras encore avoir une personne pour t'accompagner. La question du logement est effectivement cruciale. Le centre maternel doit normalement aider à constituer le dossier administratif de demande de logement. C'est sûr, l'attente avant le passage en commission est longue. Plus globalement, un point positif pour toi, c'est que tu auras un bac pro avec lequel tu pourras trouver du boulot. Souvent, les jeunes femmes qui se retrouvent dans la précarité n'ont pas de formation et rencontrent de grosses difficultés à se faire embaucher.

— Si ça foire, je ne m'en remettrai pas, lui répondit Vanessa.

— On va rester positives, hein ? Je vais te raconter une histoire un peu drôle, mais tu vas comprendre. Imagine que tu ailles te promener et que je te donne comme consigne : « Ne regarde pas ce qui est rouge ». À la fin de la balade, que crois-tu qu'il se sera passé ?

— Je ne sais pas. Ah, si, j'aurai repéré plein de choses rouges que je ne devais pas regarder. Peut-être même que j'aurai vu du rouge partout !

— Oui, au final, les seules choses que tu ne voulais pas regarder seront celles auxquelles tu auras prêté le plus attention. Eh bien là, c'est un peu pareil. Plus tu penses à ce qui te fait peur, à ce que tu redoutes, et moins tu trouves de solutions. Tu ne vois que les galères et tu te précipites dessus, en quelque sorte, comme si tu étais aimantée.

— Ah non non non ! C'est pas ça que je veux !

— Alors, on va tenter de se concentrer sur les solutions. Et les mettre en place l'une après l'autre, OK ?

— Bien, m'dame, je crois que j'ai compris le message !

Yasmine posa ses lunettes sur le bureau, puis sourit à Vanessa qui, d'un bond, se leva et se jeta dans ses bras.

— Merci d'être là pour moi.

— Ça va, pas trop gonflante avec mes conseils de « vieille » ? lui demanda-t-elle en singeant les guillemets pour la faire rire.

— Non, je t'adore. Et t'es pas vieille ! Heureusement que je t'ai.

Yasmine se garda de répondre « c'est mon métier », car c'était tellement plus que cela. Elle se sentait concernée par l'avenir des filles qu'elle accompagnait. Difficile de conserver une distance émotionnelle. Chaque départ était aussi pour elle un déchirement. Mais ça, c'était sa vie, son choix. Une sensibilité qu'elle cachait parfois sous des dehors un peu brusques. Une façade qui mettait peu de temps à se fissurer pour montrer sa vraie nature.

La conversation se termina sur un appel de Camille à Vanessa.

— Salut, la belle, j'te dérange ?

Vanessa jeta un œil à Yasmine.

— C'est bon pour moi, Vanessa. Vas-y, si tu as autre chose à faire.

L'adolescente la remercia d'un sourire et se leva en répondant :

— Non, ça va, je finissais mon entretien avec mon éducatrice, tu sais, celle dont je t'ai parlé. Et je suis allée visiter un foyer maternel.

— Ben oui, je sais. C'est pour ça que je t'appelle. Allez, raconte !

Chapitre 29

Vanessa - Vendredi 8 janvier 2016

Le matin, Vanessa partit en pantalon de sport et baskets. Elle terminait à 16 h et comptait aller directement courir au canal de l'Ourcq avant qu'il ne fasse nuit. Elle portait un blouson qu'elle attacherait autour de sa taille si elle avait trop chaud. Pas la tenue idéale pour faire du sport, mais elle avait besoin de se vider la tête et d'être dehors.

À la fin de son service, elle salua rapidement tout le monde et partit d'un pas rapide en direction du canal, histoire de s'échauffer les jambes. Dix minutes plus tard, elle arrivait à la passerelle, qu'elle traversa pour suivre le chemin de halage en direction de Pantin.

Un peu plus loin, sur la berge, elle longea un tas gris terreux déposé sous la pile du pont. En ralentissant, elle reconnut ce qu'il restait d'un scooter et d'une sorte de mobylette mêlés à de la ferraille, à des sacs et des cannettes, le tout figé dans un mélange de vase et de boue. Que faisait donc là cette étrange sculpture post-apocalyptique ? Apparemment sortie du fond du canal et sans doute laissée sur place en attendant d'être évacuée.

Elle continua sa course, longea le quai en face duquel se trouvaient les silos d'une cimenterie. Cette partie du canal n'était pas la plus agréable. La piste qui partait d'Aulnay vers le parc forestier était presque champêtre, mais la berge en direction de Paris était mieux éclairée le soir.

Après avoir traversé un pont, elle parvint aux abords d'anciens entrepôts aux murs tagués. De la tôle ondulée et des échafaudages de métal rouillé s'intercalaient entre de nouveaux immeubles en construction. Toute cette zone était en train d'être réaménagée. Sur le quai d'en face, le long du chemin de halage, deux personnes promenaient un chien. Un peu plus loin sur sa droite, des jeunes en train de fumer, cannettes à la main, étaient assis sur le dossier d'un banc. En l'apercevant, l'un d'eux se leva et regarda fixement dans sa direction.

Instinctivement, Vanessa ralentit sa course, à l'inverse des pulsations de son cœur qui s'accélérèrent. Elle n'avait pas vraiment peur, mais la luminosité commençait à baisser et elle avait hâte que les lampadaires s'allument. Elle fit le vœu silencieux que les quatre jeunes la laissent passer en paix. Aucune envie de faire la causette ni de se faire draguer. Ce n'était pas le jour ! Pour autant qu'il y en ait où l'on a envie de se faire harceler par une bande de zonards !

Celui qui s'était levé la siffla de loin, puis l'interpella, avançant dans sa direction, la démarche chaloupée, comme en train de faire son show.

— Hey, ça va, la *runneuse* ?

Ça y est ! Elle n'allait pas y couper. Elle continua comme si elle n'avait rien entendu, évitant de croiser le regard de l'interlocuteur, pour ne rien alimenter.

— Ah bah, *t'es grave charmante*, toi. Tu cours après qui, comme ça ? C'est nous que tu cherches ? Viens, on va rigoler un peu.

Derrière lui, les autres émirent un rire gras.

— Surtout que tu ne dois pas avoir chaud aux fesses, avec ce froid ! Nous, on peut te réchauffer de partout !

Elle arrivait presque à la hauteur du groupe. Elle essaya de ne pas accélérer le pas, de ne pas montrer qu'elle pouvait être déstabilisée. Faire demi-tour serait pire. Une façon d'avouer sa peur.

— Genre, elle nous calcule même pas ! Sur la vie de ma *reum*[1], elle se prend pour qui, cette pétasse ? éructa le mec en crachant par terre.

Involontairement, Vanessa rentra la tête dans les épaules et fixa le sol, avant de relever les yeux. L'agressivité venait de monter d'un cran. En ricanant, le reste de la bande chambrait le jeune qui avait initié la « conversation » :

— T'es pas à son goût, apparemment !

Le concerné réagit aussitôt :

— Tu vas arrêter de te la péter, sale chienne !

C'était insupportable ! À chaque coin de rue, à tout moment, elle pouvait subir des avances lourdes ou se faire insulter ! Jusqu'à présent, parmi les autres coureurs, les cyclistes, les familles et les personnes qui baladaient leur chien, elle s'était sentie épargnée par ces comportements.

Elle inspira profondément et essaya de calmer les battements de son pouls. Ne pas leur faire le plaisir de paniquer. Elle garda le menton relevé. Les mecs étaient en train de fumer et elle courait sûrement plus vite qu'eux, mais elle n'avait pas envie de prendre le risque. Celui qui restait à quelques mètres d'elle tenait son mégot,

---

1. Mère.

entre le pouce et l'index. C'était un *joint*, qu'elle identifia à l'odeur qui arriva jusqu'à elle. Le gars aspira une taffe et recracha la fumée qui se mêla à la buée de sa respiration. Un autre bougea du banc sur lequel il était assis, les fesses sur le dossier. Tous observaient en gloussant, attentifs à ce qui allait se passer. Pour l'heure, ils demeuraient éloignés de la scène, plus désireux de boire leur cannette et de fumer qu'intéressés par la présence de Vanessa.

Un cycliste passa à proximité, pédalant à vive allure. Il ne remarqua pas la situation ou peut-être ne voulut-il pas y prêter attention. Encore incertaine de la suite des événements, Vanessa n'osa l'interpeller. Le type n'aurait probablement pas compris qu'elle sollicite son soutien.

Vraiment ? Des « insultes », n'était-ce pas suffisant pour demander de l'aide à un tiers ? Sait-on jamais quand ce genre de situation peut dégénérer ou non ?

Mais le cycliste aurait-il été de cet avis ?

L'autre revint à la charge :

— Arrête-toi, là, j't'ai causé !

En serrant les poings, elle dévia sa trajectoire pour ne pas passer près du jeune zonard. Elle n'était pas sa chose et n'avait pas à lui obéir ! Marre qu'on lui pourrisse la vie ! Elle ne demandait rien à personne, sinon qu'on la laisse tranquille ! C'était trop exiger ? Si elle ne pouvait même plus se défouler en courant le long du canal, elle allait péter les plombs !

Sa colère monta d'un cran. Elle respira à fond et releva la tête, avec soudain une furieuse envie d'insulter en retour ce taré, de lui cracher au visage. Elle siffla entre ses dents :

— J't'emmerde !

Bien sûr, il l'entendit.

— Toi, tu fermes ta gueule ! Eh, vous avez vu ? La bâtarde, elle vient de m'insulter ! Tu crois que j'vais m'laisser pourrir par une *karba*[1] ?

Énervé, il se tourna vers ses potes et la singea avec de grands gestes pour paraître imposant. Il n'était guère plus grand qu'elle au final et ne devait pas avoir plus de 15 ou 16 ans. Une espèce de duvet ombrait le bas de son visage, entre sa lèvre supérieure et son nez. Elle jaugea rapidement la situation, jetant un regard derrière elle. C'était le pire moment : celui où elle allait leur tourner le dos. Un des gars assis sur le dossier du banc avala une gorgée de bière et s'esclaffa, triomphant, à l'intention de celui qui s'était fait rembarrer :

— J't'avais dit que c'était une allumeuse !

Profitant des quelques secondes où ils ne la regardaient plus, Vanessa accéléra. Voyant qu'elle lui échappait, celui qui la harcelait depuis le début se lança à ses trousses, faisant signe aux autres de le suivre. Vanessa avait déjà quelques mètres d'avance. Un peu plus loin, juste après le bloc d'entrepôts tagués, se trouvait un tas de fer-raille et matériel divers entreposés. L'adolescente se pressa pour y parvenir avant qu'ils ne la rejoignent.

Boostée par l'adrénaline, elle ne sentait pas le moindre essouf-flement.

Elle passa près d'une péniche amarrée, sans vraiment la voir. Un chien qui somnolait sur le pont se mit à aboyer, en réaction aux cris et à la ruée des trois jeunes qui poursuivaient Vanessa. Le dernier se traînait à l'arrière. Il s'arrêta, tira une dernière taffe sur son mégot qu'il écrasa ensuite au sol en râlant.

— Merde, je me suis brûlé les doigts.

Le premier accéléra en vociférant :

---

1. *Karba* signifie pute, en langage banlieue.

— Regarde cette *bitch*[1], elle veut nous faire courir. Tu perds rien pour attendre !

Vanessa atteignit enfin la zone où étaient entassés entre autres des tubes métalliques et d'anciennes canalisations débitées en tronçons. Son cœur battait à tout rompre. Sans réfléchir, mue par un instinct de conservation, elle attrapa une barre de fer, s'en saisit à deux mains et se retourna pour faire face aux trois mecs qui la suivaient. Tout pouvait dégénérer en quelques secondes.

Ils stoppèrent, surpris.

— *Wesh* ! Tu fais quoi, là ! Arrête ton *bad trip*, nous, on veut juste s'amuser avec toi.

Le deuxième fit un geste de la main pour la calmer.

— On n'est pas des pourris. T'as qu'à venir avec nous, hein, on s'fait une petite *teuf*[2].

Elle serra les dents et les fixa d'un regard noir.

— Mais arrête de faire ta princesse !

Une nouvelle dose d'adrénaline monta dans ses veines. Elle avait envie de leur vomir à la tronche, de les défigurer à coups de batte dans la gueule. Elle hurla soudain sa rage, brandissant la barre de fer à leur encontre.

Les deux plus jeunes reculèrent d'un pas, en levant les bras. Mais l'autre supportait mal la rébellion de la fille qu'il avait de plus en plus envie de mater. Il commença à l'agonir d'injures menaçantes.

— J'te jure que si je t'attrape, tu vas y passer !

Il repéra soudain une femme en vélo qui roulait sur la piste, écouteurs sur les oreilles. De là où elle arrivait, le pont lui masquait la silhouette de Vanessa. Malgré tout, les garçons radoucirent leur

---

1. Pute, en anglais.
2. Fête, en verlan.

discours, l'air de rien, ignorant si la cycliste avait vu quelque chose. Autant rester sur ses gardes.

— Eh là, tu vas pas nous agresser ! Nous, on veut juste causer avec toi. Oh, elle est pas tranquille, celle-là !

Un costaud d'une cinquantaine d'années sortit sur le pont de la péniche, à une vingtaine de mètres du groupe. Le chien, qui l'avait alerté par ses aboiements, vint s'asseoir à ses côtés. Nerveux, l'animal restait à l'affût. L'homme observait la situation. Que faisait cette gamine avec une barre de fer, semblant menacer les trois garçons qui lui faisaient face ? Non, même de loin, elle ressemblait à une bête traquée. L'homme comprit rapidement la scène. Il avait autrefois travaillé dans un service de victimologie. Il avait changé de métier, mais son acuité n'avait pas faibli. C'était elle qui était en train de se faire agresser, non l'inverse. Il en eut immédiatement la certitude.

— Eh, vous, là-bas, qu'est-ce qu'il se passe ?

Les jeunes s'écartèrent de Vanessa, ouvrant les bras et hochant la tête en signe d'incompréhension.

— Ben, on sait pas. On voulait juste lui causer un peu et elle nous a sauté dessus avec sa barre, là.

L'homme n'était pas du genre à se laisser impressionner. Il passa la main sur son bouc et répondit d'une voix calme et ferme.

— Si elle n'a pas envie de causer, c'est son droit. Foutez-lui la paix.

Le plus agressif n'apprécia guère cette intervention directive ! Il réagit de façon détournée en s'adressant à ses potes :

— Qu'est-ce qu'il nous casse les couilles, ce bouffon, on lui a rien demandé.

— Non, répondit l'homme qui avait bien sûr tout entendu. En revanche, moi je vous demande quelque chose : vous reculez et vous la laissez partir.

Vanessa restait immobile, vigilante, refusant de lâcher son arme de secours.

Le chien, un dogue noir mâtiné de taches fauves, quitta sa place sur le pont et avança sur la passerelle qui menait sur la berge. Une fois à terre, il s'approcha doucement du groupe, babines relevées, grondant en sourdine.

Les deux jeunes les moins audacieux repérèrent le molosse et commencèrent à reculer.

— Laisse tomber cette pétasse, elle en vaut pas la peine, dit l'un d'eux à l'attention du plus agressif.

Celui-ci tourna la tête et aperçut également l'animal.

— Faites remonter votre *clebs*[1] sur votre bateau, brailla-t-il à l'attention de l'homme qui s'était avancé sur la passerelle.

— Ici, c'est pas interdit aux chiens.

Le jeune harceleur se crispa. Les os de ses pommettes saillaient sous sa peau et ses yeux perçants lançaient des éclairs.

— Si le *clébard* s'approche de moi, j'le crève.

Néanmoins, le gamin ne semblait pas en mener large et l'expression arrogante de son visage se délitait seconde après seconde.

— Le chien ne te fera rien si tu ne l'agresses pas et si tu arrêtes de hurler. Il n'attaque jamais sans en avoir reçu l'ordre. Alors tu te calmes et tu retournes à tes occupations. Et tu laisses la jeune fille se balader tranquille.

Il jeta un œil à l'adolescente. Toujours sur la défensive, elle s'accrochait à la barre de fer qu'elle tenait à pleines mains. Le barbu s'avança de quelques pas, impassible, du moins en apparence. Le regard de Vanessa papillonnait fébrilement de droite à gauche. À qui se fier ?

_____

1. Clebs : chien, en argot.

Le garçon qui s'était éloigné le plus commença à marmonner quelques mots salaces en ricanant, sûr d'être suffisamment à distance pour que l'homme ne le comprenne pas.

— En fait, tu veux te la faire, hein ?

Sur la passerelle, le batelier fit une pause.

— Je ne suis pas certain d'avoir bien entendu.

Sa voix était grave et assurée. Celle d'un homme qui n'a pas peur. Il prit le temps de remonter le col de sa veste. Un silence s'installa, comme si chacun des acteurs avait oublié son texte. La scène s'était soudain figée dans le temps. Sur le canal, un canard caqueta avant de plonger, laissant simplement dépasser ses pattes et son arrière-train.

L'homme et le jeune se défiaient du regard. Tous les autres attendaient de voir comment allait évoluer la situation, y compris le chien qui restait droit sur ses pattes, la tête renfoncée dans les épaules, les yeux fixes. Devant l'assurance du marinier, les voyous semblaient hésiter. Centimètre par centimètre, le quinquagénaire progressait vers eux, sans geste brusque.

Soudain, il y eut un bruit de porte qui claque. L'homme tourna son visage une demi-seconde vers la timonerie. Une femme brune, la cinquantaine bien portée, apparut sur le pont. Son conjoint lui lança de loin :

— Je pense que nous allons avoir une invitée. Tu pourrais apporter une boisson pour la jeune fille ?

La femme tourna la tête et comprit immédiatement le problème.

— Oui, bien sûr ! Venez, mademoiselle.

Vanessa se détendit un tout petit peu à la vue de la femme qui lui souriait d'un air chaleureux. Elle profita de la diversion pour s'avancer vers le bord du quai, la barre de fer toujours bien en main, contournant la scène. Soudain, le jeune qui l'avait poursuivie démarra en trombe dans sa direction.

— Eh, toi, bouge pas ! On a un compte à régler !

L'adolescente s'arrêta net. Avec une agilité surprenante, le marinier fondit sur l'agresseur en seulement deux bonds. Le jeune fanfaron se retourna à temps pour recevoir un coup de pied dans le tibia. Sous l'impact, il plia de douleur. L'homme en profita pour lui bloquer le bras et tordre son poignet vers l'arrière, exerçant une pression jusqu'à ses omoplates. De son autre bras, le batelier asséna un coup puissant à la nuque de l'agresseur. Celui-ci s'effondra en hurlant, tandis que ses complices, pris de panique, reculaient, prêts à prendre leurs jambes à leur cou, bien qu'hésitant encore à abandonner leur pote. Réalisant que personne ne la menaçait plus, Vanessa lâcha précipitamment la barre de fer et courut se réfugier sur le pont de la péniche.

Au même moment, un homme en vélo s'approcha du groupe et intervint d'une voix claironnante.

— Maintenant, vous allez foutre la paix à la fille. J'ai tout vu depuis l'autre côté du canal et j'ai filmé avec mon téléphone. Le temps que je traverse le pont, je n'ai pas pu vous aider plus vite, s'excusa-t-il à l'attention du marinier et de Vanessa. Et vous, les gars, on n'entend peut-être pas vos mots, mais je vous jure qu'on remarque que vous êtes en train de l'agresser. Alors, maintenant, vous dégagez, sinon j'appelle les flics.

Ça commençait à sentir mauvais !

L'un des trois tenta une autre approche.

— Mais, m'sieur, vous avez vu, c'est la fille et puis l'autre cinglé qui ont agressé notre copain !

— Vous vous foutez de moi ! J'ai filmé. Il a défendu cette fille que vous refusiez de laisser tranquille. Maintenant, vous dégagez, sinon vous aurez aussi affaire à moi !

Les trois adolescents commencèrent à battre en retraite. Le plus agressif du groupe, vacillant sous le coup de la douleur, ne put s'empêcher de brandir un doigt d'honneur à l'attention du cycliste et du marinier. Il s'était relevé difficilement et semblait groggy, mais venait d'envoyer balader ses deux copains quand ils s'étaient approchés pour le soutenir. Sa fierté en avait pris un coup.

Quelques instants plus tard, tous avaient disparu.

Vanessa sentit ses muscles se relâcher. Elle était à bout de force et tremblait, encore sous le choc. La marinière s'avança doucement vers elle et posa une petite couverture sur ses épaules.

— Voulez-vous porter plainte ? lui demanda-t-elle. Je peux vous accompagner au commissariat. L'homme qui a filmé la scène est parti, mais il a donné ses coordonnées à mon mari et lui a envoyé le film. Ce n'est pas hyper net, mais enfin, on devine très bien ce qu'il se passe.

— Non, ça ne servira à rien.

— Vous êtes sûre ? C'est important de ne pas laisser ce genre de comportement impuni.

— Je veux bien que vous m'envoyiez le film également. Et puis je prendrai le téléphone du monsieur en vélo, au cas où.

— D'accord. Je vais aussi vous donner le mien.

L'émotion de Vanessa oscillait entre soulagement et frustration ! Elle ne voulait pas renoncer à ces sorties, nécessaires à son équilibre. Et elle en avait ras le bol de ce monde où elle se sentait toujours victime potentielle !

— Peut-être pourriez-vous courir avec une amie ? lui suggéra la compagne du marinier.

— Oui, peut-être…

Elle avait eu peur, mais elle avait aussi senti une rage violente monter en elle, comme un volcan. La volonté de ne plus être une victime. Jamais.

La dame tint à la raccompagner en scooter, ce qu'elle accepta finalement, après quelques tergiversations. Elle reprenait peu à peu ses esprits et réalisait que le couple l'avait sauvée d'une situation qui aurait pu vraiment virer au drame. Une fois arrivée à cinquante mètres du foyer, la femme la déposa et Vanessa la remercia chaleureusement.

— C'est normal, lui répondit-elle. Si j'avais été à votre place, j'aurais aimé qu'une personne intervienne. Bon, en tout cas, prenez garde à vous. Essayez peut-être d'aller courir à des horaires où il y a plus de monde.

Vanessa lui sourit timidement.

— D'accord.

— Donnez-moi de vos nouvelles de temps en temps, ça me fera plaisir. Vous avez notre téléphone. Et si vous voyez *La Belle Étoile* amarrée, n'hésitez pas à venir nous dire bonjour.

Cet échange permit à Vanessa de relâcher un peu la pression qu'elle avait eue plus tôt. Heureusement, il y avait des gens bien. Il fallait qu'elle focalise ses pensées sur la gentillesse de ceux qui l'aidaient. Dans un élan spontané, elle se jeta dans les bras de la femme, comme une enfant qui aurait eu besoin de réconfort. Une enfant qu'elle était encore.

***

Une fois rentrée au foyer, Vanessa monta directement à l'étage, adressant à peine un petit salut de loin au groupe des filles qui papotaient dans le salon. Elle ne désirait qu'une seule chose : se réfugier dans sa chambre. Évidemment, Maria la rejoignit. Elle avait l'œil pour repérer quand elle n'allait pas bien. Il est vrai que cela se voyait un peu comme le nez au milieu de la figure !

Vanessa finit par se confier à son amie, tout en lui faisant promettre de ne rien répéter à personne. Elle refusait de se rendre au commissariat de police ! Et Yasmine chercherait à la convaincre. Ça ne servirait à rien. On n'allait pas mettre des individus en prison parce qu'ils lui avaient mal parlé ! Si ça se trouve, le fait qu'elle ait tenté de se défendre avec une barre de fer se retournerait contre elle.

— Sérieux, tu voulais les exploser ? lui demanda Maria, les yeux arrondis de surprise. Toi, toute seule face aux trois mecs ? T'es folle !

— Je ne sais pas, ça m'a rendue dingue ! Oui, je crois que j'aurais pu les frapper ! C'était très bizarre, j'étais à la fois morte de trouille et folle de rage ! Bon, heureusement que le gars de la péniche était là, car je me serais sûrement fait massacrer.

— Je connais cette colère. C'est ce que je ressentais pour mon beau-père ! Il cherchait à me tripoter dès que ma mère tournait le dos. Il hurlait quand je m'enfermais dans la salle de bain. Il a fini par jeter la clé. Je veux pas revenir sur ça, mais oui, je ressentais un mélange de peur et de rage. Et ça me frustrait parce qu'il était beaucoup plus fort que moi.

— J'suis désolée, Maria. J'ai pas le droit de me plaindre.

— Eh, poulette, y a pas de rivalité ! On va pas commencer à comparer qui a le plus trinqué ! Et tout ce qu'il faut retenir, c'est que désormais, c'est fini ! On n'en veut plus !

— On n'en veut plus, on n'en veut plus, on n'en veut plus ! répéta Vanessa.

— T'as été courageuse, ma caille.

— J'ai eu de la chance qu'on vienne m'aider.

— Quand même, tu t'es pas laissé faire. Par contre, je suis pas trop rassurée. Tu penses retourner courir là-bas ?

— J'essaierai d'aller de l'autre côté, c'est peut-être plus sûr. Je n'ai pas envie de me priver pour une bande de machos ! Ça me fout la haine ! Faut que je trouve quelqu'un pour courir avec moi. Peut-être Camille ?

— J'ai une idée : tu pourrais partager ta position avec moi sur Google Maps, à chaque fois que tu vas courir. Comme ça, je saurais où tu es. Parce que moi, courir, c'est pas mon truc !

— Tu m'expliques ?

— Passe-moi ton téléphone, je vais te montrer. Par contre, faudra activer la localisation, sinon ça fonctionnera pas.

Au même moment, elles entendirent des rires dans le couloir. Quelqu'un gratta à la porte de la chambre de Vanessa.

— Ohé, c'est l'heure du repas.

— On arrive, cria Maria. Bon, je réglerai le partage tout à l'heure.

Vanessa l'attrapa par le cou et plaqua une bise sonore sur sa joue.

Plus tard dans la soirée, une fois seule, Vanessa s'installa en tailleur sur son lit et saisit son téléphone. Maria avait bidouillé le partage de position, mais elle ne se sentait pas totalement rassurée. Et surtout, elle ne supportait plus d'être agressée à tout propos. Comment se défendre ? S'inscrire à un cours de judo ou de krav maga ? Elle se renseignerait à la prochaine rentrée scolaire. En attendant, elle surfa sur différents sites qui proposaient des moyens de défense ; envisagea de commander une bombe lacrymogène ; explora une page qui affichait des couteaux de poche multifonctions, et autres couteaux de survie. Elle cherchait quelque chose de peu cher et de petite taille qu'elle garderait sur elle en permanence et qui pourrait lui servir à se défendre. Même si elle espérait ne jamais avoir à l'utiliser. Elle jeta un coup d'œil sur des sites de ventes d'occasion. Il y avait un peu de tout : des couteaux de chasse, pour le camping ou la randonnée, des couteaux suisses, des Opinels. Sur *eBay*, elle finit par dénicher un couteau de poche pliant pour cinq euros, vendu pas très loin, au Blanc-Mesnil. Franchement, elle avait craint que ça ne soit plus cher. Elle cliqua sur le bouton « Achat immédiat ».

Chapitre 30

L'autre de ton existence,
celui que tu voudrais être,
que tu ne seras jamais.

Sybille Rembard
Sosie décalqué

Gaël avait déménagé à Paris, après la fin de ses études. Dans sa branche, peu de chômage. Il trouvait facilement des missions en intérim et pouvait enfin s'affranchir du joug familial pour mener son existence comme il le souhaitait ! Professionnel et sociable dans son travail, il conservait ses distances et restait solitaire dans le privé. Se perdre dans l'anonymat des rues de la capitale lui convenait. Comme c'était grisant de croiser des milliers d'inconnus et de passer comme une ombre au milieu d'eux !

Il comprit la finalité de sa quête, le soir où il *la* repéra de façon fortuite. Mais le hasard existe-t-il ?

Les week-ends suivants, il revint, obnubilé par le visage ovale de la fille, sa peau lumineuse, ses pommettes hautes, son sourire solaire. Tout lui semblait familier, comme s'il existait une connexion invisible entre eux. Elle portait des bracelets aux poignets, un bijou en forme de croix autour du cou, de petites lunettes rondes en métal, et ce soir-là, elle était vêtue en noir et blanc : veste décontractée et t-shirt décolleté laissant deviner, sur le haut de sa poitrine, un tatouage. Ses cheveux blond cendré flottaient sur ses épaules.

La première fois qu'il l'avait remarquée, elle rejoignait une autre fille à la silhouette longiligne et au visage de poupée de porcelaine. Elles s'étaient embrassées devant la porte de la boîte de nuit. Gaël en était resté bouche bée, pétrifié. Très vite, il avait pris conscience que son attitude risquait d'attirer sur lui le regard des personnes qui fréquentaient le bar, et celui du videur, sur ses gardes. Il avait dû ruser pour revoir la fille sans se faire repérer.

S'imaginer ce qui se déroulait dans cet endroit le dégoûtait et, paradoxalement, éveillait chez lui un désir irrépressible jusque-là insoupçonné. Il avait déjà entendu des trucs sur la drague gay qui consistait à trouver des partenaires éphémères dans des lieux publics ou des bars spéciaux. Il comprit, en cherchant des infos sur internet, que certaines lesbiennes faisaient la même chose. La fille, à laquelle il avait attribué le surnom de *Sapho,* fréquentait ce club, mais d'autres également, comme il l'avait découvert un soir, en la suivant discrètement. Il se représentait des scènes de débauche se déroulant dans ces lieux. Il se faisait des films. Il l'imaginait offrant son intimité dans des recoins plus ou moins secrets du bar.

Quand il rentrait, il frappait de toutes ses forces dans son sac de boxe, redoublant d'efforts, pour évacuer cette étrange et violente fébrilité. Ce qu'il voulait, c'était transpirer, suer cette sève dépravée, cette perversion obsessive, se libérer de ce trouble intérieur qui l'avilissait. De ce double qui le possédait.

Quand il s'était apaisé, souvent après s'être soulagé sexuellement, il prenait une douche pour se laver de toute cette crasse et il se jurait de ne plus jamais céder à ces fantasmes maudits. Il se hâtait surtout de tout oublier et de retourner à la normalité. Celle à laquelle il aspirait, de toute son âme malade.

Chapitre 31

À petits pas, Philippe Barbet accompagna à sa table la résidente centenaire dont on célébrait le siècle, ce jour-là. Étaient présents le directeur, l'ensemble du personnel, les résidents, et, bien sûr, la famille de la vieille dame.

Camille avait repris le travail quelques jours plus tôt. Elle et Vanessa terminaient d'installer les participants au goûter de cette après-midi festive, dans un joyeux brouhaha de voix et de raclement de chaises. Une grande table avait été dressée pour la reine du jour. Soucieuse de faire honneur à son siècle et à ses invités, la vieille dame portait une élégante robe bleu lavande rehaussée par un foulard en soie et un collier fantaisie. Elle avait demandé à se rendre au salon de coiffure, et ses cheveux bouclés formaient un halo nacré autour de son visage légèrement maquillé. Elle souriait, entourée de sa famille. Plusieurs bouquets de roses embellissaient la table d'honneur. La salle était décorée de banderoles et de ballons. Pour animer l'ambiance de cette après-midi enjouée, un couple de musiciens avait même été requis.

Lorsque vint le dessert, Philippe Barbet entonna en musique l'incontournable « Joyeux anniversaire », accompagné par la famille de la centenaire qui tapait des mains en rythme. Bientôt, toute l'assemblée reprit la chanson en chœur. Émue, la dame sortit discrètement un mouchoir, alors que sa petite-fille l'enlaçait tendrement. Puis, pendant que chacun se régalait avec le fraisier, la chanteuse assura le fond musical, accompagnée par son conjoint au piano électrique. Peu à peu, le couple commença à alterner des morceaux calmes et d'autres plus dynamiques, pour que ceux qui le voulaient – ou le pouvaient – puissent danser. La résidente qui fêtait un siècle n'était plus très ingambe, mais elle tapait dans les mains et se balançait en rythme, les joues rosies par le verre de champagne qu'elle avait bu. Lucas, l'ergothérapeute du foyer, s'approcha d'elle et lui proposa de faire quelques pas. Elle déclina, tout en le remerciant d'une bise sur le front. Elle se régalait surtout de l'ambiance et du spectacle. Elle se mit à rire en voyant un grand-père, aux anges, qui frappait sur le siège de son déambulateur comme si c'était un djembé !

Apercevant Mme Martin qui déambulait dans la salle, le pas rythmé et battant des mains, Vanessa l'invita à danser. La jeune fille trouvait cette vieille dame attendrissante et s'arrêtait discuter avec elle chaque fois qu'elle la croisait.

D'autres personnes s'approchèrent, gagnées par l'ambiance joviale, dont Camille et Xavier, toujours d'humeur enjouée malgré les soucis liés à l'incendie de sa maison. L'aide-soignant fit danser plusieurs petites dames qui n'osaient pas trop se mettre en avant. Mais dans les bras du beau brun, elles souriaient, radieuses. Ces fêtes étaient l'occasion d'échanges plus informels entre le personnel de l'Ehpad et les résidents. Philippe Barbet filmait, prenait des photos, sachant qu'ensuite chacun serait heureux de revoir ces souvenirs, notamment la famille de la reine du jour.

L'après-midi festive tirait à sa fin. Une page légère et joyeuse bienvenue après les tensions qui avaient suivi les vols. Voir sourire les visages remotivait l'équipe.

Vanessa chercha Camille du regard. Ça faisait un moment qu'elle ne l'avait pas vue. Elle avisa Xavier et s'approcha de lui :

— Tu sais où se trouve Camille ? lui demanda-t-elle. On devait rentrer ensemble.

— Aucune idée. Tu veux que je te ramène ?

— Merci, c'est sympa, mais j'habite pas loin. Ça me fait du bien de marcher ! Ça m'aère ! Bon, en attendant, je dois faire une petite « pause technique », ajouta-t-elle en pointant du doigt la porte des WC.

— Camille a peut-être eu la même idée !

— Qui sait ? Enfin, si tu la croises, tu peux lui dire que je la cherche ?

En entrant dans le local des toilettes, Vanessa entendit des voix étouffées. Il lui sembla reconnaître celle de Camille. Un bruit de sanglots lui parvint. Apparemment, une personne pleurait et bafouillait, suppliante :

— Non, non, ne fais pas ça.

Vanessa, interloquée, se figea sur place. Camille paraissait très énervée et, cette fois-ci, Vanessa entendit parfaitement ce qu'elle disait.

— Je t'ai vue fouiller dans le sac de la chanteuse.

— Aïe, arrête ! Tu me fais mal au bras !

— Pourquoi je t'ai surprise en train de fouiner dans le sac ?

— Il était tombé, je le remettais simplement en place.

— Ne te fous pas de moi ! Tu le fouillais.

Les yeux de Vanessa s'écarquillèrent. Elle n'arrivait pas totalement à identifier la voix de l'autre fille.

— C'est faux ! Et tu n'as pas le droit de me parler comme ça !

— Tu crois m'impressionner ? Et le portefeuille que t'avais dans les mains, il était tombé, lui aussi ? Pourquoi tu l'as gardé, alors ? Vas-y, donne-le-moi, on va voir si c'est le tien.

Vanessa se rapprocha à pas feutrés, hésitant à signaler sa présence.

Trop tard. Au moment où elle aperçut le profil de la femme, reconnaissant l'infirmière qui s'appelait Alice, elle comprit à son expression que cette dernière l'avait vue également. Camille se retourna dans le même temps et interpella Vanessa :

— Va vite chercher Philippe ou Anastasia, je viens de la voir voler le portefeuille de la chanteuse. Je suis certaine que c'est elle qui a piqué l'enveloppe et peut-être aussi les médicaments.

Alice supplia Camille, alors que Vanessa, interloquée, restait immobile.

— Non, s'il te plaît. Je vais perdre mon boulot.

— Fallait y penser avant, ma vieille ! Tu crois que pour nous la tune, elle tombe du ciel ? T'es une voleuse doublée d'une garce qui laisses accuser les autres !

Alice baissa le regard vers le sol. Elle sanglotait et ne cherchait même plus à se défendre. Pourtant, Camille n'en avait pas terminé avec elle et continuait à l'invectiver :

— Tu profites de la générosité des autres pour te remplir les poches ! Bravo, c'est ça, ta vision de la solidarité ? Tu te rends compte qu'à cause de toi, Vanessa a failli se faire virer de son stage ?

Abasourdie, Vanessa n'avait pas bougé et se tenait toujours devant la porte des WC où Camille bloquait Alice. Cette dernière balbutia :

— Je ne voulais pas, Vanessa, je te jure.

Camille se mit à crier, hors d'elle :

— Tu ne voulais pas quoi ? Tu t'es dénoncée, peut-être, quand Philippe l'a convoquée ? T'imagines l'impact sur son dossier, au lycée ? Et sur son avenir pro ? Non ! Tu t'en tapes ! Madame a eu un beau cadeau de Noël ?

Se tournant vers Vanessa, elle la relança :

— S'il te plaît, va chercher Anastasia ou Philippe, avant que je dévisse la tronche à cette kleptomane !

Alice se jeta en avant, dans un geste désespéré pour empêcher Vanessa d'aller la dénoncer.

— Non, non. Je suis désolée. Ce n'était pas pour moi !

— C'était pour qui, dans ce cas ?

— C'est à cause de mon mari !

Elle fit une pause, reniflant bruyamment pendant que les deux stagiaires la dévisageaient, perplexes.

— Il est devenu fou. Il joue tout notre argent ! Parfois, je n'ai même plus assez pour acheter à manger pour mes enfants.

Vanessa et Camille se regardèrent, hésitantes.

— Il travaille pas, ton mari ? demanda Camille, toujours dubitative.

— Il est au chômage.

— Ça veut dire quoi « il joue tout notre argent » ? Il va au casino ?

— Avant il jouait au Rapido, de temps en temps, ce genre de jeux. Depuis qu'il est au chômage, il joue de plus en plus. C'est une obsession. Il a emprunté à des potes, il fait des dettes. Il joue tout le temps. Il m'avait promis qu'il s'était calmé et je l'avais cru. Quand j'ai regardé sur son compte perso, le choc… J'ai craqué et j'ai volé l'enveloppe.

Médusée, Camille écoutait les explications d'Alice. Celle-ci s'effondra au sol, la tête sur les genoux. En proie à une crise de nerfs, elle se mit à sangloter sans pouvoir s'arrêter.

Nerveuse, indécise sur la conduite à suivre, Camille commença à tourner en rond dans le local. Vanessa regardait Alice avec compassion. Certains mois, sa mère dépensait tout l'argent en alcool, aussi savait-elle ce que manquer d'argent voulait dire. Petite, il lui était arrivé de voler pour manger. Toujours la peur au ventre. Le plus souvent, elle s'arrangeait pour ramener du pain de la cantine, un fruit, ou pour récupérer ceux laissés par d'autres enfants. Elle avait toujours paru un peu bizarre, alors un peu plus un peu moins ! Mais les vols, elle ne l'avait jamais dit à personne. Elle avait eu trop honte. En grandissant, elle avait pris l'habitude de stocker un maximum de nourriture en début de mois pour être assurée de manger pendant trente jours.

Depuis combien de minutes étaient-elles là ? Quelqu'un allait finir par se poser des questions. Brusquement, la porte s'ouvrit sur une Anastasia survoltée !

— Qu'est-ce que vous foutez ? On a besoin de vous pour ranger ; on vous cherche depuis une demi-heure !

Devant les trois têtes décomposées, elle accusa un moment de surprise.

— J'ai loupé quelque chose ? Vous enterrez quelqu'un ?

Les filles se regardèrent, embarrassées. Pouvaient-elles trahir les confidences de celle qui leur apparaissait, désormais, autant victime que coupable ? En revanche, ce silence n'était pas du goût de la cadre de santé.

— Bon, ça suffit ! Montez toutes les trois dans mon bureau.

Elle s'apprêtait à ressortir lorsque Camille intervint :

— C'est Alice qui a volé l'enveloppe.

Anastasia se figea.

— Quoi ?

Camille bredouilla :

— Je voulais que Vanessa aille vous chercher, mais Alice s'est mise à pleurer parce que… en fait… c'est pas vraiment elle… enfin, si, mais c'est pour…

Les yeux d'Anastasia allaient de l'une à l'autre, et toutes ces explications confuses l'agaçaient. Elle interrompit Camille :

— C'est elle ou ce n'est pas elle ? Si c'est toi, Alice, tu n'as aucune excuse. Cet argent, c'était pour aider un collègue dans le besoin. Mais quelle mentalité pourrie !

Alice l'interrompit dans un sanglot :

— C'est à cause de mon mari.

— Qu'est-ce qu'il a à voir là-dedans ?

Camille intervint.

— D'après ce qu'elle nous a raconté, il dépense tout leur argent au jeu.

Le silence s'installa. Alice, assise par terre, gémissait en sourdine. Camille faisait toujours les cent pas, et Vanessa retenait son souffle, avec l'impression d'avoir débarqué dans une scène qui ne la concernait pas.

Exaspérée, Anastasia réitéra son ordre :

— Montez dans mon bureau ! On ne va pas continuer cette conversation aux toilettes !

Alice leva les yeux vers elle et la supplia :

— J'ai pas voulu ça. S'il te plaît, ne dis rien, je rendrai l'argent.

— Je n'ai pas le choix, Alice. Je vais voir ce que je peux faire pour ta situation, mais c'est au directeur de prendre les mesures qu'il jugera adéquates. Et à la police également. C'est trop grave et, de toute manière, tu n'ignores pas qu'il y a déjà une enquête en cours.

Anastasia relâcha la poignée de la porte et sortit du local. Aussitôt, Alice se redressa et hurla son impuissance !

— Les filles, ça urge, s'écria Camille. Alice, je ne pouvais pas deviner ce que tu vivais. Et je ne pouvais pas laisser les soupçons planer sur Vanessa. J'espère aussi que tu vas rendre le portefeuille de la chanteuse. J'ai rien dit, mais je vais le faire si tu le gardes.

Soudain en colère, Alice se redressa. Elle se dirigea vers la sortie et siffla entre ses dents : « Vous me le paierez ! », avant de partir en donnant un violent coup de pied dans la porte.

Surprise par cette agressivité subite, Camille saisit la main de Vanessa et l'entraîna à sa suite. De loin, elle cria à Alice, déjà devant l'ascenseur :

— Toi, tu t'en prends pas à nous. Si t'as pas le cran pour virer ton mec, on n'y est pour rien.

Les portes de l'ascenseur s'ouvrirent. Alice fixa les deux stagiaires d'un air mauvais et entra dans la cabine. Au moment où elles arrivaient à sa hauteur, elle actionna le bouton de fermeture. Juste avant que les portes ne soient totalement closes, elle adressa un doigt d'honneur aux deux filles. Les yeux de Camille s'agrandirent de rage. Aussitôt, elle attrapa Vanessa par le bras et se dirigea vers l'escalier.

— Vite, on monte avant qu'elle n'ait le temps de raconter des salades à Anastasia.

Toutes deux gravirent les marches quatre à quatre, encore abasourdies par ce qu'il venait de se passer.

Chapitre 32

Vanessa - Mercredi 13 janvier 2016

De retour au foyer, Vanessa regagna sa chambre et s'allongea sur son lit. La journée avait été épuisante émotionnellement et elle aspirait au calme. Sur son téléphone, elle fit défiler les photos de sa petite puce, ce qui ramena instantanément le sourire sur son visage. La veille, elle avait appelé Isabelle, de la famille d'accueil de Flora, pour partager un moment avec sa fille sur WhatsApp, en plus de l'après-midi passé avec elle le samedi précédent. L'écart entre chaque visite lui semblait toujours affreusement long. Elle était plongée dans ses pensées, lorsqu'elle entendit frapper à la porte.

— C'est ouvert, cria-t-elle.

C'était Yasmine. Vanessa se redressa, surprise.

— J'ai zappé un rendez-vous avec toi ? demanda-t-elle à son éducatrice.

— Non, pas du tout. Comment vas-tu ?

— Crevée ! Il s'est encore passé un truc trop *chelou*[1] au boulot, il faut que je te raconte. C'est dingue !

Yasmine inspira profondément, comme lorsque l'on a une décision difficile à prendre.

— Tu me raconteras ça plus tard, Vanessa. Je suis désolée. J'ai une mauvaise nouvelle.

---

1. Louche, en langage verlan (mots à l'envers).

La jeune fille retint son souffle.

— Ta mère a été transportée à l'hôpital, cette après-midi.

Yasmine fit une pause, histoire de diluer dans le temps ce qu'elle avait à dire. Elle savait que les mots qui allaient suivre produiraient un impact violent sur la jeune fille. Mais elle n'avait pas le choix. Vanessa avait le droit de savoir.

— Ta mère a fait une tentative de suicide et vient de subir un lavage d'estomac. Elle est sortie du coma, mais elle se trouve toujours en service de réanimation.

Vanessa blêmit. Aucun mot ne sortit de sa bouche, mais son corps se mit à trembler violemment. Quand tout ça allait-il enfin s'arrêter ? À l'intérieur, elle sentit qu'elle se brisait en mille éclats de verre.

Yasmine referma doucement la porte de la chambre et vint s'asseoir sur le lit, à côté de l'adolescente, toujours mutique.

— Tu as le droit de dire ce que tu ressens.

La jeune fille hocha la tête de droite à gauche en signe de dénégation.

— Je suis en colère ! C'est pas la première fois. Pourquoi elle me fait ça ?

— Je suis désolée, Vanessa. Ta mère est dépressive et elle devait se sentir vraiment très mal, pour faire cette tentative de suicide.

— Se sentir mal, c'est sa vie. Elle se sent mal quand elle se lève. Elle se sent mal toute la journée. Elle picole parce qu'elle se sent mal. Elle comate pour oublier qu'elle se sent mal. Mais moi, si je me sens mal, elle s'en fout. Au contraire, surtout que je ne relève pas la tête ou elle me le fera payer !

Vanessa suffoquait à travers ses sanglots. Elle se retourna et attrapa son oreiller, le plaquant devant sa bouche pour y déverser sa douleur.

— C'est moi qui vais crever, si ça continue !

Elle ne remarqua pas Maria qui venait d'entrouvrir la porte. Yasmine, l'index sur les lèvres, lui fit signe de ne pas faire de bruit et de les laisser toutes les deux pour le moment. Elle espérait que sa présence silencieuse finirait par apaiser Vanessa. Dans un sens, elle la comprenait. La mère de la jeune fille ne parvenait pas à jouer son rôle d'adulte protecteur, et elle souffrait de dépression depuis bien longtemps. Cette tentative de suicide était sûrement un appel au secours, peut-être une sorte de chantage inconscient sur sa fille, mais il était surtout la preuve que Mme Chevalier avait besoin d'un accompagnement psychologique, pour ne pas dire psychiatrique. Peut-être l'hospitalisation permettrait-elle de débuter enfin un vrai sevrage et de l'orienter vers une cure de désintoxication. D'après ce qu'elle en savait, Marion Chevalier avait toujours été dans le déni. Or, elle avait besoin de soins. Et ce n'était pas à sa fille de remplir cette mission.

Épuisée, l'adolescente finit par se calmer. Yasmine passa son bras autour des épaules de la jeune fille.

— Je me devais de t'informer de la situation. Maintenant, tu es libre de ta décision. Rien ne t'oblige à rendre visite à ta maman, mais si tu souhaites y aller, évidemment, je t'accompagnerai.

Vanessa restait immobile, perdue dans sa douleur.

— Je ne suis pas assez, pour elle, murmura-t-elle. Pas assez pour qu'elle s'arrête de boire. Pas assez pour qu'elle se batte pour moi. Pas assez pour qu'elle m'aime.

Yasmine sentit son cœur se briser. Elle essaya de rationaliser pour rassurer Vanessa.

— Lors du passage à l'acte, l'état psychique ne permet plus le discernement. Pour la personne qui commet un tel acte, c'est comme si son cerveau était contaminé par la souffrance. Ça n'a rien à voir avec l'amour qu'elle peut te porter. Et pour son alcoolisme, c'est une maladie, tu le sais bien.

— J'aurais voulu qu'elle se batte pour moi.

Les mots étaient sortis, étouffés, à peine audibles.

— Faire le deuil de la mère dont tu as rêvé est une épreuve douloureuse. Toi, tu as accepté l'aide dont tu avais besoin. Ta maman n'a pas eu ta force. Elle s'est enfoncée dans le déni. Mais elle a besoin de soins.

Yasmine se tut et le silence emplit la chambre. Vanessa fixait le vide, le regard tourné vers l'intérieur.

— Je ne sais pas si je vais y arriver, murmura-t-elle enfin, en sanglotant.

L'éducatrice l'enlaça avec tendresse.

— Je suis là. Je t'accompagnerai à l'hôpital, si tu souhaites y aller. Je ne vais pas te laisser seule, tu penses bien.

En relevant le visage de Vanessa, elle ajouta :

— Tu es courageuse, tu sais. Je suis là pour t'aider à ne pas baisser les bras. Il faut continuer tout ce que tu es en train de construire. Pour toi et pour Flora.

La lueur des réverbères l'éclairait de façon incomplète, mais Yasmine savait que son sourire était perceptible dans les intonations de sa voix. En entendant Vanessa renifler, l'éducatrice finit par allumer, à la recherche de mouchoirs en papier. Aussitôt, Vanessa plaça ses paumes sur ses paupières closes, le temps de s'habituer à la lumière qui l'éblouissait.

Yasmine resta encore avec elle une dizaine de minutes, avant de suggérer :

— C'est bientôt l'heure du repas. Tu voudrais venir manger avec nous ?

— C'est bizarre, j'ai faim en fait, lui répondit Vanessa en séchant ses larmes.

L'éducatrice se mit à rire ! L'adolescence reprenait ses droits !

Elles entendirent gratter timidement à la porte. Maria était là, semblant attendre depuis un moment.

— Tu as de la visite, annonça Yasmine en faisant une petite place sur le lit pour la copine de Vanessa. Je vais descendre. Après le repas, je reviendrai te voir. D'accord ?

Vanessa se précipita dans ses bras et se serra longuement contre elle, pendant que l'éducatrice lui caressait les cheveux.

Lorsque Yasmine fut sortie, Maria demanda doucement à son amie :

— Tu veux me raconter ?

— Plus tard. Là, c'est pas possible.

— Ça ne concerne pas ta fille, j'espère.

— Non…

Vanessa hésita, puis elle ajouta dans un souffle :

— C'est ma mère.

—Ah !

Maria s'apprêtait à l'interroger sur ce qu'elle lui avait encore fait, mais se retint, troublée par la pâleur extrême de Vanessa. Elle se contenta de poser une bise sur sa joue humide.

— Tu m'en parles quand tu veux, lui dit-elle. Tu sais que je suis là, si tu as besoin. Allez, ajouta-t-elle sur un ton qu'elle tenta enjoué, avant de descendre, on va se mater deux ou trois vidéos comiques sur Tiktok, ça va nous détendre.

Chapitre 33

Vanessa - Jeudi 14 janvier 2016

Le lendemain matin, Vanessa se rendit chez son médecin pour lui demander deux jours d'arrêt. Elle avait mal dormi et ne se sentait pas d'aller à l'Ehpad. Dans la matinée, elle discuta encore longuement avec Yasmine. Elle n'arrêtait pas de penser à sa mère et à son alcoolisme, ainsi qu'à sa propre addiction à la drogue. Où était finalement la différence ? Cette question hantait la jeune fille. L'éducatrice lui expliqua que sa mère devait porter d'anciennes blessures jamais guéries. Personne n'avait le pouvoir de compenser le vide affectif qui la rongeait. Il lui faudrait faire un vrai travail sur elle-même, comme Vanessa avait commencé à le faire.

Yasmine parla aussi de la guérison du cœur. Cela consistait à pardonner pour se libérer du passé. Vanessa restait perplexe. Pourtant, c'est vrai, la colère l'avait souvent incitée à faire de mauvais choix. Même si elle l'avait peut-être aidée à survivre, au début.

« Chacun sa route, chacun son chemin », disait une chanson. Vanessa ne pouvait pas réaliser celui de sa mère à sa place, pas plus que quiconque ne pouvait faire le sien. Mais rien n'était figé. Il y avait une minuscule zone à trouver, une marge de liberté qui permettait d'infléchir chaque jour sa trajectoire. Millimètre après millimètre. Et année après année, ça faisait toute la différence.

Serait-elle assez forte pour y parvenir ?

Elle songea que sa mère avait, un jour, été une petite fille, comme elle, comme sa Flora. Une enfant avec des rêves et des étoiles dans les yeux.

Que lui était-il arrivé ensuite ? Pourquoi Marion l'avait-elle élevée toute seule ? Pourquoi ne voyait-elle jamais ses propres parents ? Pourquoi tous ces non-dits et toutes ces questions sans réponse ? Comment se construire sur le vide ?

Dans l'après-midi, Vanessa et Yasmine prirent le bus pour l'hôpital Ballanger.

Une fois arrivées, elles se dirigèrent vers l'accueil central où elles patientèrent quelques minutes pendant qu'une standardiste jonglait avec des appels téléphoniques continus. Prise de vertiges, Vanessa dut se retenir au bord du comptoir.

La standardiste se pencha en avant, réitérant sa question :

— Oui, bonjour, comment puis-je vous être utile ?

Vanessa réalisa qu'on lui parlait. Aidée de Yasmine, elle se renseigna sur le service où se trouvait sa mère. La standardiste leur indiqua l'étage, ainsi que le bureau des infirmières.

Elles longeaient le couloir en direction de l'ascenseur, lorsqu'elles croisèrent une femme qui arrivait en sens inverse. Vêtue de noir, des chaussures montantes lacées sur un jean, des cheveux couleur ébène, un visage encadré par une coupe au carré, cette silhouette attira l'attention de Vanessa. Elle l'avait déjà vue quelque part. Peut-être à l'Ehpad ? Mais oui, c'était la femme qui les avait interrogés après le vol. Que faisait-elle là ? Elle avançait, perdue dans ses pensées. Quand leurs regards se croisèrent, la policière sembla la reconnaître également et lui adressa un léger sourire.

L'ascenseur arriva et Vanessa suivit Yasmine. Au niveau 2, elles marchèrent jusqu'au bureau des infirmières.

— Ma mère a été hospitalisée hier, expliqua Vanessa à une brunette qui s'approchait d'elle.

— Vous êtes ?

— Vanessa Chevalier.

— Attendez. Oui, votre mère est arrivée ce matin dans notre service après un lavage d'estomac, suite à une intoxication médicamenteuse aiguë.

La soignante s'interrompit à l'arrivée d'un médecin, puis se tourna vers Vanessa pour faire les présentations.

— Voici le chirurgien qui s'est occupé de votre maman. Mademoiselle est la fille de Mme Chevalier.

— Bonjour. C'est bien que vous soyez venue. On ne peut pas dire que votre mère soit en grande forme. Hier vers midi, elle a été amenée aux urgences dans un état critique. Elle avait avalé des cachets avec de l'alcool. Comme vous l'a dit l'infirmière, on a dû faire un lavage d'estomac. Mais le problème ne s'arrête pas là, dans sa chute, elle s'est fracturé le poignet, c'est pourquoi elle a été transférée dans notre service.

Vanessa le fixait, tentant d'enregistrer son flot de paroles et de leur donner du sens. Le médecin remarqua son teint livide.

— Ça va ? Vous êtes très pâle.

Vanessa battit des paupières en signe d'approbation.

— Je suis désolé de vous asséner tout cela ainsi. Venez vous asseoir dans mon bureau. Nous serons plus au calme.

La jeune fille le suivit, en mode automate, Yasmine sur ses talons.

— Puis-je entrer également ? demanda l'éducatrice. J'accompagne Vanessa.

— Si vous êtes d'accord, je n'y vois pas d'inconvénient, répondit-il en s'adressant à l'adolescente.

Cette dernière acquiesça en silence et Yasmine vint s'asseoir à ses côtés. Le chirurgien pianota quelques secondes sur son ordinateur, puis revint vers Vanessa, semblant réfléchir à ce qu'il allait lui dire.

— D'après ce que nous ont expliqué les secouristes, c'est un voisin qui a trouvé votre mère inconsciente. Elle avait avalé un mélange de barbituriques et d'alcool. Elle est arrivée ce matin en service de chirurgie pour que je lui pose une broche au poignet. Dès que son état le permettra, elle sera transférée en psychiatrie. Les analyses de sang laissent supposer des carences, voire un état infectieux, en tout cas inflammatoire. Votre mère vit-elle seule ?

Vanessa, noyée dans le flux des explications du médecin, répondit d'une voix faible.

— Oui.

— Bon, en même temps, à son âge, ce n'est pas ce qui a dû poser problème. Vous-même semblez encore très jeune. Vous ne vivez plus chez elle ? interrogea-t-il Vanessa.

— Non…

— Vanessa vit en foyer, ajouta Yasmine. Et je suis son éducatrice.

— Ah !

Vanessa essaya de décrypter l'expression de son interlocuteur. Son visage restait ouvert, souriant, prêt à écouter la suite. Elle compléta les explications :

— Ma mère a des problèmes depuis des années. Nous n'avons pas des relations faciles.

— Je vois. Je vais vous poser une question. C'est pour tenter de comprendre. Pensez-vous que cela ait pu influencer l'état dépressif de votre mère ?

Vanessa essaya de contrôler le rouge qui envahissait ses joues et les larmes qui brûlaient ses yeux. Yasmine, trouvant que la question manquait cruellement de délicatesse, pressa discrètement sa main, en signe de soutien.

— Ma mère a toujours été alcoolique. C'est même pour cela que je ne vis plus avec elle.

— Savez-vous si elle a déjà fait une cure de désintoxication ?

— Non, je ne crois pas. Je m'en souviendrais.

— Merci pour ces informations. Je pense que nous allons profiter de son hospitalisation pour lui proposer des soins à ce sujet. En attendant, si vous souhaitez la voir, étant donné son opération de ce matin, vous la trouverez dans une phase de réveil intermédiaire. C'est normal. En tout cas, si elle vous le demande, ne lui donnez rien à boire, même pas un petit verre d'eau. Il est encore trop tôt. Pour le moment, elle est sous perfusion.

***

Vanessa entendait gémir sans parvenir à localiser d'où venaient exactement ces lamentations. Elle en avait pris l'habitude, à la maison de retraite où elle faisait son stage. Il y avait aussi l'odeur caractéristique de l'hôpital. Tout son être était en état d'hypersensibilité aiguë. Elle éprouvait une sensation de malaise. D'angoisse. Presque de nausée. Elle avança dans la direction de la chambre, avec l'impression étrange d'être dans le couloir d'un univers parallèle. Un ressenti qui revenait dès qu'elle se sentait oppressée.

Cela faisait plusieurs mois qu'elle n'avait pas vu sa mère. Plusieurs semaines qu'elle ne lui avait pas parlé au téléphone. Que ça ne lui avait pas manqué. Que, loin d'elle, elle se reconstruisait ; qu'elle avait l'impression de mieux respirer ; qu'elle se projetait dans l'avenir, commençait à se réparer. Loin d'elle, elle pouvait imaginer son propre rôle de maman.

Pendant ce temps, sa mère était restée engluée dans son mal-être, dans une histoire dont elle-même ignorait quasiment tout.

Combien de pas avant de la retrouver ? Vingt ? Un peu plus ?

L'angoisse monta d'un cran.

Les souvenirs affluaient, de plus en plus vite.

Dix pas encore.

Tout était possible. Elle pouvait faire demi-tour.

Déjà, elle sentait sa présence. Oppressante.

Et puis il y avait Flora. Elle ne voulait pas qu'elle souffre à cause de sa grand-mère alcoolique. Ce n'était déjà pas joyeux d'avoir une mère ancienne toxico.

Devait-elle quelque chose à cette femme, couchée là, à quelques mètres ?

Cette pensée lui démolit le cœur. Au fond de son être, elle ne pouvait s'empêcher de l'aimer. D'espérer encore qu'elle change, qu'elle guérisse. Une larme s'échappa, glissant jusqu'à ses lèvres.

Ça avait duré des années. *Maman essaie de t'en sortir. D'arrêter de boire. Pour moi. Je ferai tout ce que tu voudras pour que tu ailles mieux. Je ne te laisserai pas seule. Je ne ferai pas de bruit. Mais maman, laisse la bouteille dans le placard. Ne commence pas. Si tu prends un verre, tu ne t'arrêteras plus.*

Comme le lui avait expliqué Yasmine, elle devait faire le deuil d'une mère qui n'existerait jamais. Pas plus qu'elle ne serait jamais la fille idéale.

Pouvait-elle aimer sa mère simplement comme elle était ?

Huit pas.

Elle avait si longtemps voulu croire à sa rémission.

Sept.

Cinq.

Un bourdonnement puissant dans les oreilles, comme le bruit d'un ouragan.

Tu peux y arriver !

Brusquement, Vanessa fit demi-tour.

C'était trop, trop tôt, trop dur. Elle ne pouvait pas aller jusqu'au bout.

Dans un état second, elle emboutit un chariot, renversant un pichet d'eau qui s'écrasa sur le sol avec vacarme. Un flot d'émotion la submergea et elle resta les bras ballants au milieu du couloir, le corps secoué de sanglots. Yasmine la prit dans ses bras, pendant qu'une aide-soignante s'empressait d'éponger le liquide au sol. En tenant l'adolescente par les épaules, l'éducatrice la dirigea vers un petit salon prévu pour les visiteurs. Une fois à l'intérieur, elle referma la porte derrière elles.

— Tu n'es pas obligée d'aller la voir, si tu ne te sens pas. On peut revenir un autre jour, proposa-t-elle.

Vanessa inspira profondément et ferma les paupières, pour se recentrer.

— Je voudrais essayer.

— Je resterai avec toi, tu veux bien ?

— Oui.

— Je serai là. Mais si tu préfères un peu d'intimité avec ta maman, je comprendrai.

***

Derrière la porte, Marion Chevalier dormait bouche ouverte, son bras gauche immobilisé par une perfusion. Abandonnée, fragile. Sa chevelure répandue sur l'oreiller aurait eu besoin d'un shampooing et la blondeur dont Vanessa se souvenait commençait à grisonner sur les tempes. Pourtant sa mère était encore jeune. Ses paupières étaient ombrées de mauve. Son joli nez droit et gracieux semblait perdu dans un visage qui s'était creusé. Le regard de Vanessa se posa sur ses ongles au vernis écaillé. Elle regretta soudain de ne rien lui avoir apporté. Des vêtements de nuit, un gel douche, une brosse, un peu de parfum, une crème de jour, un magazine. Quelque chose d'un peu personnel.

Vanessa s'installa dans le grand fauteuil gris qui jouxtait le lit métallique de l'hôpital et resta immobile. Yasmine s'assit sur une chaise pliante, un peu en retrait. Marion Chevalier dormait. Elle entrouvrit les yeux quelques secondes et demanda à boire. L'éducatrice repéra une gaze propre et, après l'avoir imbibée d'eau, l'apporta à Vanessa. Elle montra à l'adolescente comment rafraîchir les lèvres de sa maman. La malade aspira l'humidité, puis balbutia un remerciement, avant de refermer ses paupières.

Malgré son âge, elle avait l'air usée.

La jeune fille prit sa main dans la sienne et s'assit à nouveau à ses côtés, silencieuse.

Elle resta une bonne demi-heure, pendant que le temps glissait sans bruit.

Quand elle l'embrassa sur le front pour lui dire au revoir, sa mère caressa sa joue d'un geste lent, mais doux.

— Maman, je reviendrai.

Elle quitta la chambre, suivie par Yasmine. Quelques mètres plus loin, l'adolescente se retourna. Incapable de faire le tri de ses émotions, elle vint se blottir contre la poitrine de son éducatrice où elle pleura longuement.

Chapitre 34

Capitaine Tiphaine Le Goff - Jeudi 14 janvier 2016

Tiphaine Le Goff quitta l'hôpital, soulagée de laisser derrière elle l'atmosphère oppressante des couloirs. Elle releva le col de son manteau pour se protéger du froid qui piquait son visage.

Son père, Christian Le Goff, était hospitalisé depuis deux semaines. En réanimation d'abord, puis en cardiologie. Il avait eu un infarctus et n'avait dû sa survie qu'à un coup de chance. Au sortir de l'entretien avec Mme Muller, la douleur l'avait foudroyé alors qu'il venait de regagner son véhicule. Si son père n'avait pas oublié son téléphone portable chez la mère de la victime, à cette heure, il serait mort. La femme s'était précipitée hors de son pavillon pour rattraper le policier et c'est elle qui l'avait découvert, effondré sur le volant de sa voiture. Elle avait immédiatement appelé le Samu qui l'avait transporté au centre hospitalier intercommunal le plus proche.

Le commandant Christian Le Goff lui devait la vie, mais l'alerte n'en avait pas moins sonné de manière inquiétante.

Tiphaine resta assise quelques minutes sans bouger, songeuse. Triste. En colère, aussi. Elle avait eu l'impression que le monde s'écroulait. Son père lui avait caché ses douleurs dans le thorax. Elle repensa aux mots que lui avait lancés le chef du service de cardiologie : « Vous avez eu de la chance ».

Ces paroles tournaient en boucle dans sa tête, comme si cela pouvait recommencer à tout moment. Une artère s'était bouchée. En plus de la pose d'un *stent*[1], un traitement à vie s'imposait. Depuis plusieurs années, le commandant Le Goff ne se souciait guère de sa santé. Il mangeait souvent des plats tout préparés et négligeait surtout de se reposer. Désormais, il devrait modifier son mode de vie. Elle l'aiderait, autant que possible. Il est toujours plus facile, de l'extérieur, de voir ce que les autres doivent changer.

Elle se sentait seule. Sa mère vivait à New York pour son travail et n'était pas forcément la personne idéale pour parler de son père. Que dire de ses grands-parents qu'elle devait déjà rassurer et qui avaient leurs propres problèmes de santé ? Avec qui partager ses inquiétudes ?

L'acharnement de l'enquêteur et les heures passées à s'immerger dans l'affaire non résolue de Justine Muller avaient finalement eu un prix. Il payait son implication dans ce dossier et dans tous ceux qui l'avaient précédé, avec leur cortège de noirceur. Même s'il ne lui racontait pas tout, elle savait qu'il vivait hanté par les morts sur lesquelles il avait enquêté et par les vies des familles détruites. Par le deuil de Claire et par ses propres remords. Son infarctus n'était pas qu'un simple avertissement. Tiphaine Le Goff espérait que son père prendrait conscience de l'importance de se ménager. Toutefois, elle pressentait que son engagement et son obsession de la justice et de la vérité ne le laisseraient pas se reposer bien longtemps. Elle s'efforcerait quand même de le convaincre. Prendre soin de lui n'était plus une option.

Tiphaine mit le contact. Avant de passer la première, elle activa le chauffage, ôta son manteau et remonta les manches de son pull, dévoilant les tatouages qui ornaient ses avant-bras. Des dessins symboles de son histoire, de sa personnalité. Elle était l'incarnation d'une force tranquille, mais derrière son apparence de femme solide,

---

1. Endoprothèse à destinée vasculaire constituée d'un cylindre métallique extensible. (Larousse)

énergique, se cachait une sensibilité qu'elle avait appris à garder secrète.

Tout en prenant la route, la policière songea à la jeune fille croisée quelques minutes plus tôt dans les couloirs de l'hôpital. Elle l'avait rencontrée à l'Ehpad ! Que faisait-elle là ? Probablement un proche à qui elle était venue rendre visite, elle aussi.

Son attention se tourna vers la route et Tiphaine Le Goff accéléra afin d'éviter l'arrêt au feu rouge. Un monceau de travail l'attendait à son arrivée. Elle pouvait se mentir à elle-même autant qu'elle le voulait, en réalité, elle était comme son père.

Chapitre 35

La violence est ce qui ne parle pas.
Gilles Deleuze

La fille qu'il avait repérée avait disparu et ça le rendait fou. Gaël la chercha plusieurs soirs dans les rues avoisinantes, tentant de se convaincre que ce n'était pas grave, qu'il y en avait d'autres. Pourtant, il ressentait une violente frustration. Il se remémorait la fluidité de ses mouvements, imaginait ses cheveux frôler son visage, sa bouche. Il voulait la voir, s'abreuver à sa sensualité. Il la fantasmait, rêvait de la toucher, de la posséder. Dans le même temps, il la haïssait pour ce désir qu'elle embrasait chez lui. Et il se haïssait lui-même, de ne pas savoir d'où lui venaient ces attirances maudites, ces pensées malsaines et inavouables. Par moments, il en pleurait de honte. Il n'était pas comme ça. C'était une lesbienne ! Tout ce qu'il détestait !

Un samedi soir, après plusieurs semaines d'absence, elle réapparut devant le bar où il l'avait aperçue la première fois. Dès qu'il la vit, son corps fut pris de tremblements. Cela avait été une belle journée de printemps, et *Sapho*, ainsi qu'il la nommait, était vêtue d'une jupe en jean et d'un t-shirt blanc qui dévoilait son tatouage. Elle s'attarda sur la chaussée, plaisantant avec d'autres personnes. Pour ne pas se faire repérer par les clients du bar ou par le vigile, il s'était discrètement assis par terre, tête baissée, capuche rabattue, comme un miséreux cuvant son vin. C'était avilissant et il le savait. Il était devenu un voyeur. Pire, un drogué errant en manque de came, prêt à tout pour étancher sa soif, pour recevoir sa dose d'émois. Pitoyable ! Elle rentra dans le pub.

Il ne bougea pas. Il n'en avait pas eu assez. Il en profita pour se faire le plus discret possible, ratatiné contre son arbre. Une demi-heure plus tard, elle réapparut. Elle n'était pas seule. Une jeune fille, blonde également, mais des cheveux courts, lui tenait la main. Elle portait un t-shirt noir qui dévoilait son ventre, et une jupe kaki. Toutes les deux riaient et se taquinaient avec complicité. Visiblement, elles se connaissaient déjà avant d'arriver. Quand elles s'éloignèrent, il se leva pour les suivre clandestinement. Elles marchèrent plusieurs minutes, main dans la main. Lorsqu'elles tournèrent dans une ruelle déserte, il se fit encore plus discret. Soudain, supposant qu'elles étaient seules, *Sapho* enlaça sa partenaire pour l'embrasser. Toutes deux reculèrent et se blottirent dans l'angle d'une porte cochère. Aussitôt, tel un félin à l'affût, il se tapit dans l'ombre d'un porche pour observer ces deux gazelles indomptées. Alors qu'il les épiait de loin, collées l'une à l'autre, il se surprit à caresser son sexe durci à travers la toile de son pantalon. Était-il dépravé, anormal ? Il avait lu que nombre d'hommes ressentaient des fantasmes lesbiens. Des fantasmes dans lesquels ils participaient généralement. Soudain, dans l'obscurité, il lui sembla que l'autre fille s'agenouillait devant *Sapho*. En transe, il commença à se représenter les détails de la scène, les complétant à l'envi par son imagination. Elles formaient un seul monstre à deux têtes. Deux sorcières dans un sabbat endiablé. Une chimère infernale.

L'envie de rugir tel un fauve le fit quitter les lieux et battre en retraite dans son véhicule pour se soulager en cachette. L'excitation et l'angoisse se mêlaient confusément dans son esprit enfiévré. Fébrilement, il chercha sur son téléphone portable des vidéos pornos et commença à se masturber, sans parvenir à la jouissance.

La frustration se mua en un impérieux besoin de hurler. Non ! Il était dans sa voiture et devait se contenir. Même s'il avait descendu le store pare-soleil des vitres avant et qu'il était garé dans un coin sombre, il fallait rester discret. Il mordit dans sa main libre pour étouffer son rugissement. La douleur ramena un peu de lucidité dans son cerveau. Dans une montée violente d'adrénaline et dans un dernier effort, il imagina qu'il attrapait la fille par les cheveux, qu'il la bloquait et que sa force brute la possédait. Les images s'entrechoquaient dans sa tête. Il saisissait sa nuque et, d'un geste instinctif et assuré, il lui brisait les cervicales.

Aussitôt, dans un sursaut, sa petite mort survint.

***

La vidéo continuait de tourner sur son téléphone, exhibant des corps féminins vagissants, alors que lui s'était enfin calmé. La scène lui apparut dans sa réalité crue, glauque. D'un geste rageur, il referma l'application, puis éteint son mobile.

Il ressortit du véhicule, à la recherche d'un peu d'air frais. Ses pas l'amenèrent à proximité de la ruelle où, tout à l'heure, il avait suivi les deux filles. Elles n'étaient plus là. Combien de temps s'était-il écoulé depuis qu'il les avait laissées ? Il ne savait plus. Dans sa tête, il prit une décision : ne plus jamais ressentir cette souillure. C'était immonde, abject, sordide. Il avait hâte de rentrer chez lui pour se laver de toute cette crasse. Il allait commencer une « cure de désintoxication ». Arrêter de regarder ces sites et ces vidéos qui le rendaient dingue ! Se remettre au sport. Retrouver une hygiène de vie.

Il erra encore quelques minutes dans la nuit aux lumières orangées et aux ombres languissantes, puis s'adossa à un banc pour fumer une cigarette, dans un silence à peine interrompu par quelques vrombissements lointains de voiture. Tout à coup, il l'aperçut au loin, dans le passage qui lui faisait face. Une demi-seconde, il douta de ses sens et scruta la pénombre. Elle était seule. Les bras écartés, un peu vacillante, elle tenait dans chacune de ses mains l'extrémité d'une écharpe en voile mordoré transparent, qui glissait sur ses épaules et laissait deviner les courbes de son dos. Elle portait la même jupe en jean que lorsqu'il l'avait vue, un peu plus tôt, mais elle était pieds nus. Elle avançait, un pas devant l'autre, en semblant suivre une ligne imaginaire.

Il écrasa son mégot et se rapprocha subrepticement. Une fenêtre s'ouvrit au sixième étage, presque sous les toits, et l'autre jeune fille apparut. Il se rabattit rapidement sous un porche. D'en haut, l'autre apostropha son amie.

— Mais Justine, qu'est-ce que tu fous ? Monte !

Sapho se mit à rigoler. Elle lui adressa un petit signe de la main, puis elle continua à avancer. Elle riait toute seule, euphorique.

— Mais arrête ! T'es folle ou quoi ? Je n'aurais pas dû te laisser fumer, ça te fait trop délirer ! Je descends ! cria-t-elle avant de refermer la fenêtre.

Quand il jaillit hors de sa cachette pour se rapprocher de *Sapho*, il n'avait rien prémédité. En quelques enjambées, il fut à sa hauteur. Il jeta un coup d'œil tout autour de lui, puis attrapa sa proie à bras le corps et obstrua sa bouche avec le tissu de son étole. Il ne disposait que de quelques secondes. Elle commença à se débattre, mais elle ne faisait pas le poids. Il la poussa, la soulevant presque, jusqu'à la porte cochère suivante, lui écrasa le visage contre le mur et de son bras, il immobilisa ses mains derrière son dos. Il s'était positionné de manière à voir si « l'autre » sortait de son immeuble. Il ne ressentait aucune peur, comme si toute son existence l'avait mené ici, à cet instant.

Il la sentit se débattre, dans un réflexe de survie, mais il pesait sur elle de tout son poids. Ses doigts effleurèrent les lunettes de la jeune fille et, dans l'agitation, elles tombèrent au sol. Gaël renforça son étreinte pour bloquer les mouvements de *Sapho*. Au toucher, il sentit la présence d'une chaînette sur les cervicales. Il la tira vers l'arrière, ce qui provoqua un hoquet d'étranglement à la fille. Saisissant les deux pans de l'écharpe qui obstruait déjà sa bouche, d'un geste vif, il les enroula autour de son cou. Puis il les noua. Le menton de la jeune fille se releva mécaniquement. Elle suffoquait.

Alors, dans un geste irrépressible, il resserra sa prise.

Quand Éloïse se mit à chercher son amie Justine dans la rue, à l'appeler, de plus en plus fort ; quand un homme apparut à la fenêtre pour lui intimer l'ordre de la fermer ; quand un hurlement puissant résonna dans la nuit, Gaël était déjà loin. De retour dans sa voiture, il démarra, soulagé.

Un objet fin glissa de ses doigts. Il n'avait pas vu jusqu'alors qu'il avait arraché le collier que *Sapho* portait autour du cou et qu'il l'avait conservé dans son poing. Au bout de la fine chaîne brillait un pendentif ; une croix en or dont la pointe avait griffé sa paume. À l'aide d'un mouchoir en papier, il essuya les quelques gouttes de sang qui perlaient entre la ligne de vie et celle du cœur, puis laissa glisser l'objet sur le siège passager.

Chapitre 36

Ehpad des Églantiers - Lundi 25 janvier 2016

Camille fit un petit coucou de la main à Lucas, qui fumait un peu plus loin, devant la porte d'entrée de l'Ehpad. Il lui répondit furtivement, sans manifester le souhait de se rapprocher de leur groupe. Camille profitait également d'une pause « café-clope », en compagnie de Vanessa et de trois autres stagiaires. Sans prêter attention à l'ergothérapeute, l'un d'eux, un élève infirmier arrivé trois semaines plus tôt soupira :

— Franchement, la fin de l'année scolaire, c'est dans des mois, et avec le stage, les cours et la révision des partiels, je suis déjà au bout de ma vie !

Camille approuva :

— J'ai lu un truc, comme quoi presque 40 % des élèves infirmiers envisageaient d'abandonner parce que c'était trop dur.

— J'en suis pas là, heureusement, lui répondit l'étudiant, mais depuis que je suis arrivé, je trouve l'ambiance mega lourde. C'est toujours comme ça ?

Camille essaya de détendre l'atmosphère :

— Ben oui, on ne t'avait pas prévenu ? Une vraie série à suspense ! Que se passera-t-il au prochain épisode ? ajouta-t-elle sur un ton conspirateur. Un meurtre ?

— Je ne sais pas comment tu fais pour rigoler. Tu t'es fait agresser, quand même, lui répondit le jeune homme, pas très rassuré.

— Camille est une guerrière ! renchérit Vanessa.

— Non, en vrai, je n'en menais pas large, confia Camille. Enfin, surtout après coup. Sur le moment, franchement, je n'ai pas eu le temps de réaliser.

Le stagiaire bavard tira une nouvelle bouffée sur sa clope.

— On m'a raconté. Ça craint. Quand je pense que c'est une infirmière qui a organisé le coup. C'est dingue. Comment t'as deviné, Camille ?

— J'ai rien deviné du tout. J'ai simplement surpris Alice en train de fouiller dans le sac de la chanteuse, lors de l'anniversaire d'une résidente. J'ai fait le rapprochement avec le vol d'une enveloppe qui contenait de l'argent, mais j'étais loin d'imaginer qu'elle était impliquée dans le cambriolage des médicaments. Je suis tombée des nues.

Le jeune homme ajouta :

— J'ai lu un truc sur internet. C'est incroyable. Attends, je le retrouve, vous allez voir.

Il pianota sur son mobile.

— Voilà. Je vous lis les grandes lignes :

L'homme a appelé les forces de l'ordre vers 21 h. C'est sa femme, gérante de la pharmacie et de garde ce soir-là, qui l'a prévenu par texto, alors qu'elle s'était enfermée dans les toilettes...

Le stagiaire s'interrompit et parcourut rapidement les lignes.

— Ah, c'est là ! dit-il, avant de poursuivre.

Arrivés sur les lieux, les policiers ont pu interpeller un couple. L'homme était au chômage. La femme travaillait comme infirmière dans un Ehpad du 93, et elle avait récemment été sanctionnée par une mise à pied disciplinaire pour le vol d'une enveloppe contenant de l'argent. Dans le sac des deux individus pris en flagrant délit, les policiers ont trouvé une grande quantité de médicaments, particulièrement des

175

analgésiques, des anxiolytiques, et des hypnotiques. Le couple a reconnu faire commerce sur internet des médicaments volés afin de faire face à leurs problèmes d'endettement, le mari étant addict aux jeux d'argent. Apparemment, la femme aurait commencé à subtiliser des cachets destinés aux patients dans l'établissement dans lequel elle travaillait, sans que cela ne soit détecté, avant de passer à la vitesse supérieure. Après avoir eu l'idée de se servir elle-même, elle avait fini par renseigner son mari et lui donner toutes les informations pour s'introduire dans l'établissement et voler dans la réserve, une fois les équipes de jour parties, bla bla bla... Le soir du vol, une jeune stagiaire infirmière avait d'ailleurs surpris le voleur.

— On parle de toi, là, commenta le jeune lecteur en levant les yeux vers Camille. Bon, il reste trois lignes :

Inquiète que son mari ait pu être identifié, mais soulagée de constater que ce n'était pas le cas, elle avait récidivé avec son époux, mais hors de leur ville, en dévalisant une pharmacie. Le couple a été arrêté. Il sera prochainement remis en liberté sous contrôle judiciaire dans l'attente du procès, et l'infirmière a reçu une interdiction d'exercer son métier au minimum jusqu'à la date des audiences.

Vanessa écarquillait les yeux. Elle découvrait certains détails de l'affaire, même si Camille lui avait déjà résumé la situation.

— C'est dingue ! dit-elle. Quand je pense qu'on a tous été interrogés, voire soupçonnés, par la police. Je déteste les interrogatoires.

Le jeune homme rétorqua :

— Remarque, dans un sens, ils n'avaient pas tout à fait tort. C'est bien quelqu'un de l'Ehpad qui avait fait le coup.

Chapitre 37

Quand on ne trouve pas l'harmonie en soi-même,
il est inutile de la chercher ailleurs.
Anonyme

L'amour n'est qu'une illusion dont on se sert
pour se tromper soi-même.
Gao Xingjian

Son existence changea le jour où Gaël croisa le regard pailleté d'or d'Annabelle, sa nouvelle voisine, même s'il ne comprit pas immédiatement l'importance de cette rencontre. Elle était jolie, oui, mais pas son genre. Ensuite, il ne voulait pas d'ennuis. « Chez lui » rimait avec « abri ». Il avait même pris ses distances avec sa sœur désormais mariée, très occupée par sa vie de famille, et aussi rassurée qu'il ait trouvé un boulot stable. Enfin, elle pouvait le laisser respirer tout seul !

Certaines nuits encore, la fièvre le rongeait. Deux identités se disputaient son âme et prenaient tour à tour le contrôle sur lui. Quand son alter ego débarquait et se mettait aux commandes, il disjonctait. Pour cette raison, entre autres, il n'avait jamais envisagé de relations sur le long terme. Pas d'attache intime, c'était préférable. Pour le reste, les relations sociales superficielles, il savait gérer. De toute façon, le rythme de vie effréné de chacun laissait peu de temps pour des relations approfondies.

Un soir, sa nouvelle voisine toqua à sa porte pour se présenter. Quelques jours plus tard, elle revint avec une bouteille de champagne. Elle avait dû l'entendre arriver chez lui, lorsque la porte s'était refermée en claquant.

— C'est mon anniversaire et c'est un peu déprimant de le fêter seule. Voulez-vous trinquer avec moi ? avait-elle ajouté en levant la bouteille à hauteur de son regard.

Ce n'était même pas une technique de drague. Elle n'avait pas l'habitude du « chacun chez soi ». Sur le pas de la porte, ils échangèrent quelques banalités au sujet du temps maussade et froid. Elle venait de la Martinique et peinait à s'acclimater à la vie parisienne qui l'avait tant fait rêver, de loin. Elle n'avait pas imaginé les heures perdues dans des transports bondés, la grisaille quotidienne, la solitude…

— Pourquoi les gens ne se parlent-ils pas davantage ?

— Ils vont dans des bars pour cela, répondit-il machinalement.

— Merci ! J'ai tenté, et dès la première heure, j'en étais déjà à trois propositions lourdingues, alors que je voulais simplement discuter.

— C'est sûr qu'une femme comme vous, seule, le soir…

Elle le regarda en hochant la tête, puis prit le parti d'en ricaner.

— Ça veut dire quoi ces propos machistes ?

Le début de leur amitié faillit tourner cours à cet instant.

— Vous avez raison, oubliez ce que je viens de dire, c'est idiot. D'ailleurs, ce n'est pas mon genre d'aller draguer dans les bars. Je préfère la solitude.

— Est-ce une manière de me dire que je vous dérange ? rétorqua-t-elle avec un sourire timide.

Elle était là, sur son palier, en tongs, avec sa bouteille de champagne à la main, et l'air d'un oisillon tombé du nid. En entendant l'ascenseur monter, il l'invita enfin à pénétrer chez lui.

— Vous avez peur de ce que les voisins pourraient penser ? questionna-t-elle d'une voix un brin moqueuse.

— Non, je m'en moque.

Maintenant qu'il lui avait fait cette réponse, il n'avait d'autre choix que de lui proposer de s'installer dans son salon pour partager sa bouteille. Pour quelle raison l'aurait-il laissée entrer, sinon ?

Il s'excusa quelques secondes, le temps de refermer la porte de sa chambre et à son retour, récupéra deux coupes dans un placard afin de servir le champagne.

— Bon anniversaire, euh…

— Annabelle. Et vous ?

— Hum… Gaël.

— J'adore. Ça rime avec Annabelle, vous avez remarqué ?

Il commençait à se détendre. À la troisième coupe, ils passèrent au tutoiement, avec l'étrange impression de se connaître depuis des années. Une fois la bouteille terminée, il alla chercher une moitié de Gewurztraminer qui lui restait au frigo. Au diable les mélanges !

Cette présence féminine le bouleversait plus qu'il n'aurait pu l'imaginer. Annabelle était ensorcelante, intelligente, naturellement sensuelle.

Après une soirée des plus agréable, il la raccompagna et lui souhaita bonne nuit, depuis le palier. Mais cette fois, et les suivantes, son parfum laissa son empreinte olfactive, tel un ancrage sensoriel. Petit à petit, la crainte qu'elle ne lui impose sa présence céda la place à l'angoisse de ne pas la revoir. Le piège se referma sur lui.

Son aura mystérieuse, sa peau ambrée, sa chevelure ondoyante, l'avaient envoûté. Tout comme son regard qui s'assombrissait parfois, entre deux éclats de rire. Sa joie masquait une fêlure dans laquelle il croyait reconnaître ses propres blessures.

Gaël et Annabelle... Cela sonnait bien.

Un jour, Annabelle lui raconta sa vie, son enfance. Elle avait réussi un concours d'infirmière qui l'avait conduit en métropole. Lui aussi, se confia, expliquant qu'il avait perdu sa mère. Qu'elle s'était suicidée. Le regard d'Annabelle se brouilla.

Inévitablement, un jour, ils passèrent à autre chose. En caressant sa peau suave, il glissa sa main dans ses cheveux de soie, la fixant intensément.

— J'aime quand tu me regardes comme ça, susurra-t-elle en se rapprochant de lui.

Leurs lèvres se joignirent et leurs langues se découvrirent. Il la désirait comme un fou. À la lueur de la lune, il fit glisser la bretelle de sa robe. Au contact de ses doigts, son corps frissonna. Mais le balcon n'était pas des plus confortable pour continuer leur exploration. À tâtons, ils revinrent dans le salon, agrippés l'un à l'autre. Peau à peau, reins cambrés, bouches humides, mains brûlantes, soif de l'autre, déploiement d'un ardent désir. Ils firent l'amour comme si leur vie en dépendait.

Jamais il n'avait ressenti de telles sensations, de telles émotions. Ils finirent tous deux exténués, lovés sur le canapé du salon.

Lorsqu'elle se leva, une heure plus tard, il la suivit, ensorcelé.

— Qu'est-ce que tu m'as fait ? lui murmura-t-il.

Elle rit. Dans un mouvement brusque, il la colla contre le mur, la main appuyée sur son cou. Elle se laissa faire. Elle le désirait encore et lui était déjà raide dingue. Il lui refit l'amour. Il n'y avait rien à faire d'autre.

Dès lors, ses rituels changèrent. Annabelle nourrissait de sa sève ardente son besoin d'amour et de jouissance. Leur vie entra dans une forme de routine et contre toute attente, cela lui plut. Ils finirent par déménager. Nouveau lieu, nouvelle vie ! Une fois de plus, tourner la page, recommencer une autre histoire, se réinventer. Il revit même sa sœur et lui promit de lui présenter Annabelle, un jour. Sans plus de précision. Il préférait conserver l'intimité fusionnelle de leur relation.

Les nuits succédaient aux jours et les aubes aux ténèbres. Annabelle savait gérer les silences et les ombres. Elle en avait l'habitude, tout comme lui. Pas avec les mêmes armes. Elle s'était remise au yoga, à la méditation. Lui se vivifiait de son énergie. La regarder l'apaisait, comme lorsque la jeune femme fixait des yeux la flamme d'une bougie qui se reflétait dans l'or profond de ses prunelles.

Il lui arriva pourtant, malgré lui, d'arpenter les rues, l'esprit hanté par des pensées impures. Il acheta un vélo d'intérieur pour se défouler, préférant rester dans son appartement, pour échapper à la tentation. Heureusement, l'appétit amoureux d'Annabelle l'y aidait. Elle était sa bouée de sauvetage. La peur de la perdre le rendait fou.

Lors d'un séjour touristique à Las Vegas, l'idée leur vint rapidement. L'occasion était trop belle : celle de vivre cette expérience un peu folle, mais aussi, de concrétiser leur engagement. Ils se marièrent dans la chapelle de WeeKirk, elle en petite robe en dentelle blanche et tennis de denim, lui en pantalon bleu marine, chemise blanche et nœud papillon.

Les nuits agitées cédèrent peu à peu la place aux journées ensoleillées, aux envies, aux projets, à l'avenir.

Peut-être à trois ? Même si la perspective d'un enfant l'angoissait encore.

Il lui semblait qu'il avait définitivement intégré son avatar sociable et abandonné l'autre aux portes de l'enfer.

Heureux pour la première fois de sa vie.

Chapitre 38

Ehpad des Églantiers - Lundi 25 janvier 2016

L'heure du départ arriva enfin ! Lucas sortit de l'établissement, casque au bras.

Ces jours derniers, plusieurs flics étaient venus les interroger, notamment la femme qui lui donnait des boutons avec ses airs de rock star et ses yeux charbonneux. Il se sentait crevé. C'est vrai qu'il avait eu une insomnie la nuit précédente et il avait d'ailleurs manqué s'endormir pendant une interminable et inutile réunion ! Sans compter les bavardages de couloir qui l'agaçaient prodigieusement. Et ce n'était pas son téléphone qui vibrait de manière récurrente dans sa poche qui allait apaiser sa mauvaise humeur !

Une pluie fine crachait sa bruine et répandait une lueur huileuse sur le bitume. Il se dépêcha de rejoindre l'abri où était garée sa moto. Il ne put s'empêcher d'allumer une cigarette avant de partir. Chez lui, ce n'était plus possible, de toute manière. Il devait réussir à stopper cette saloperie ! Il inspira la fumée âcre qui s'infiltra dans ses bronches et envoya un shoot de nicotine au cerveau. À l'abri de la pluie, il consulta son téléphone, puis appuya sur la touche qui permettait le rappel automatique. Qu'est-ce qu'elle avait à insister comme ça ? Autant régler ça avant de rentrer.

La femme décrocha dès la deuxième sonnerie.

— Salut. Tu as eu mes messages ?

— Non, je n'ai pas eu le temps d'écouter mon répondeur. Je bossais. Mais j'ai vu que tu avais essayé de me joindre.

— Donc, tu n'as pas eu le courrier ?

— De quoi tu parles ?

— J'ai reçu une lettre et tu dois avoir la même. « L'autre » nous a écrit… À propos de… qui tu sais. Elle a une leucémie.

Cette simple phrase provoqua soudain en lui un étourdissement. Silence.

Après le vertige du vide, une marée noire menaçait maintenant de l'anéantir.

— Elle voudrait savoir si on serait d'accord pour un don de moelle osseuse. Enfin, dans le cas où l'on serait compatibles.

Il n'entendit plus rien.

Un son *hardcore* retentit dans sa tête. Ou à l'extérieur. Il ne savait plus.

Il aspira une nouvelle taffe de la cigarette qu'il tenait entre ses doigts et qui commençait à brûler sa peau.

— Tu es toujours là ? Je vais lui écrire une réponse qui va lui faire regretter de m'avoir contactée. Elle se prend pour qui ? De toute façon…

Le téléphone glissa de sa main et tomba au sol. Il le regarda, étrangement déconnecté. Étonné, il se baissa, l'éteignit, puis le rangea dans sa poche. Sur l'écran intérieur de son imaginaire défilaient des visions de cataclysmes, de paysages dévastés, de cadavres flottant sur un fleuve de boue.

Le froid le ramena à la réalité. Depuis quand était-il là ? Soudain, une voix s'adressa à lui :

— Salut, ça va ?

Il tourna le visage vers Camille, silencieux.

— Qu'est-ce que tu fais, Lucas ? Tu repars en moto ?

Le jeune homme se balançait d'avant en arrière, dans un mouvement d'automate.

— Tu as pas l'air dans ton assiette, dis donc. Tu es certain que tu peux rentrer dans cet état ? En deux roues, c'est pas prudent.

— Je peux conduire.

— Pas sûr. Tu as pas vu ta tête ! On dirait que tu as croisé une armée de zombies ! Tu te sens fiévreux ?

Dans un mouvement lent, il hocha le menton de droite à gauche.

— Bon, peu importe, allez, si tu veux, je te ramène. Je suis en voiture. Je te préviens, c'est un tape-cul, mais ça roule et c'est tout ce qui compte. Dis-moi où tu habites.

Il jeta un œil à sa moto. Elle avait raison, en réalité, s'il la conduisait maintenant, ça serait pour foncer droit dans un mur. En finir une fois pour toute, c'était peut-être la solution.

Il la suivit pourtant, après avoir marmonné un « OK » entre ses dents.

— Je suis garée juste à côté, dit la jeune stagiaire en désignant de loin une Citroën Saxo.

Ils marchèrent rapidement jusqu'au véhicule, stationné devant le portail. Camille démarra et sortit de la zone protégée de l'Ehpad. Elle tourna à gauche, tout en interrogeant son collègue :

— C'est par là ?

Il hocha la tête en signe d'affirmation.

Camille lui jetait de brefs coups d'œil, mais lui continuait à fixer la rue par la vitre extérieure. Elle vira à droite et contourna le rond-point. Arrivée au niveau de la gare, elle mit le clignotant et se gara en travers, sur le parking minute de la SNCF.

— Qu'est-ce qu'on fait ? Tu veux prendre un bus ? Le RER ? Je peux aussi te ramener chez toi, si ce n'est pas trop loin, mais il faut que tu me dises le chemin.

Il détacha enfin son regard de la vitre. Ses épaules s'affaissèrent et son menton plongea vers sa poitrine. Stupéfaite, Camille se rendit compte qu'il était en train de pleurer. Décontenancée, elle resta silencieuse quelques secondes, avant de prendre une décision.

— OK. T'es pas en état de rentrer chez toi pour l'instant, apparemment. Qu'est-ce qui se passe ? Tu veux en parler ?

Il fit un léger mouvement de la tête, qu'elle ne sut comment interpréter.

— Alors on va chez moi. C'est juste à côté. On prendra un verre et tu me raconteras ce qui t'arrive. Ou pas. Comme tu préfères. Quand tu te sentiras mieux, je te raccompagnerai.

Il hocha le menton en signe d'accord.

Elle redémarra.

Chapitre 39

Camille - Lundi 25 janvier 2016

Lucas la suivit en mode « robot ». Il paraissait en état de choc, avec quelque chose d'autre qu'elle ne parvenait pas à définir. Il semblait marcher à côté de son corps. Une ombre, un zombie !

Arrivée chez elle, elle envoya valser son manteau sur son canapé-lit, au fond de la pièce, avant de lui lancer :

— Installe-toi ! Mets-toi dans le fauteuil, tu seras plus à l'aise.

Il s'exécuta, l'esprit toujours ailleurs.

— Tu veux boire quelque chose ? Une bière ?

Il acquiesça en lui demandant :

— Je peux prendre le paquet, là ?

— Les kleenex ? Oui, vas-y.

Il se moucha bruyamment.

Le voir pleurer avait surpris et touché Camille. Les hommes manifestent rarement leurs émotions, surtout en public. Elle n'était qu'une collègue, pas une amie proche. Qu'avait-il pu lui arriver de si terrible ? Il ne pleurait plus, mais elle n'osait pas l'interroger à ce sujet, ne voulant pas raviver son malaise. Prendre un verre ensemble créerait peut-être une sorte d'intimité qui l'inviterait à se confier plus facilement. Souvent, l'alcool déliait les langues.

Au moment où elle s'approchait du frigo, Lucas lui demanda :

— T'as pas un truc plus fort que la bière ?

Elle réfléchit.

— J'ai du Gin. Si je t'en sers un avec du Schweppes, ça te va ?

— OK.

Elle le rejoignit avec les boissons. Elle-même était restée sur l'idée d'une blonde légère, surtout si elle devait le raccompagner en voiture. Sinon, Lucas en serait quitte pour les transports en commun ou pour appeler un taxi.

Elle s'installa sur un tabouret, une cannette de Corona à la main, l'ouvrit et en avala une gorgée. Elle la posa ensuite au sol, à côté d'elle, se pencha vers la table basse et saisit son paquet de tabac, ses filtres et le papier à rouler.

— Tu veux t'en faire une ? proposa-t-elle à son collègue.

— C'est bon, j'ai les miennes. Si tu veux t'épargner…

— Pourquoi pas ?

Il lui tendit une cigarette, qu'elle alluma, puis elle attrapa un cendrier en forme de coquillage qu'elle plaça sur ses genoux.

— T'en as un autre, derrière toi, dit-elle à Lucas, en lui désignant une coupelle posée sur une petite console.

La situation était insolite. Ils échangeaient des banalités, comme si de rien n'était.

Finalement, après avoir fumé deux ou trois taffes en silence, elle se lança :

— Ça va ? Tu te sens un peu mieux ?

Il réfléchit avant de répondre comme si cela ne le concernait pas totalement :

— Non.

Elle aspira une nouvelle bouffée. Cette pseudo-indifférence n'était pas très cohérente avec les sanglots qui lui avaient échappé dans la voiture.

— Tu veux m'en parler ? Si tu t'inquiètes du fait que je bosse avec toi, je te rassure tout de suite, je serai muette comme une tombe, précisa-t-elle en esquissant un signe en forme de croix sur ses lèvres.

Pour l'inviter à se détendre et à lui faire confiance, elle ajouta :

— Je ne suis pas du genre à baver sur la vie des autres, tu as dû le remarquer. J'aime bien papoter, mais je n'aime pas cancaner !

— C'est ma mère.

Camille se tut, surprise par la soudaineté et la brièveté de l'annonce. Elle inclina la tête en signe d'écoute et attendit la suite. Finalement, pour briser le silence qui menaçait une fois de plus de s'éterniser, elle posa une nouvelle question, avec un ton compatissant, mais sans y mettre trop de pathos non plus :

— Il lui est arrivé quelque chose ?

Le visage de Lucas s'assombrit.

— Le jour de sa mort, je sabrerai le champagne.

Silence…

— Ah, OK ! C'est à ce point-là ! Décidément, on est plusieurs à ne pas être vernis, côté famille ! La mienne de mère, elle n'est pas « mauvaise », juste lâche ! Je ne sais pas ce qui est pire.

Lucas se leva et, tout en tirant nerveusement sur sa cigarette, se mit à faire des allers-retours entre le fauteuil et la porte-fenêtre. Soudain, le regard acéré, il s'immobilisa, puis balança insidieusement son buste de droite à gauche, comme un cobra prêt à cracher son venin mortel.

Les yeux de Camille s'arrondirent de surprise, pendant que son collègue ânonnait en boucle, tel un mantra :

— Je ne veux plus la voir… je ne veux plus la voir… je ne veux plus…

Camille hésita, puis se leva et s'approcha de Lucas. Doucement, comme on cherche à calmer un enfant, elle lui dit :

— T'es pas obligé. T'es majeur après tout. Personne ne peut te forcer.

Elle posa sa main sur l'épaule du jeune homme, avant d'ajouter :

— Tu devrais peut-être lui dire franchement. Ensuite, tu coupes définitivement les ponts avec elle. Ce sont des choses qui arrivent, même si c'est pas facile.

Il se dégagea et reprit ses allers-retours dans la pièce.

Elle s'éloigna, perplexe, craignant qu'il ait mal interprété son geste amical. Elle tenta un ton plus léger :

— Tu veux pas t'asseoir ? Tu me donnes le tournis ! En plus, tu seras plus à l'aise.

Et plus calme, aussi, songea-t-elle.

Soudain, elle se demanda si elle avait bien fait de lui proposer de venir. Certes, n'importe qui pouvait péter un câble, parfois ! C'était bien arrivé à Vanessa, la première fois qu'elle était venue chez elle. À croire que son appartement virait au cabinet de psy ! Elle essaya à nouveau de capter l'attention de son collègue :

— Ça va, sinon, au boulot ? C'est chaud depuis Noël. On ne s'ennuie pas dans cet Ehpad ! On peut même dire qu'il y a de l'action !

Elle émit un petit rire, puis reprit une gorgée de bière.

Le silence se prolongeait. Durant quelques secondes, le jeune homme s'arrêta de marcher. Il semblait réfléchir, immobile.

Camille tapota sa cigarette au bord du cendrier-coquillage. Elle devait rapidement trouver une issue à cette situation qui commençait à l'inquiéter.

— Lucas, tu veux appeler ta femme ? Peut-être que tu préféreras lui parler, plutôt qu'à moi, si c'est trop personnel. Elle peut venir te chercher ici. Aucun souci pour que tu l'attendes chez moi.

— Arrête ! Lucas, c'est mon nom.

— Euh, pardon ?

— Tu m'appelles Lucas, mais en fait, c'est mon nom.

Elle ne comprit pas ce qu'il voulait dire par là, mais n'eut pas le loisir de lui poser la question, car il enchaîna.

— Elle a peur de rien, cette garce, après ce qu'elle m'a fait subir !

189

Camille écrasa sa cigarette dans le cendrier. De quoi parlait Lucas ? Son discours manquait carrément de cohérence ! Finalement, elle avait besoin d'un truc plus fort, elle aussi. Peut-être même d'un *joint*. Elle se servit un gin-tonic bien tassé. De toute manière, vu le contexte, il était désormais exclu qu'elle le ramène en voiture chez lui. *Trop imprévisible, le gars !* Elle n'avait pas envie d'avoir un accident. Elle s'interrogeait aussi sur cette fébrilité qu'elle n'avait jamais décelée jusqu'à présent chez son collègue. Était-il parvenu à la masquer en jouant la comédie ? Là, c'était pire. Le signe qu'elle était en présence d'un manipulateur. Bon, peut-être dramatisait-elle ! En tout cas, la priorité était désormais de trouver un moyen de le mettre « poliment » dehors sans tarder, mais sans l'énerver davantage.

Alors qu'elle rangeait la bouteille de tonic au frigo, il envoya un coup de poing dans le mur.

— J'aurais dû la crever !

Camille sursauta et une vague d'adrénaline déferla dans son corps. Elle s'écria :

— Oh ! Ça va pas ! Tu te calmes tout de suite. Tu vas esquinter l'appart. Le proprio va être furax ! Si tu abîmes quoi que ce soit, je te jure, je te fais payer les réparations !

Camille commençait à regretter d'avoir voulu jouer les saint-bernard ! Elle retourna s'asseoir sur son tabouret, après avoir entrouvert la porte-fenêtre qui donnait sur son minuscule balcon, pour chasser la fumée de la cigarette. Elle tenta malgré tout l'apaisement.

— Sérieux, qu'est-ce qui t'a pris ? Viens t'asseoir. Je vais rouler un *pétard*. T'en veux un peu ? Ça va te détendre. Franchement, t'as vu dans quel état tu es ? Je ne sais pas ce qui t'arrive, mais visiblement, c'est pas cool. Sauf que j'y suis pour rien. J'essaie de t'aider, alors tu t'en prends pas à mes affaires.

Elle commença à rouler le *joint*. Quand elle serait un peu calmée, elle enverrait un message à Vanessa pour lui demander de la rejoindre. Elle lui proposerait de venir avec sa copine Maria, dont elle lui avait parlé plusieurs fois. Ça serait l'occasion de la rencontrer et elles ne seraient pas trop de trois pour gérer la situation… qui lui déplaisait de plus en plus.

Lui restait statique au milieu du son salon.

— Je veux pas être impolie, Lucas, mais si tu refais ça, je vais être obligée de te demander de partir. On a toujours eu de bons rapports de boulot, ce serait dommage que ça change maintenant, tu ne trouves pas ?

Surtout pour un truc qui m'échappe totalement, se dit-elle. Elle commençait à penser que ce mec n'était pas net ! *Il a un gros pète au casque, même*, songea-t-elle !

— Gaël, marmonna-t-il entre ses dents.

— Quoi ?

Elle n'avait pas très bien entendu.

Sans prêter attention à sa question, il s'approcha lentement d'une grande affiche qui décorait le mur derrière le canapé, et à laquelle il n'avait jeté jusque-là qu'un regard sans intérêt. L'élément était assez beau, dans un style très graphique, avec des couleurs vives dont une dominante de bleue turquoise. Le dessin de trois visages de femmes était réalisé dans une conception ethnique. Un des profils était peint en jaune, l'autre en blanc, le troisième en rouge. Le titre de l'affiche annonçait le programme : « D'un bord à l'autre ». Le sous-titre, en plus petit, était davantage explicite : « Festival de films LGBT ».

Il se tourna vers la jeune fille.

— C'est quoi, ce truc ?

Enfin, il se souvenait qu'elle était là…

— Ce « truc », comme tu dis, c'est une affiche d'un festival de cinéma.

— Et ça fout quoi sur ton mur ?

Ce mec commençait vraiment à la *gaver* ! Jamais elle n'avait perçu cet aspect de sa personnalité, au boulot. Il lui arrivait, comme à tous, d'avoir des sautes d'humeur. Qui n'en a pas lorsqu'il faut travailler sous pression ?

— Je te rappelle que je suis chez moi, rétorqua-t-elle, et que je décore mon appart' comme je veux ! Je n'ai pas à me justifier. Mais je veux bien t'expliquer, si tu y tiens : j'ai choisi cette affiche parce que je la trouve belle. Il est où, le problème ? Tu n'aimes pas le cinéma ?

Elle lui jeta un regard agacé, pendant que ses mains s'activaient sur la fabrication de son *joint*. Finalement, elle n'allait pas lui en proposer. Pas envie de partager son matos avec ce mec qu'elle trouvait de plus en plus *chelou*[1]. Sans compter qu'elle n'était pas certaine de sa réaction s'il en fumait ! Ça partait déjà assez en vrille comme ça !

— C'est un truc de gouines, c'est ça ?

Voilà, on y était ! La question avait été posée avec délicatesse ! C'était de l'ironie, bien sûr ! Jamais elle n'aurait imaginé ce problème avec lui, sinon, évidemment, elle se serait abstenue de l'inviter chez elle. Certes, ils n'avaient jamais eu l'occasion d'aborder ce sujet, mais Lucas lui avait toujours paru quelqu'un de *cool*. Là, elle ne le reconnaissait plus. Se pouvait-il qu'il porte un masque social à l'Ehpad ? Bon, il s'agissait de négocier sa sortie au plus vite, et sans envenimer la situation.

Elle répondit sur un ton neutre, après avoir léché le papier de son *cône*.

— Entre autres. Encore que j'aurais pas appelé ça comme ça.

Il fit quelques pas dans sa direction.

— Et comment tu veux qu'on les appelle ?

---

1. Louche, en argot verlan.

Camille posa le *joint* qu'elle avait fini de rouler et toisa son collègue, bien décidée à mettre un terme à cette discussion détestable. Elle allait le foutre à la porte et peu importe comment il rentrerait chez lui. Les taxis, ce n'était pas fait pour les chiens !

— Je ne tiens pas à engager la conversation sur ce sujet. Chacun est libre de faire ce qu'il veut de sa vie et de son intimité. Et je suis polie. Mais si tu ne comprends pas, je vais être plus précise : tu fais ce que tu veux avec ton cul et tu laisses les autres faire pareil ! Et si tu n'es pas d'accord, sache que je n'en ai rien à foutre.

Puis, elle se leva avant de pointer la porte du doigt :

— La sortie, c'est par là. Je ne te retiens pas.

Il explosa :

— Chacun est libre de faire ce qu'il veut de son cul… c'est ça que tu penses ? Mais ces gens sont des pervers, des dégénérés, des irresponsables…

D'un mouvement rapide de fauve, il bondit et se retrouva face à elle. En lui attrapant le poignet droit, il retourna son bras et le lui bloqua dans le dos. Elle poussa un cri.

— Mais ça va pas ! Tu me fais mal !

Du haut de son mètre quatre-vingt-cinq, il n'avait aucune difficulté à l'immobiliser.

— Ta gueule.

— Arrête, Lucas.

— Je t'ai dit de la fermer. Tu veux savoir qui je suis, espèce de salope ? Arrête de m'appeler Lucas. C'est pour le boulot. Je m'appelle Gaël. Que ça te plaise ou non.

— Je comprends rien. Tu me fais mal. On se connaît enfin, Lucas… euh… Gaël. Qu'est-ce qu'il te prend ?

Sans répondre à ses questions, il poursuivit :

— T'es une *gougnotte*… c'est ça ? Mais comment j'avais pas compris ?

La situation avait assez duré ! Terminée la compassion ! Camille tenta de se dégager et de le gifler de sa main libre. Il lui bloqua le poignet, mais, hors d'elle, elle lui cracha au visage.

Les traits de Gaël se crispèrent et ses yeux commencèrent à lancer des éclairs. Il accentua la torsion du bras de la jeune femme et la poussa vers le mur, afin de l'immobiliser totalement. Puis, il vrilla son deuxième poignet. Camille se plia en deux sous le coup de la douleur et étouffa un cri. Elle ne voulait pas lui donner ce plaisir.

— Tu veux savoir ce que je leur fais, moi, aux filles de ton genre ?

Elle tenta de remuer, espérant parvenir à envoyer son genou dans l'entrejambe de son collègue ergothérapeute, histoire de le calmer définitivement, mais elle n'était pas bien positionnée.

Aussitôt, il comprit son intention et réagit :

— N'essaie même pas !

Il dégagea son bras et lui décocha un coup de poing dans la mâchoire. La tête de Camille effectua un quart de tour et alla buter contre le mur. La jeune fille étourdie, tant sous le coup de la surprise que de la douleur, s'effondra au sol. Un sentiment de panique submergea son esprit.

« Lucas », enfin l'autre, la jaugeait avec haine. Une sombre métamorphose était en train de s'opérer en lui.

Il profita du fait qu'elle était à moitié assommée pour l'attraper et la projeter en direction du canapé-lit. Elle atterrit sur le bord et glissa au sol. Une décharge d'adrénaline l'envahit et l'aida à réagir. Vite, elle devait fuir ! Appeler au secours, se réfugier chez un voisin. Elle tenta de se redresser, mais il était trop proche d'elle pour qu'elle parvienne à lui échapper. Il la gifla de toutes ses forces. La violence du choc la fit retomber au sol. Sa tempe heurta le carrelage. Sonnée, elle essaya de reprendre ses esprits, mais elle n'eut pas le temps de se relever qu'il était déjà sur elle, l'immobilisant de son corps.

Chapitre 40

Vanessa - Lundi 25 janvier 2016

Vanessa quitta l'Ehpad à pied et coupa par le parc voisin de l'établissement, pour savourer un moment de calme et de détente. Elle consulta son téléphone. Il y avait un appel en absence accompagné d'un message vocal que Vanessa écouta deux fois pour s'assurer de l'avoir bien compris. L'incrédulité céda alors la place à l'excitation ! Elle n'avait pas rêvé ! Elle rappela immédiatement pour remercier le foyer maternel, puis chercha à partager sa joie avec Yasmine, qui était indisponible, car en rendez-vous. Elle ne laissa pas de message. Elle préférait lui annoncer la nouvelle de vive voix. L'établissement qu'elle avait visité avec Flora lui réservait une chambre dont l'occupante partirait dans quatre mois et demi. C'était incroyable !

Ses pensées se tournèrent vers sa mère. Bientôt quinze jours depuis sa visite à l'hôpital. Marion Chevalier avait été transférée en psychiatrie. Vanessa prenait régulièrement de ses nouvelles et espérait que l'étape suivante serait la cure de désintoxication. En tout cas, elle culpabilisait moins de ne pas aller la voir, car sa mère, pour le moment, n'avait pas droit aux visites.

Ça lui laissait un peu de temps pour souffler.

Le sourire ne la quittait pas, alors qu'elle marchait avec la sensation de flotter au-dessus de l'asphalte, le cœur en apesanteur. Maria, Camille ! Elle devait leur raconter ! Elle tenta de contacter sa copine du foyer, tomba sur le répondeur et raccrocha. Sûrement était-elle encore dans les transports. Camille, partie une heure plus tôt, devait être arrivée chez elle. Elle chercha à la joindre, également sans succès. Elle décida d'aller jusqu'à son immeuble. Si elle ne la trouvait pas, au pire, elle ferait demi-tour.

Elle rangea son mobile et récupéra son écharpe dans son sac à dos. Une fois de plus, son porte-monnaie tomba, suivi par la bouteille d'eau et le canif. Mince ! Ces sacs fourre-tout, c'était grand, mais pas hyper pratique.

Trente minutes plus tard, elle arriva en bas du petit immeuble où résidait Camille. Elle sonna à l'interphone. Sans réponse.

Elle recula jusqu'au trottoir d'en face. La nuit précoce de janvier finissait de s'épandre sur la ville. Vanessa repéra un éclairage tamisé, derrière les rideaux, au niveau de l'appartement de sa collègue. Soudain, la lumière s'éteignit. Vanessa retraversa et rappuya sur l'interphone. Rien. S'était-elle trompée ?

Elle s'apprêtait à rebrousser chemin, quand une sorte d'intuition lui intima l'ordre de rester. Elle avait bien vu de la lumière au niveau de l'appartement de son amie. Pourquoi Camille faisait-elle croire qu'elle était absente ? Ça n'avait aucun sens. La jeune fille n'avait pas l'habitude de tourner autour du pot. Si elle n'avait pas été dispo, elle le lui aurait dit. S'agissait-il d'une soirée en « amoureuses » ? Mais d'après ce que Vanessa en savait, Camille était célibataire et n'avait rencontré personne récemment.

L'adolescente hésita, puis elle sortit son téléphone portable et envoya un texto :

T dispo ? Suis en bas de chez toi. Ai 1 truc à te raconter

La réponse, laconique, ne se fit pas attendre :

Pas chez moi

Fin de non-recevoir !

Bon, elle n'allait pas rester à poireauter sur le trottoir pendant des heures ! Alors qu'elle réfléchissait rapidement, perplexe, elle jeta un coup d'œil machinal à la fenêtre.

Le rideau avait bougé. Cette fois-ci, elle en était certaine.

Elle se dissimula dans l'impasse, située à droite de l'immeuble, histoire de cogiter discrètement. Quelque chose ne collait pas. Ce message ne correspondait pas au style habituel de sa copine. Pas de « bisous », pas d'émoji avec un clin d'œil ou un cœur ! Si elle virait « parano », elle pouvait s'imaginer que Camille refusait de lui parler, sans explication. Mais ce n'était pas son genre ! Pourquoi aurait-elle fait ça alors qu'elles s'étaient quittées amies deux heures plus tôt ?

Pendant que les idées tournaient en boucle dans sa tête, un homme s'avança vers l'immeuble. Sans savoir ce qu'elle ferait en-suite, Vanessa se rapprocha rapidement de lui et arriva à son niveau au moment où il pianotait sur le digicode. Le verrou se débloqua. Voyant qu'elle se dirigeait dans la même direction, il lui tint la porte.

— Merci, je vais chez Camille Clément, dit-elle sur un ton qu'elle voulut le plus naturel possible.

Il lui répondit d'un simple signe de tête, visiblement peu intéres-sé par le fait de savoir qui elle venait voir. Elle comprit qu'il était lui-même en visite, lorsqu'il sonna à la première porte à droite, au rez-de-chaussée.

Vanessa s'engagea dans l'escalier et monta les deux étages. La lumière du couloir s'éteignit au moment où elle atteignait le palier. Elle s'approcha de l'appartement de son amie, prête à faire semblant de sonner si quelqu'un arrivait. Chacun a droit à son jardin secret et si sa copine recevait une nouvelle amoureuse, elle n'allait pas jouer les voyeuses. Si tout avait l'air « normal », il ne lui resterait plus qu'à rebrousser chemin.

« Normal » comme quoi ?

Par exemple, comme des voix de femmes…

Soudain, quelque chose tomba dans un bruit sourd.

Était-ce chez Camille ? Cela pouvait tout aussi bien être à l'étage au-dessus.

« Merde ! »

Là, c'était clairement une voix masculine qui provenait de chez son amie.

Vanessa prit son courage à deux mains et plaqua son oreille contre la porte. Pourvu que personne ne la surprenne !

Il lui sembla qu'à l'intérieur on remuait quelque chose.

***

La pièce était plongée dans une semi-obscurité, simplement éclairée par la lueur des lampadaires extérieurs. Ses yeux s'habituèrent rapidement à la pénombre. Qu'est-ce que l'autre *morue* venait faire ici ? Mais oui, les deux filles devaient s'envoyer en l'air ensemble ! Encore une dégénérée !

Gaël patienta quelques secondes, puis s'approcha doucement de la fenêtre. Apparemment, la stagiaire de l'Ehpad n'était plus en bas. Il jeta un œil au téléphone. Pas de nouveau texto.

Derrière lui, Camille émit un cri étouffé, en tentant de se dégager. Il l'avait bâillonnée avec une écharpe solidement nouée derrière la tête. Il lui avait également bloqué les bras derrière le dos, et immobilisé les poignets et les chevilles avec du gros scotch trouvé dans un placard. Pas mal, bien qu'il ait procédé avec les moyens du bord. Elle était bien équipée. Une vraie fée du logis ! Par la même occasion, il avait récupéré un sac poubelle et une boîte de gants en polyéthylène dont il avait enfilé une paire. Autant éviter de laisser des traces partout. Mais en réalité, il hésitait sur la conduite à tenir. Cette nana n'était pas une inconnue. S'il lui arrivait quelque chose, les enquêteurs ratisseraient dans l'ensemble de ses connaissances. Et ça, hors de question. Arrivé chez elle dans un état second, il n'avait rien prémédité et encore moins anticipé.

Il devait reprendre ses esprits, faire preuve de logique.

Premièrement, quelqu'un pouvait l'avoir vu entrer dans l'immeuble ou monter dans la voiture de Camille. Il devait pouvoir avouer ces faits sans risque pour lui. Néanmoins, au point où les choses avaient dégénéré, la laisser en vie n'était pas envisageable ! Il fallait la tuer proprement et trouver ensuite un moyen pour se débarrasser du corps. Non… non… pas ça, justement ! Cela devait ressembler à une mort naturelle ou accidentelle. Ou à un suicide, pourquoi pas ? Il n'avait pas toute la soirée devant lui ! La moindre erreur pouvait lui être fatale. Ce qu'il lui fallait, c'était quelque chose de sûr, comme des somnifères. Depuis le soir où elle s'était fait agresser à l'Ehpad, il avait entendu Camille raconter qu'elle faisait des insomnies et prenait des cachets pour dormir. Pourvu que ça ne soit pas de ridicules gélules à base de plantes, mais des médicaments plus forts. Et qu'il en reste assez pour agir. Le mieux, c'était de les mélanger à de l'alcool pour que ça fasse plus d'effet. Il l'obligerait à les avaler en la menaçant d'un couteau. Ensuite, quand elle dormirait, il l'étoufferait avec un oreiller, puis il la coucherait de manière à ce que l'on puisse croire à un accident. Pas nécessairement un suicide, au final. Un simple cocktail d'alcool et de somnifères qui l'aurait plongée dans un coma éthylique. C'était plausible. Plusieurs personnes pourraient attester que ces dernières semaines, Camille était plus nerveuse, voire stressée. Sans doute le contrecoup. La pauvre ! Il en rajouterait. Il l'avait raccompagnée parce qu'elle s'était confiée à lui. Elle était angoissée. Ils avaient bu de la bière, du gin et elle avait fumé du *shit*. Mais lui n'avait pas voulu la suivre sur ce terrain-là. Ce n'était pas son truc, même s'il n'avait pas voulu la juger ! Il sourit en songeant à cette partie du canevas. Il savait feindre la compassion, là, il saurait être convaincant.

Ensuite, il expliquerait qu'il n'avait pas trouvé de taxi et avait préféré rentrer à pied, plutôt que de conduire sa moto après deux ou trois verres. Le tout était d'agir rapidement, mais sans précipitation pour ne pas laisser de preuves. Ne pas oublier de nettoyer ses poignets avec de l'eau et du savon, délicatement, avant de l'étouffer, histoire de faire disparaître les traces de scotch. Pour les chevilles, elle portait des chaussettes.

Plus tard, il appellerait sa femme pour lui dire qu'il était en chemin.

Pendant qu'il élaborait son scenario, il s'approcha de la porte de la salle de bain et buta dans le tabouret.

Merde.

Il espérait qu'elle rangeait ses somnifères dans le cabinet de toilette ! De toute manière, l'appartement était minuscule, il allait bien trouver. Devant le miroir, un frisson parcourut sa colonne vertébrale lorsqu'il aperçut son visage. Ses pupilles étaient dilatées et l'éclat de son regard, profond, dur, calculateur, le surprit lui-même. Il y avait quelque temps qu'il n'avait croisé son alter ego ; ce double qui ne pliait devant aucune peur, aucune règle.

STOP !

Sa femme n'allait pas tarder à s'étonner de son retard, voire tenter de le joindre au téléphone. Agir vite et sans erreur. Fébrile, il commença à fouiller les étagères où était entreposée la pharmacopée : alcool, pansements, sirop pour la toux, pastilles pour la gorge, paracétamol ! Et voilà ! Il attrapa une boîte de Tranxene et l'ouvrit. À première vue, elle en avait peu consommé et il en restait assez

pour préparer ce cocktail qui l'aiderait à l'envoyer dans un monde
« dit » meilleur !

***

Depuis quand attendait-elle sur ce palier ? Cinq, dix minutes ?
Heureusement, le couloir était désert, mais ça n'allait peut-être pas
durer. L'oreille collée contre la porte, les sens en alerte, elle espérait
ne pas être surprise en flagrant délit d'espionnage.

Elle retint son souffle. Quelqu'un marchait à l'intérieur. Des pas
lourds… qui se rapprochaient. Le cœur battant la chamade, elle se
tint prête à appuyer sur la sonnette. Finalement, les pas s'éloignèrent.

Silence.

Elle perçut nettement une voix d'homme, mais sans parvenir à
distinguer les mots. Ça excluait tout rendez-vous amoureux. Camille
avait-elle appelé un docteur ? Elle n'avait pas l'air malade quand
elle l'avait vue, l'après-midi même. Rien, en tout cas, nécessitant
une visite à domicile.

Et surtout, pourquoi Camille lui avait-elle répondu qu'elle n'était
pas chez elle ?

Non, ça ne collait pas ! Il se passait quelque chose d'étrange.

Devait-elle appeler la police ?

Pour leur dire quoi ? Elle n'avait aucun motif concret ni précis
de s'alarmer, simplement une vague impression. Un pressentiment.
Elle eut soudain une idée. Yasmine l'aurait dissuadée de la suivre,
mais elle devait savoir à quoi s'en tenir. Les quatre étages du petit immeuble où vivait Camille n'étaient pas très espacés les uns
des autres et le premier étage était même très proche du sol. Elle
l'avait remarqué en regardant la vue depuis le petit balcon, lorsque,

la première fois, Camille lui avait fait faire « le tour du propriétaire » de son studio. Escalader les différents niveaux ne devait pas être « trop » difficile ni dangereux. Le tout était de ne pas se faire repérer. Heureusement, la loggia de Camille se trouvait côté « jardin », enfin, si l'on pouvait nommer ainsi l'espèce de terrain arboré et recouvert d'herbe, avec un tourniquet et un bac à sable pour les enfants. C'était sympa, quand même. Camille lui avait dit que dès qu'il faisait doux, elle aimait s'installer sur sa « mini-terrasse » pour y prendre un café ou une bière. Ça lui faisait une petite pièce en plus ! Et quand elle était là, elle entrouvrait généralement la porte-fenêtre, pour éviter que l'odeur de clope n'imprègne l'appartement.

Si elle parvenait à monter sur ce balcon, Vanessa pourrait voir ce qu'il se tramait à l'intérieur. En croisant les doigts pour ne pas se faire surprendre ! Si tout allait bien, son amie n'apprendrait jamais sa petite escalade et Vanessa repartirait tranquillisée.

Soudain, en provenance du studio, l'adolescente perçut une voix masculine étouffée. Une fois de plus, surpassant sa peur, elle colla l'oreille contre la porte. Même si elle ne distinguait pas les mots, elle entendait un homme parler, mais aucun signe de Camille, bizarrement.

Anormalement…

Il n'y avait plus une seconde à perdre.

Ni une ni deux, elle redescendit, sortit et gagna rapidement l'arrière de l'immeuble. La lumière était allumée. Il y avait donc bien quelqu'un dans l'appartement. Elle n'avait pas rêvé. Sa décision était prise, alors, action ! Si elle montait prudemment, c'était l'histoire de cinq à dix minutes, maximum.

Elle rangea son téléphone portable dans la poche intérieure de son blouson. Si besoin, elle pourrait appeler la police. Le 15 ? Non, c'était le Samu. Le 17, ça devait être ça. Pour se rassurer, elle récupéra le canif dans son sac et le mit au fond de sa poche droite. Elle escalada sans trop de difficulté la rambarde du balcon du premier niveau, à peine plus haut qu'un rez-de-chaussée. Puis, elle grimpa sur le haut de la balustrade en métal, attrapa la partie basse de celle située à l'étage supérieur et cala le pied droit sur un moellon avant de se hisser et de trouver un autre point d'appui pour son pied gauche. La loggia sur laquelle elle voulait parvenir jouxtait celle de Camille. La lumière était éteinte, et elle espérait ainsi arriver discrètement, puis passer d'un balcon à l'autre, sans trop de difficultés.

Le cœur battant, elle se reposa quelques secondes et s'accroupit pour ne pas être repérée. Heureusement, la cour était assez sombre et l'hiver n'incitait pas les gens à s'y rendre. Vanessa reprit son souffle. Concentrée, elle passa sa jambe par-dessus la rambarde. Doucement. Surtout ne pas glisser !

Elle y était presque !

***

Pendant ce temps…

Il sursauta. Dans le lointain, il lui sembla entendre une sirène de police. Il se figea. Il devait se hâter. Chaque minute comptait. Jamais il ne s'était retrouvé dans une telle situation : devoir tuer sans préparation. À part la première fois.

Finalement, ça lui avait plutôt réussi.

D'ailleurs, il n'y en avait pas eu tant que cela. Et pas depuis longtemps.

Et pas pour les mêmes raisons.

Avec précision et concentration, il versa rapidement le contenu des gélules – vingt-cinq au total – dans ce qu'il restait de la bouteille de gin avant de la secouer énergétiquement. Il se doutait que s'il lui retirait le bâillon, la fille chercherait à hurler et ne serait pas particulièrement coopérative. En fouillant dans un placard de la cuisine, il avait trouvé un entonnoir. Ça lui donna une idée.

Il fit glisser le bâillon de quelques centimètres et lui enfonça l'entonnoir dans la bouche, tout en lui maintenant fermement la tête droite. De l'autre main, il commença à verser l'alcool dans l'instrument. Camille tenta de résister, mais elle ne réussit pas à recracher. Toussant, s'étouffant à moitié, elle fut obligée d'avaler le liquide qui forçait ses lèvres, son gosier. C'était horriblement amer.

Il reposa la bouteille de gin en évidence sur la table basse. Quand il se retourna, Camille essayait de ramper sur le ventre, en direction de la porte d'entrée. Comment imaginait-elle ouvrir cette porte avec les pieds attachés et les bras dans le dos ? Il ne l'aurait pas crue aussi débile, mais la voir ainsi décupla sa rage. Il attrapa un sac-poubelle mis de côté un peu plus tôt et se jeta sur elle. À cheval sur son dos, il l'immobilisa. Elle poussa un cri de douleur, étouffé par l'écharpe nouée autour de sa bouche.

***

Vanessa se glissa à quatre pattes derrière la porte-fenêtre. Elle avait réussi.

Elle s'approcha avec mille précautions, afin de voir à l'intérieur.

Il y avait quelqu'un, de dos, et de toute évidence, ce n'était pas Camille. Vanessa se colla contre la paroi. Que faire ? Si elle appelait la police, l'homme l'entendrait sûrement. À l'aveugle, la jeune fille fit glisser ses doigts vers l'extrémité de la porte-fenêtre et identifia une rupture entre la vitre et le mur. Ouf ! La baie vitrée était bien entrouverte. Sans bruit, Vanessa la fit coulisser de quelques centimètres supplémentaires.

À l'intérieur de la pièce, elle repéra rapidement le fauteuil, la table basse où le cendrier-coquillage était posé, ainsi que deux verres et une bouteille d'alcool presque vide. Elle ne s'était pas trompée. Camille était là, elle aussi. Mais si elle avait bu un coup avec « l'invité », c'est qu'*a priori*, ce n'était pas un inconnu. Son père, qu'elle n'avait pas revu depuis des mois, lui aurait-il rendu visite ?

Soudain, un mouvement au ras du sol attira son attention. Vanessa se redressa à moitié pour essayer de distinguer quelque chose.

Un corps semblait accroupi par terre. Non… deux corps. Deux silhouettes qui s'agitaient au sol. Vanessa s'arrêta de respirer et une décharge d'adrénaline monta en elle comme une flamme. Les yeux écarquillés, elle aperçut une forme qui ressemblait à un sac. Quelque chose bougeait, luttait.

Histoire de se rassurer, Vanessa attrapa le couteau dans sa poche, l'ouvrit et le plaqua contre sa cuisse droite. De la main gauche, elle poussa la porte-fenêtre pour se glisser à l'intérieur de l'appartement. Là, à pas feutrés, elle avança vers les corps vautrés au sol. Mal à propos, son pied heurta la table basse.

Surprise par le bruit, la silhouette se tourna et relâcha la pression exercée pour maintenir en place le sac poubelle. Camille, au bord de l'asphyxie, saisit l'opportunité pour secouer la tête, à la recherche d'une bouffée d'air. Elle parvint à se dégager suffisamment pour respirer.

Horrifiée, Vanessa découvrit alors le visage cramoisi de son amie. Aucun doute possible : un homme essayait de l'étouffer.

L'individu fit un mouvement pour se redresser, mais Vanessa ne lui en laissa pas le temps. De sa main libre, elle s'empara de la bouteille d'alcool sur la table basse et, de toutes ses forces, la lui fracassa sur le crâne. Le verre explosa et le liquide restant se déversa sur les cheveux de l'homme. Surpris, celui-ci tomba à genoux avant de se relever sur-le-champ, en se tenant le côté du visage. Du sang coulait sur ses doigts. Le verre avait entaillé son oreille. Il rugit des insultes et bondit dans sa direction, les bras tendus pour l'attraper.

Sidérée, c'est à ce moment qu'elle le reconnut, ce qui lui fit perdre quelques millisecondes précieuses.

Elle n'avait plus le temps de reculer pour lui échapper. Et elle n'avait pas le choix. Elle resserra ses doigts sur le manche de son couteau, le projeta à deux mains vers l'avant et planta la lame dans l'abdomen de l'agresseur.

Saisi d'étonnement autant que de douleur, Gaël Lucas s'immobilisa avant de reculer d'un pas et de poser ses mains sur son ventre. L'air hagard, il fixa ses doigts souillés de rouge écarlate. Ses genoux fléchirent. Il perdit l'équilibre et bascula sur le sol.

Tout s'était déroulé à la vitesse de l'éclair. Moins de cinq minutes depuis que Vanessa était rentrée dans la pièce.

En réalité, elle aurait été incapable de dire depuis combien de temps elle se trouvait là. C'était forcément un cauchemar dont elle allait se réveiller.

Chapitre 41

L'aberration et la terreur avaient pris possession des lieux.

Par terre, l'ergothérapeute vagissait, plié en deux. Vanessa le regardait, médusée. À l'arrière, Camille, à force de secouer la tête dans un mouvement mécanique de survie, avait fait glisser le sac poubelle à terre. Ses yeux égarés étaient injectés de sang, exorbités d'effroi.

Le couteau toujours en main Vanessa, inerte, en état de sidération, se tenait au milieu de la pièce, sans savoir quoi faire. C'était un mauvais scénario auquel elle venait de prendre une part involontaire. Son regard restait fixé sur la lame de métal et sur le sang qui, goutte après goutte, s'écoulait vers le sol.

Elle avait touché le fond.

Une alerte absurde traversa son esprit : sur le parquet, la tache écarlate se déployait, indélébile.

À quelques pas d'elle, le corps de son amie remua. Camille tentait sans succès de défaire les liens qui la retenaient prisonnière.

Vanessa reprit sa respiration. Sa déconnexion mentale n'avait guère duré plus de deux ou trois secondes.

Son cerveau se remit en marche.

Elle devait fuir de toute urgence. Appeler au secours.

Non ! Impossible d'abandonner Camille.

L'aider, vite !

D'abord, avancer jusqu'à elle. Rester sur ses gardes. Ne pas le perdre des yeux, lui. Recroquevillé sur le sol, il était peut-être hors d'état de nuire, mais rien n'était moins sûr.

Surtout ne pas lâcher le couteau. Les doigts de la jeune fille se crispèrent sur le manche poisseux. Elle contourna le canapé sans lâcher du regard l'homme plié en deux qui peinait à reprendre son souffle, après le coup reçu à l'abdomen.

Au niveau de son amie, elle s'agenouilla et trancha rapidement le lien qui reliait ses pieds, puis celui qui bloquait ses poignets. Camille se redressa, tituba, comme droguée, puis parvint à dénouer le tissu qui la bâillonnait. Elle bougea ses pieds pour faire circuler le sang et, à quatre pattes, groggy, tenta de rejoindre la porte d'entrée pour appeler du secours.

Dans un effort qui lui arracha un cri, l'homme se releva en chancelant. Malgré une stabilité précaire, il se dirigea vers Camille pour l'empêcher de sortir. Hagarde, celle-ci recula à tâtons et sentit sous ses doigts un tesson de verre. Elle s'en saisit et le brandit face à elle, dans un geste défensif dérisoire.

Dans trois pas, il serait sur Camille. C'était maintenant ou jamais. Vanessa arma son bras et se précipita en direction de leur agresseur. Celui-ci se déporta et parvint à esquiver la lame, qui lui érafla cependant le poignet. Avec un grognement sauvage, Gaël Lucas jaugea l'adolescente. De toute manière, elle l'avait reconnu et il fallait qu'il se débarrasse d'elle aussi. Elle lui tapait sur les nerfs avec sa tronche de chat écorché. Une paumée, une junkie, c'est tout ce qu'elle était. Il pouvait lire en elle comme dans un livre ouvert. Et cette idiote croyait lui faire peur ? Il lui balança un coup de pied dans le ventre qui la projeta au sol, où elle resta à moitié assommée.

Le souffle court, il s'approcha d'elle pour récupérer le couteau qu'elle avait lâché dans sa chute, mais l'espace était encombré et il se prit le pied dans un tabouret. Il cria de douleur, plaça ses mains sur son abdomen et lutta pour recouvrer son équilibre. Ces quelques secondes permirent à Camille de saisir le tabouret renversé. Regroupant le courage qu'il lui restait, elle le propulsa dans le dos du forcené. Vanessa en profita pour ramper et récupérer le couteau. La main solidement refermée sur le manche, elle se redressa et se colla au mur. De là, elle contrôlait toute la scène.

L'homme était étourdi par le coup reçu. En tombant, il s'était entaillé les doigts avec des bris de verre. Camille, flageolante, récupéra son tesson de bouteille et le brandit comme une arme. Gaël Lucas savait qu'elle ne tarderait plus à sombrer et que ses forces n'étaient que la traduction de l'énergie du désespoir. Celle qu'il devait neutraliser en premier, c'était Vanessa.

Il la défia du regard.

Elle se redressa et soutint la haine qu'il lui envoyait.

Voilà. Son existence allait peut-être s'arrêter là, dans quelques secondes, aux portes de son rêve. Elle ne tremblait même plus, elle qui avait vécu sa courte vie dans la peur. Peur de sa mère et de son alcoolisme. Peur qu'on découvre qu'elle vivait dans un taudis. Peur d'être rejetée. Peur de n'être capable de rien. Peur ! Peur ! Peur de vivre, en fin de compte ! Et maintenant, la mort se tenait là, devant elle, la défiant de sortir définitivement de son rôle de victime. Il y avait aussi cette colère sourde qui l'accompagnait telle une amie fidèle. Mais la colère, elle en connaissait le revers, celui de la destruction et de la haine. C'était le visage qui lui faisait face. Elle ne voulait pas devenir comme lui, un monstre.

Elle concentra toute son énergie, prête à se défendre et à le blesser suffisamment pour que Camille et elle-même puissent s'échapper et aller chercher du secours.

Gaël Lucas repoussa Camille qui s'approchait de lui dans une démarche de zombie, et il l'éjecta en arrière. Elle termina sa course, affalée au pied du canapé-lit.

Il ne contrôlait plus rien. La haine l'aveuglait. Une auréole rouge s'épanouissait sur son polo gris, comme un immense coquelicot. La sueur luisait sur ses tempes et sur ses joues de plus en plus pâles. Les yeux injectés de fureur, il se précipita sur Vanessa pour l'étrangler.

Sur la défensive, l'adolescente brandit devant elle le couteau qu'elle tenait plaqué dans son dos, et le jeune homme, sans pouvoir freiner son élan, vint s'empaler sur l'arme. Les bras ouverts, la poitrine dégagée, rien ne fit obstacle à la lame en acier qui pénétra en profondeur dans son thorax. Il stoppa net, le regard incrédule. Dans un geste désespéré, il retira le couteau et le laissa tomber devant lui.

La douleur ne vint pas tout de suite, mais le sang commença à couler abondamment. Dans un sursaut pour sauver sa peau, il se dirigea vers la porte d'entrée. Camille, léthargique, ne put faire le moindre mouvement pour le retenir. Elle gisait à côté de son canapé, et devant ses yeux mi-clos, la scène cédait peu à peu la place à la nuit.

Hagarde, Vanessa vit « Lucas » disparaître dans la cage d'escalier.

Chapitre 42

Hello darkness, my old friend,
I've come to talk with you again

The sound of silence
Simon & Garfunkel

La lumière du couloir s'éteignit.

Dans l'obscurité, Gaël Lucas s'accrocha au mur d'une main pour maintenir son équilibre, la paume gauche comprimant son thorax. Ses doigts étaient poisseux de sang. Il puisa au fond de ses forces vitales pour parvenir à descendre une marche, puis une autre.

Encore une… Et une autre.

Ses pieds avançaient de plus en plus difficilement, risquant de provoquer la chute, à tout moment.

Le corps de plus en plus lourd.

À cause de cette salope, tout avait basculé. Il avait perdu le contrôle comme si c'était la première fois !

Mais il pouvait encore s'en tirer. Il dirait que c'étaient les deux filles qui l'avaient agressé. Parce qu'il s'était moqué des homosexuelles.

Il s'arrêta. Il n'arrivait plus à respirer.

Odeur métallique du sang !

Quelqu'un pour lui porter secours ?

Il tenta d'appeler, mais seul un râle sortit de sa bouche.

Soudain, il songea que, peut-être, il ne s'en sortirait pas. Il allait crever là !

Non ! Ses démons n'avaient ressurgi que pour le prévenir, le conjurer de passer à autre chose, définitivement. Sa mère allait mourir, et ça serait comme si rien n'avait jamais existé.

Il se força à avancer encore un peu, au moins jusqu'au palier, pour trouver le bouton d'éclairage. Mais son esprit était de plus en plus embrumé, ses jambes comme inexistantes.

D'en bas, en fond sonore, lui parvint une voix grave et puissante qui chantait un morceau entendu dans sa jeunesse.

Fools, said I, You do not know
Silence, like a cancer, grows...[1]

Le silence, comme un cancer, avait ravagé sa vie.

Tenir, coûte que coûte. Ça ne pouvait pas s'arrêter là, pas comme ça. Il allait avoir un enfant. Une petite fille qu'il aimerait et protégerait contre les horreurs du monde. Comme il avait su le faire avec Annabelle. Il songea qu'elle devait s'inquiéter de ne pas le voir rentrer.

Ailleurs, quelqu'un alluma le minuteur de la montée d'escalier, et l'éclat brutal et soudain de la lumière provoqua chez lui un éblouissement fulgurant.

Gaël Lucas s'écroula et dévala sur le flanc les marches. Il perdit connaissance avant même d'arriver en bas de l'escalier.

---

1. *Imbécile, dis-je, vous ne savez pas / Le silence, comme un cancer, se développe...* Extraits de la chanson *The Sound of silence*, écrite par Simon & Garfunkel et reprise par le groupe Disturbed en 2015.

***

Vingt minutes plus tard.

Agenouillée près de Camille, une femme pompier, à peine plus âgée que la victime, faisait le maximum pour l'empêcher de sombrer dans le coma, tandis qu'un de ses collègues mesurait ses constantes. Elle parcourut l'ensemble de la pièce afin de repérer des éléments qui lui permettraient de mieux comprendre ce qu'il s'était passé. La voix entrecoupée de sanglots qui les avaient contactés leur avait semblé celle d'une ado paniquée. Pourtant, en dehors de la victime il n'y avait personne.

En revanche, les pompiers avaient été surpris en débarquant à l'adresse indiquée. Venus pour une jeune femme en train de perdre connaissance, ils étaient tombés sur une scène inattendue. À l'extérieur de l'immeuble, deux habitants des lieux, visiblement choqués. Dans le hall, une équipe du Samu à pied d'œuvre s'occupait d'un individu effondré en bas des marches et qui avait manifestement perdu beaucoup de sang. Les pompiers avaient pris l'ascenseur. À l'étage, des traces de sang sur le mur conduisaient à un appartement, dont la porte bâillait.

À l'intérieur, allongé sur le sol, un corps quasi inanimé.

Qui les avait donc appelés ?

Mais place à l'urgence ! Et ces questions, de toute manière, n'étaient pas de leur ressort.

Ils entreprirent de placer la jeune femme sur une civière et de la sangler.

***

213

Quinze minutes plus tôt.

Vanessa était restée auprès de son amie après avoir appelé les pompiers, tous ses sens en alerte. « Lucas » pouvait encore revenir les tuer.

Et surtout, Camille… Oh, non ! Elle ne pouvait pas mourir ! L'adolescente ne la connaissait que depuis quelques semaines, mais avait l'impression d'être déjà si proche d'elle. Camille l'avait acceptée telle qu'elle était, sans jugement, et elle la motivait dans son combat pour atteindre ses objectifs ; ses rêves qui, il y a encore quelques minutes, semblaient à portée de main.

Son rêve s'était mué en cauchemar. Ses espoirs venaient de s'effondrer.

En larmes, elle tapota les joues de Camille. Mais pourquoi avait-elle trouvé « Lucas » en train de l'étouffer ? Il n'y avait pas d'explication. Ça n'avait aucun sens. Que lui avait-il fait ?

Camille remua légèrement.

Vanessa la plaça en position latérale de sécurité, l'une des choses qu'elle avait apprises en cours. Elle attrapa un coussin sur le sofa et y posa délicatement la tête de son amie. Accroupie derrière elle, elle lui parla doucement, en continu, pour tenter de raccrocher la jeune fille au fil de la vie.

— Camille, Camille, reste avec moi. Je t'en prie. Les secours seront bientôt là, je te promets. Mais qu'est-ce qu'ils foutent ?

Elle paniquait.

— Je t'en supplie, Camille, t'endors pas. Je suis là. On va te sauver.

Par la porte du palier légèrement entrouverte, des bruits confus lui parvinrent.

« Lucas » ? Et s'il remontait ?

Un frisson la parcourut. Ses yeux cherchèrent de part et d'autre un objet pour se défendre, au cas où. Le couteau. À quelques mètres de son amie.

Elle s'approcha de l'entrée pour évaluer l'origine des sons qu'elle avait entendus. Les secours arrivaient. Elle ne disposait plus que de quelques secondes. Elle se précipita vers l'évier pour laver vite fait ses mains et rincer son canif sous le robinet, puis elle le plia et le glissa dans son sac à dos.

Elle devait partir. Trouver où jeter l'arme sans risque. La meilleure solution, c'était le canal. Soudain, elle entendit la sirène des pompiers.

— Camille, ils arrivent. Accroche-toi, je t'en supplie, lui cria-t-elle en s'approchant de la porte-fenêtre. Ils vont te sauver. Je dois partir.

Elle avait blessé un homme. Un collègue qui travaillait où elle faisait son stage. S'il survivait, il l'accuserait.

S'il mourrait, elle serait condamnée pour meurtre.

Elle allait perdre pour toujours la garde de sa fille.

Le plus rapidement possible, elle redescendit par où elle était montée.

Surtout, qu'on ne la retrouve pas. Pas encore ! Il fallait qu'elle soit certaine de ne rien risquer. Elle devait se mettre en sécurité et reprendre des forces ; recouvrer ses esprits avant de décider quoi faire.

Une fois dans la cour de l'immeuble, Vanessa se dirigea vers une rue qui donnait sur l'arrière. Personne. Seulement des arbres dressés dans leur rigidité sans feuilles. Marcher vite. Ne pas courir. Ne pas attirer l'attention.

Elle remonta la route de Bondy jusqu'au canal et croisa quelques quidams qui ne s'intéressèrent pas à elle. Arrivée à destination, elle descendit sur la berge. Personne à proximité. Le plus discrètement possible, elle jeta le couteau dans l'eau noire, avant de quitter la zone, anxieuse d'y faire à nouveau une mauvaise rencontre et n'ayant plus rien pour se défendre.

Elle était épuisée. Paris était à plus de dix kilomètres. Mais elle n'avait pas le choix. Elle devait marcher et se fondre dans la capitale. Là-bas, il lui serait plus facile de passer inaperçue, du moins l'espérait-elle.

***

Vers 22 h 30, après avoir tenté de joindre Vanessa une bonne trentaine de fois, Yasmine se résolut, à contrecœur, à prévenir les services de l'ASE que l'adolescente n'était pas rentrée au foyer. Elle n'y comprenait rien. Vanessa l'avait appelée en fin d'après-midi. Mais pourquoi n'avait-elle pas laissé de message ? Qu'est-ce qu'il s'était passé ? Ce n'était pas lié à Flora, Yasmine avait vérifié. L'éducatrice ne ferma quasiment pas l'œil de la nuit, inquiète de ce qui avait pu arriver à la jeune fille. Si elle ne la recontactait pas rapidement, elle serait obligée de signaler la situation à la police. Pour la sécurité de la gamine. Et même si ça remettait en cause l'approbation de la juge pour la garde de Flora, dans le cadre d'un foyer maternel. Mais que faire d'autre ? Les questions tournaient en boucle dans sa tête.

Vanessa s'était tellement démenée pour cet accord, et juste au moment où elle l'obtenait, elle disparaissait. Quelque chose clochait. En même temps, ce n'était pas la première fois qu'un jeune se mettait en situation d'échec. C'était même récurrent ! Il fallait du temps pour se reconstruire et que l'édifice ne s'écroule pas.

Si Yasmine avait regardé une chaîne d'information continue, aux alentours de minuit, elle aurait pu entendre une journaliste présenter un fait divers dans lequel Vanessa avait pris une part involontaire :

« En début de soirée, un homme a été agressé à l'arme blanche à Aulnay-sous-Bois, en banlieue parisienne. Après avoir reçu plusieurs coups de couteau à l'abdomen et à la poitrine, il a été transporté à l'hôpital où il est finalement décédé des suites de ses blessures. Une enquête a été ouverte, mais pour l'heure les policiers n'ont pas encore déterminé les circonstances de l'agression. À cette même adresse, une seconde victime a également été retrouvée inanimée. La jeune femme a été transportée à l'hôpital, en état d'urgence relative. Elle devrait être entendue par les services de police, dès que sa santé le permettra. »

Chapitre 43

Il n'est point de secrets que le temps ne révèle.
Britannicus de Racine

Au domicile de Gaël Lucas, sa femme Annabelle ne parvenait pas à émerger de la prostration tant physique que mentale dans laquelle elle se trouvait.

Gaël était mort.

Le médecin-urgentiste de l'hôpital lui avait téléphoné pour l'informer de ce qu'il s'était passé, du moins de ce qu'il en savait. Gaël Lucas était arrivé dans la soirée, conduit par le Samu, après avoir été victime d'une agression au couteau. Annabelle en était restée sans voix et avait oublié de poser des questions qui demeuraient maintenant sans réponse.

Que devait-elle faire ? Appeler un taxi et se rendre sur place ? Non, on lui avait dit de ne pas venir, pour le moment. Il allait y avoir une enquête, ainsi qu'une autopsie. La police la contacterait et lui demanderait de les accompagner pour identifier le corps.

C'était impossible ! Il devait s'agir d'une erreur ou elle avait mal compris.

Tout s'embrouillait. Des bribes décousues lui revenaient en mémoire, mais rien de cohérent. Comme si le médecin parlait dans une langue étrangère. À plusieurs reprises, elle avait reposé la même question. Chaque fois, on lui avait confirmé que, oui, il s'agissait bien de Gaël Lucas.

Assise sur le lit, Annabelle éclata en sanglots. Une violente nausée contracta son estomac. Elle se cramponna à la table de chevet. Des semaines que cela durait, que son corps exigeait de se vider. Elle attrapa la cuvette posée par terre et la plaça sur ses genoux. Dans un spasme, elle vomit. Principalement de la bile. Encore. Elle se sentait exténuée. Tout était difficile dans cette grossesse. Souvent, quand elle était seule, elle pleurait toutes les larmes de son corps.

Elle avait cru que les épreuves seraient désormais derrière elle. On dit que ce qui ne nous tue pas nous rend plus forts, mais c'est un cliché. Il est parfois si dur de se reconstruire que ce qui ne nous tue pas nous laisse à terre.

Gaël l'avait apprivoisée et c'était réciproque. Pourtant, elle ignorait encore tant sur lui. Il n'était pas du genre à s'épancher. Elle était assez bien placée pour savoir qu'il y a des boues qu'il est préférable de ne pas remuer. Elle respectait son jardin secret. Sa mère était morte quand il était très jeune et il en avait beaucoup souffert. Même s'il ne lui avait pas donné de détails, elle avait pu imaginer sa douleur. De celle qui laisse place à une béance infinie.

Le passé était derrière eux. Seuls le présent et leur avenir comptaient à ses yeux.

Gaël avait une sœur, Émilie, qu'elle avait rencontrée une fois. Il avait pris des distances, car elle s'immisçait trop dans sa vie. Son père, atteint d'un Alzheimer, vivait dans un Ehpad près de chez elle. Gaël allait parfois le voir. Une souffrance silencieuse, là aussi.

Elle se leva, fit quelques pas, passa devant le cadre où s'affichaient des photos de leur couple. Elle tendit la main, effleura le visage de l'homme qu'elle aimait, le père de son enfant à naître… Elle se figea. Son corps et son cerveau refusaient d'intégrer l'information.

Les mots qu'elle avait entendus tournaient en boucle dans sa tête, sans paraître réels.

Se raccrocher à quelque chose.

Parler. À quelqu'un…

Elle devait prévenir Émilie. Mais où trouver son numéro ? Le téléphone de Gaël était avec lui, à l'hôpital.

À la morgue…

Annabelle se leva et fit le tour de l'appartement. Elle marchait sans but, sans réussir à s'arrêter.

Ah oui, trouver le site des *Pages blanches* !

Elle pianota sur son mobile tout en continuant à marcher. Émilie Lucas. Plus de trente Émilie Lucas. Elle avait arrêté de les compter ! Où habitait-elle, déjà ? Et quel était son nom marital ?

Restait le moyen, peut-être, de lui envoyer un e-mail. Même s'ils étaient peu en contact, Gaël devait bien avoir conservé un échange avec elle ou au moins son adresse. Elle se leva, une main sur le bas de ses reins, et s'avança vers le petit bureau blanc, accolé au mur. Les jambes écartées, elle se cala dans le fond du fauteuil pivotant, puis alluma leur ordinateur. Elle-même se servait plutôt de son téléphone pour surfer sur internet, mais le mot de passe était toujours le même. Elle lança Google Chrome, cliqua sur le profil de Gaël, et enfin sur son Gmail.

Son mari n'était pas un grand fan de la communication épistolaire. Sa boîte de réception était quasiment vide. Dans un dossier « Mamour », elle retrouva les mails qu'elle lui avait envoyés. Quelques courriers pour son abonnement mobile. Des spams. Rien d'utile.

Elle vérifia dans les « Messages envoyés », fouilla sans s'attarder. Toujours rien sur Émilie.

Un spasme la plia en deux. Elle se précipita aux toilettes. À genoux, son ventre écrasé contre la faïence, elle resta là, apathique, la tête penchée au-dessus de la cuvette. Sept mois de grossesse, et les nausées refusaient de partir. Elle avait tant rêvé d'être mère. Parfois, elle espérait ne plus être enceinte.

Elle se força à se lever, retourna dans leur chambre, aéra, puis se réinstalla devant l'ordinateur.

Facebook. Le mot de passe était enregistré. Gaël postait peu. Elle le savait déjà.

Messenger. Quelques échanges avec des collègues. Rien d'utile. Aucune trace d'Émilie.

Machinalement, elle fit défiler l'historique du navigateur.

Onglets récents. Vos appareils.

Historique du mobile. Elle cliqua.

Le Parisien, Amazon, *CinéSérie*.

Rien.

Puis, un titre accrocha son attention.

Vidéos lesbiennes – Deux jeunes lesbiennes dans un bureau…

Elle lâcha la souris comme si elle s'était brûlée et, dans un mouvement involontaire, recula le fauteuil.

Un haut-le-cœur. Elle se rua aux WC et vomit un jet de bile orangé. Assise sur le sol, en sueur, elle resta là dans une perte totale de notion du temps.

Épuisée, elle réussit à se relever et regagna sa chambre pour s'allonger. Elle ne s'était jamais sentie aussi mal depuis le début de sa grossesse.

Après un temps de repos, un sentiment diffus de jalousie et un besoin de comprendre lui insufflèrent l'énergie pour se lever. Gaël l'avait parfois photographiée nue ou dans des poses suggestives. Et même filmée. Mais des vidéos pornos sur le net ? Non, pas lui, il n'avait pas pu lui faire ça alors qu'elle souffrait dans sa chair !

Elle se força à bouger, retourna devant l'écran.

Un historique des recherches recèle des trésors pour qui a la patience de remonter le flux des pages. À moins de le vider systématiquement, ce qui peut en soi éveiller des soupçons. Il est difficile de ne rien y oublier, d'autant que l'historique reflète aussi les recherches faites depuis un téléphone, à partir d'un même compte Google. Et cela, Gaël semblait l'ignorer.

Il avait passé des heures à naviguer sur des sites pornos, toujours en lien avec l'homosexualité féminine. Mais aussi des forums de rencontres lesbiennes. Et, paradoxe incompréhensible, des pages de lesbophobie virulente.

Elle cliquait, presque au hasard. Les liens défilaient. Son regard balayait l'écran. Rien ne faisait sens. Tout s'embrouillait. Elle ne savait même plus ce qu'elle cherchait. Dans un sanglot, elle referma le moteur de recherche.

Soudain, son regard s'arrêta sur la barre de l'explorateur. Le disque dur apparaissait en rouge. Saturé.

Sur une impulsion, elle ouvrit les dossiers.

Des photos de leur mariage, de leurs vacances. Des relevés bancaires. Des factures.

Des jeux. *GTA V*[1].

Rien d'inhabituel.

Et pourtant...

Avait-elle loupé quelque chose ? Elle recommença à fouiller. Son cœur battait à tout rompre.

Un dossier « Films ». Gaël téléchargeait parfois des séries.

Un dossier « Grec ».

Un projet de voyage ?

Elle l'ouvrit.

À l'intérieur, un autre dossier : « Lesbos ».

Vide.

---

1. *Grand Theft Auto.*

Elle se leva, fit quelques pas, tenta de calmer la tension qui lui vrillait le dos. Mais quelque chose clochait.

Sans être informaticienne, elle avait des notions acquises lors de formations professionnelles. Elle vérifia les propriétés du dossier. Plusieurs gigas. Impossible qu'il soit vide.

Son cerveau mit quelques secondes à reconnecter. Comment on faisait déjà pour afficher les fichiers cachés ? C'était simple, pourtant, elle en était sûre. Elle l'avait appris dans un stage et une collègue faisait ça pour planquer les photos prises avec son amant.

Elle tapa sa requête sur Google. Voilà, il suffisait d'aller dans l'onglet « Affichage » et de cocher la case « Éléments masqués ».

Elle activa l'option. Les fichiers surgirent à l'écran. Une centaine de vidéos.

Son regard s'arrêta. D'abord un titre presque anodin. Puis un autre, plus ambigu. Un troisième, cette fois sans équivoque.

« Juste1leçon »

« Elles doivent payer »

« Viol punitif »

Le fauteuil roula légèrement en arrière sous l'impulsion des jambes. L'estomac d'Annabelle se contracta. Elle se força à respirer lentement.

C'était plus qu'elle ne pouvait en supporter. D'un mouvement brusque, elle referma l'ordinateur. Elle recula à tâtons jusqu'au lit et se réfugia sous la couette, recroquevillée, l'oreiller serré contre sa poitrine. Les yeux ouverts, fixant le mur. La tête vide. Dans un état d'incompréhension. D'irréalité.

Comme si tout cela n'était qu'une erreur.

Malgré le contexte, elle sombra, exténuée.

Deux heures plus tard, l'envie d'uriner la réveilla. Elle émergea en sursaut, avec la sensation de sortir d'un horrible cauchemar. Elle se sentait brisée. Le corps broyé, le cœur déchiré.

La réalité tragique se rappela rapidement à elle.

Elle était perdue.

Elle avait respecté les silences de Gaël sur son passé et choisi de se concentrer sur l'avenir.

Et là, leur amour s'effondrait comme un château de cartes. Tout était faux.

Et Gaël était mort.

Elle ne pouvait plus lui poser de question.

Non, ce n'était pas possible. Il y avait forcément une explication.

Elle allait se réveiller. Rien de tout cela n'était réel.

Elle parvint à se traîner jusqu'aux WC. En ressortant, elle eut un vertige et se cramponna au mur.

La cuisine. Elle devait essayer d'avaler quelque chose. Pour son bébé.

En passant devant la porte d'entrée, elle aperçut du courrier posé sur la console. Elle se souvint qu'il y en avait un pour Gaël. Elle ne l'avait pas ouvert. Désormais, quelle importance ? Elle saisit la lettre et alla s'asseoir à la table de la cuisine. Elle déchira l'enveloppe, déplia la feuille. L'écriture était manuscrite. Elle n'en comprit pas un seul mot.

Essayer de se concentrer.

Quelqu'un demandait à Gaël s'il acceptait de faire un test de compatibilité pour un don de cellules souches, dans le cadre d'une greffe de moelle osseuse.

Qu'est-ce que ça voulait dire ? Pourquoi lui ? S'était-il inscrit sur un registre de donneurs ?

Le courrier ne portait aucune identification d'hôpital.

Elle relut le texte.

Depuis l'annonce de la mort de Gaël, sa vie sombrait, minute après minute, dans une absurdité croissante. C'était une autre histoire, d'autres personnages, une autre dimension du réel. Ce courrier en était une nouvelle preuve.

Qui pouvait le solliciter pour une greffe de moelle osseuse pour sa mère, atteinte d'une leucémie ?

Le destinataire était bien Gaël Lucas.

Quelqu'un avait écrit « ta mère » et non « ma mère ».

La mère de Gaël.

Morte depuis des années.

Un mensonge de plus ?

En bas de la page, un mobile et un prénom. Sans vérifier l'heure, l'épouse de Gaël Lucas alla chercher son téléphone et composa le numéro. Il était trois heures du matin ; l'appel atterrit sur une boîte vocale.

Une voix féminine agréable l'accueillit.

Sur le répondeur, Annabelle laissa un message mêlé de borborygmes, de silences, de hurlements et d'insultes qui s'avérerait sûrement incompréhensible pour la personne qui l'écouterait plus tard.

Chapitre 44

Dans un brouhaha de chaises, chacun s'installa rapidement autour de la table de réunion. Le commissaire de police rentra directement dans le vif du sujet et sa voix de baryton résonna dans la pièce :

— Hier soir, un homme a été retrouvé poignardé dans le hall d'un immeuble du centre-ville. C'est un voisin qui a découvert le corps en rentrant de son travail, et qui nous a appelés. Deux étages plus haut, Camille Clément gisait inconsciente dans son appartement, lequel recelait des signes manifestes de violence. La jeune femme portait des marques de strangulation et les pompiers l'ont transportée à l'hôpital où elle est en phase de rétablissement. Le Goff va vous donner des explications complémentaires à ce sujet. Il nous reste à déterminer l'implication et l'identité de la personne qui a contacté les services d'urgence, car elle n'a pas été retrouvée sur place. D'après la voix sur l'enregistrement de l'appel, nous savons qu'il s'agit d'une femme, d'une jeune fille, même, semble-t-il.

Tiphaine Le Goff, bras croisés, écoutait avec attention, assise aux côtés du commissaire. Un bon anticerne et du fond de teint lui permettaient de masquer ses traits tirés et sa fatigue. Depuis l'hospitalisation de son père, elle dormait mal. La veille, il était rentré chez lui. Dorénavant, il devrait lever le pied, se préoccuper de son hygiène de vie et exercer une activité physique régulière. Il le lui avait promis, mais elle savait déjà qu'il avait en tête ses dossiers laissés en suspens. En sa qualité d'OPJ[1] chargée de l'enquête, le capitaine Le Goff prit la parole pour apporter à l'équipe quelques précisions, après les explications de son chef :

— L'homme a été poignardé à l'abdomen puis à la poitrine. Il est décédé peu après son arrivée aux urgences. Précision importante, il ne nous est pas inconnu, car nous l'avons déjà rencontré à la maison de retraite où nous sommes intervenus pour un vol de médicaments. Il y travaillait comme ergothérapeute. Pour info, Camille Clément est stagiaire infirmière dans le même établissement. C'est elle qui s'est fait bousculer le soir du vol. Quelqu'un a-t-il voulu la punir d'avoir prévenu la direction ? Pourquoi Gaël Lucas se trouvait-il chez elle ? Les deux se fréquentaient-ils en dehors du boulot ? Se sentait-elle en danger ? A-t-il voulu la défendre ? Bref, nous supposions l'affaire close après l'arrestation de l'infirmière et de son mari par nos confrères de Montreuil, mais il est possible que le meurtre d'hier soit lié à ce trafic. Il reste peut-être des complices dans la nature et, visiblement, ils sont dangereux. Par ailleurs, j'attends les résultats des prélèvements des ijistes[2].

— Des nouvelles de l'arme du crime ? questionna le commissaire.

— Nous n'avons rien trouvé pour l'instant, répondit l'enquêtrice.

— Et Camille Clément, quand pourra-t-on l'interroger ?

— Dès que le médecin donnera son accord, répliqua l'officière. Elle est sous surveillance à l'hôpital. Elle aurait consommé un mélange de somnifères et d'alcool. Elle a aussi été contrôlée positive au cannabis, compléta-t-elle.

Snickers, son coéquipier intervint :

---

1. Officier de police judiciaire.
2. Ijiste : personne chargée de réaliser une identité judiciaire. L'identité judiciaire fait partie de la Police technique et scientifique.

— Nous avons également prévu de rencontrer l'épouse de Gaël Lucas, le défunt.

Le commissaire acquiesça d'un signe de tête, avant d'ajouter :

— Cela s'impose, effectivement ! Et l'enquête de voisinage, qu'est-ce que ça donne ?

— Une dame vivant sur le palier a déclaré avoir entendu des éclats de voix, vers 22 heures, la veille du drame, répondit Tiphaine Le Goff. Rien de plus précis. Pas de bol, au moment des faits, elle était en courses. Sinon, la déposition la plus utile rapporte qu'une jeune fille serait rentrée avec un visiteur, aux alentours de 18 h 30. Apparemment, elle ne possédait pas le code et personne ne sait ce qu'elle est venue faire là. Le témoin ignore si quelqu'un l'a rejointe ensuite, car ses amis habitent au rez-de-chaussée. En tout cas, aucun d'eux n'a rien entendu de particulier, jusqu'au moment où les secours sont arrivés. Mais ils discutaient dans le salon et il m'a avoué qu'ils écoutaient de la musique un peu fort. On va quand même le convoquer pour tenter d'établir un portrait-robot de la fille.

— Cela semble cohérent avec la piste de la personne qui a contacté le Samu, mais soulève d'autres questions. Et pourquoi prévenir les secours ? Le Goff, je vous laisse terminer le *briefing* et dispatcher les tâches, conclut le commissaire avant de se lever pour quitter la salle de réunion. Et bien sûr, tenez-moi rapidement au courant des avancées.

Chapitre 45

Mardi 26 janvier 2016

Au foyer, l'ambiance était pesante. Maria, nerveuse, se rongeait les ongles. Elle n'avait pas dormi de la nuit et elle vérifiait dix fois par heure si la localisation Google de son amie apparaissait sur son téléphone portable. En larmes, elle finit par se précipiter dans le bureau de Yasmine, où elle déboula sans même avoir pris la peine de frapper à la porte :

— C'est ceux qui l'ont agressée l'autre fois. Ils ont dû la retrouver. Il faut sauver ma copine.

— Enfin, de quoi parles-tu ? l'interrompit Yasmine.

Balbutiant entre deux sanglots, Maria lui expliqua l'agression de Vanessa, le soir où elle était allée courir au canal, trois semaines plus tôt.

— Pourquoi je n'apprends ça qu'aujourd'hui ? Vous êtes inconscientes ou quoi ?

— Vanessa ne voulait pas aller à la police, répondit Maria en hoquetant. Elle disait que ça ne servirait à rien.

— Peu importe ! Vous auriez dû m'en parler, s'énerva l'éducatrice. Sais-tu si Vanessa est retournée au canal, hier soir ?

— Je ne sais pas. Mais elle va parfois y courir.

— Ce n'est pas possible, vous êtes de vraies têtes de linotte !

Yasmine finit par se calmer, consciente que sa réaction n'arrangeait rien. Maria ne pouvait stopper ses pleurs.

— Je suis sûre qu'il est arrivé quelque chose à ma copine. J'avais activé son partage de position avec moi, mais son téléphone est éteint.

— Attends, explique-moi ce que tu as fait ? Je ne suis pas certaine de comprendre.

Maria lui montra sur son mobile la manipulation qu'elle avait réalisée sur Google Maps, à partir du téléphone de Vanessa. L'éducatrice soupira. Pour le moment, apparemment, ça ne servait à rien.

— Bon, Maria, continue à contrôler ton portable régulièrement et si tu constates que Vanessa rallume le sien, viens immédiatement me voir.

En attendant, Yasmine songea qu'elle allait devoir recontacter l'ASE et leur expliquer que cette disparition n'était peut-être pas une fugue. Vanessa était potentiellement en danger et il fallait prévenir la police.

***

La nuit précédente

À bout de force, Vanessa était enfin arrivée à Paris. Pourtant, ce n'était guère plus loin que les trajets qu'elle avait l'habitude de faire en courant. L'angoisse et l'égarement l'avaient vidée de toute énergie. Elle s'était plusieurs fois trompée de rue, se refusant à utiliser son GPS. Personne ne devait savoir où elle se trouvait.

Au niveau de la porte de Pantin, elle profita d'une voiture qui sortait d'un parking souterrain pour se glisser par l'ouverture de la porte et se réfugier à l'abri des regards. Elle descendit, à la recherche d'un coin pour se poser, puis revint sur ses pas et récupéra des cartons dans le local poubelle.

Courbaturée, éreintée, elle s'écroula sur son « matelas » de fortune, blottie contre un mur du troisième sous-sol.

Jusqu'à quand pourrait-elle tenir ? Elle était épuisée de lutter. Ça ne servait à rien ! Il n'y avait pas d'issue, juste un tunnel sans fin. À tâtons, elle attrapa la bouteille d'eau qu'elle transportait toujours dans son sac. Même en l'économisant, il ne lui en restait plus beaucoup. Elle but une gorgée qu'elle fit tourner dans sa bouche avant de l'avaler. Elle rangea la bouteille après s'être assurée qu'elle était bien fermée et récupéra ses gants pour protéger ses mains du froid.

Du fond des ténèbres, le visage de sa fille lui apparut, souriant, des étoiles à la place des yeux ; son phare dans cette nuit infinie. Elle devait tenir encore, pour Flora, qui n'avait qu'elle. Tenir et rester libre.

Les tensions dans son cou et son dos rendaient toute position inconfortable et douloureuse. Elle repensa à ce qu'il s'était passé chez Camille. Tout était irréel. Combien d'heures s'étaient écoulées depuis ? Elle ne savait plus.

C'était un cauchemar, forcément.

Elle avait donné un coup de couteau. Pour défendre son amie.

Il y avait une expression pour ça…

Sa mémoire s'étiolait.

Elle perdait les mots.

Remonter ses chaussettes sur son pantalon. Laisser le moins de prise possible à l'air.

Tremblements. Froid, douleur, faim, peur. Solitude.

Des galères, elle en avait connu. Là, c'était autre chose. Elle était seule, sans défense. Recherchée pour agression. Peut-être pour meurtre.

Trop de questions. Trop d'angoisse.

Son esprit partait à la dérive. Elle commençait à délirer.

Camille, Camille. Où es-tu ?
Maria ? Yasmine ! Au secours...

Dans une autre vie, elle avait rêvé d'être heureuse avec sa fille.
Son esprit fit barrage. Il avait atteint sa limite.

Une toute petite voix intérieure lui intimait de prévenir son foyer,
de se confier à Yasmine, qui avait toujours été là pour elle.

Impossible. Hébétée, Vanessa ne parvenait plus à bouger. Elle
glissait doucement dans une sorte de coma lucide.

Chapitre 46

Mercredi 27 janvier 2016

Au petit matin, Camille émergea tout à coup de sa léthargie, étourdie mais consciente. Elle se trouvait dans un lit d'hôpital. Sa tête était lourde et son cou douloureux. Comment avait-elle atterri ici ?

En se voyant entourée de machines qui bipaient périodiquement, elle paniqua. D'une voix faible et rauque, elle appela à l'aide, avant d'appuyer sur l'alarme posée à côté d'elle. Une infirmière accourut et tenta de la rassurer, avant de lui résumer la situation : elle était arrivée aux urgences l'avant-veille au soir, victime d'une agression à son domicile, et avait été prise en charge par les pompiers. Une enquête était en cours, et elle serait interrogée par la police dès que son état le permettrait. Pour le moment, il était essentiel qu'elle se repose.

Pour ne pas augmenter l'anxiété de la patiente, l'infirmière omit momentanément de l'informer qu'après son admission, elle avait subi un lavage d'estomac et que les médecins avaient réalisé des examens cliniques afin de déceler d'éventuelles complications liées à la strangulation et à l'étouffement, tels des lésions cérébrales ou des troubles de la respiration. Les résultats avaient été heureusement négatifs, mais avaient tout de même révélé un traumatisme crânien et des ecchymoses sur tout le corps. Tout cela serait expliqué plus tard à la jeune fille qui aurait également besoin d'une prise en charge psychologique pour gérer les répercussions émotionnelles de ce traumatisme.

***

Au même moment

Un bruit réveilla Vanessa en sursaut.

Depuis combien de temps dormait-elle ?

Elle était nauséeuse, comme un lendemain de cuite.

S'était-elle réellement levée pour faire pipi dans un coin du parking ou était-ce une divagation de son esprit embrumé ?

La fatigue avait eu raison d'elle.

D'où provenait ce bruit ?

Les pupilles dilatées comme celles d'un animal surpris dans les phares d'une voiture, l'adolescente sortit brutalement de sa torpeur.

À quelques mètres d'elle, une silhouette se dessinait en ombre chinoise. Un homme se tenait derrière un véhicule.

D'une voix claire, il lui demanda :

— Puis-je vous proposer quelque chose ?

Un jappement ponctua la fin de la phrase. L'individu tenait un chien en laisse. L'animal avait repéré la jeune squatteuse du parking.

Sous les néons blafards, l'inconnu se déplaça et son visage s'éclaira. Il souriait.

Vanessa se méfiait des sourires.

Elle se leva pour lui faire face, mais un vertige la plaqua au mur.

— Ne vous inquiétez pas. J'habite l'immeuble. Je pars très tôt au travail. Je suis vigile. Voulez-vous un paquet de biscuits ? Une bouteille d'eau ? Ou une couverture de survie ?

— Oui, un peu d'eau. Et des biscuits, répondit Vanessa d'une voix faible.

Elle était totalement assoiffée et son estomac grondait, mais elle avait également hâte que l'individu s'en aille. Il lui tendit une bouteille en plastique et comme elle ne s'approchait pas, il la posa sur le toit de la voiture qui les séparait. Il y plaça aussi un paquet de gâteaux au chocolat.

— Voilà. Je dois partir travailler. Si vous voulez, ce soir, je pourrai vous apporter quelque chose de plus consistant.

Il se dirigea vers sa berline, en bredouillant un « bon courage » auquel elle répondit par un « merci » à peine audible.

Elle ne pouvait plus rester là.

La nuit porte conseil, dit-on. Même dans ces conditions, elle lui avait soufflé la solution. Elle ne se terrerait pas comme un animal traqué. Sinon, il lui faudrait fuir, toujours plus loin et ne plus jamais réapparaître. Ne plus jamais revoir sa fille.

Elle attendit que la voiture sorte du parking, pour se ruer sur la bouteille d'eau. Mon Dieu, qu'elle avait soif !

La tête lui tourna. Elle devait manger. Le paquet de biscuits y passa presque en entier !

Ça puait autour d'elle.

Elle grimaça, puis commença à ranger ce qui restait dans son sac.

Vite, quitter ce lieu glauque et malodorant.

Elle avait pris sa décision.

En arrivant à l'extérieur, elle fut prise d'un vertige et dut se rasseoir quelques secondes.

Elle alluma son téléphone. Il était 7 h du matin et l'écran indiquait le 29 janvier.

Elle avait dormi 24 h. Comment était-ce possible ?

Chapitre 47

Mercredi 27 janvier 2016 – Deux heures et demi plus tard

À l'autre extrémité de la rue, Vanessa aperçut Yasmine. Et juste derrière, la silhouette de Maria. Sa sœur de cœur. Leurs liens étaient plus forts que ceux du sang. Dès que Vanessa avait connecté son téléphone, Maria l'avait appelée en pleurant, morte d'inquiétude. Yasmine, bouleversée, n'avait même pas réussi à l'engueuler.

Vanessa avait essayé de tout leur raconter. Son entrée chez Camille par le balcon, l'agression, le coup de couteau. La batterie de son mobile commençait à baisser dangereusement. Elle ne pouvait pas s'attarder.

Elle leur avait donné rendez-vous devant le commissariat.

Voilà, sa lutte pour reprendre le contrôle de sa vie se terminait là.

Lorsqu'elle arriva au niveau de la place Abriou, elle sentit l'angoisse monter d'un cran. Dans la lumière gris pâle du petit matin, légère tel un spectre, elle continua en direction de la rue du commissariat de police.

Dernière ligne droite.

Les flics la verraient sûrement comme une paumée, surtout dans son état, pas lavée, pas coiffée, les yeux rougeâtres à force de pleurer. Elle avait tout d'une junkie ! Elle s'en foutait. Ce n'était pas pour eux qu'elle faisait ça ! Elle voulait prendre ses responsabilités.

Elle avait voulu sauver son amie Camille. Si personne ne la croyait, si personne ne comprenait, tant pis. Elle ne regrettait pas ce qu'elle avait fait.

On lui serinait assez l'importance de s'assumer pour devenir adulte. Eh bien voilà, elle allait leur prouver qu'elle en était une.

Même si ce n'était pas l'avenir dont elle avait rêvé.

Flora ne serait pas la fille d'une criminelle en cavale.

Yasmine aperçut Vanessa au loin. Savoir que sa jeune protégée avait passé plus de 24 heures dans un parking lui fit monter les larmes aux yeux. Elle connaissait les limites des liens à tisser dans le cadre de ses accompagnements, mais c'était plus fort qu'elle, elle ressentait de l'affection pour cette gosse, un peu comme si elle avait été sa petite sœur.

Elle lui fit signe, tout en essayant de réfléchir à la manière dont elle allait présenter la situation. De son point de vue, Vanessa n'avait fait que se défendre et elle n'avait aucune raison d'être arrêtée. C'était plutôt à elle de porter plainte pour agression.

Lorsque la jeune fille arriva à mi-chemin, Maria se mit à courir dans sa direction. Une fois à son niveau, elle l'étreignit de toutes ses forces. Un peu plus loin, un homme sortit du commissariat et leur lança un regard indifférent.

Yasmine s'approcha, puis, à son tour, elle serra l'adolescente dans ses bras.

À ce moment, le mobile de Vanessa se mit à sonner dans sa poche. Elle l'attrapa et jeta un œil sur l'écran.

— C'est l'hôpital, dit-elle à son éducatrice.

— Vas-y, réponds. Le commissariat peut attendre.

Au téléphone, une infirmière se présenta. Vanessa activa le haut-parleur pour que Yasmine puisse également entendre la conversation. Mais l'annonce la cueillit lorsque la femme lui expliqua d'un ton morne :

« Mademoiselle, je suis désolée. Je vous appelle parce que votre mère a fait un arrêt cardio-respiratoire. Je vous présente mes condoléances. »

La bouche de Vanessa s'entrouvrit comme pour chercher de l'air. Sa peau devint livide.

Sans prévenir, elle se laissa tomber sur le trottoir, inanimée. Maria et Yasmine tentèrent de toutes leurs forces de la retenir.

Leur cri alerta le gardien, un peu plus loin.

***

Fin d'après-midi

Vers 17 h 30, après avoir assisté à l'autopsie de Gaël Lucas, Tiphaine Le Goff et *Snickers* décidèrent finalement de vérifier s'il était possible d'interroger Camille Clément sans attendre le lendemain, et ils se présentèrent à l'accueil du service où elle se trouvait. L'enquêtrice déclina son identité et sa fonction, puis exposa sa requête à l'infirmière. Cette dernière lui répondit que la jeune fille était toujours sous surveillance et que son état psychologique restait instable. La policière insista sur l'importance de ce témoignage, dans l'intérêt même de Mlle Clément.

— Je dois avoir l'approbation du médecin, conclut l'infirmière, avant de les inviter à patienter dans le couloir.

Elle revint quelques minutes plus tard, accompagnée d'un quadragénaire d'allure sportive.

— Je vous accorde quelques minutes, annonça celui-ci en s'adressant aux deux policiers, car Mlle Clément est encore très fatiguée. Et un seul d'entre vous, pour ne pas trop la surmener.

— Nous comprenons, répondit l'enquêtrice. C'est moi qui vais m'en occuper. Pendant ce temps, mon collègue souhaiterait vous interroger concernant les conclusions des examens que vous lui avez fait passer.

Le médecin acquiesça, mais demanda à l'infirmière de surveiller l'état de la patiente. Il était nécessaire de lui éviter toute émotion forte.

Les stores de la fenêtre étaient descendus. Seul le bruit provenant du bip des machines de surveillance interrompait le silence à intervalles réguliers. Camille portait une chemise d'hôpital et avait la tête enveloppée d'un bandage. Des bleus marbraient la peau de son visage et de son cou. Le haut de son lit était redressé et elle paraissait somnoler, dans cette position semi-assise.

L'infirmière s'approcha et vérifia la perfusion. Camille ouvrit les paupières.

— Bonjour, Camille. Comment vous sentez-vous ?

La jeune femme prit une grande inspiration.

— Comme si j'étais passée sous un camion, répondit-elle d'une voix faible et éraillée. Et j'ai toujours mal au cou et à la gorge.

— Je vais rajouter un antalgique dans votre perfusion. Il y a une policière qui souhaite vous poser des questions. Vous sentez-vous capable de lui parler quelques minutes ?

Camille opina de la tête, ce qui lui arracha une grimace.

— Bonjour, Camille, désolée de vous importuner. Nous nous connaissons déjà, je pense. Vous souvenez-vous de moi ? Je suis Tiphaine Le Goff, capitaine de police judiciaire.

Camille Clément la regarda d'un air éberlué, avant de se remémorer le visage de la policière.

— Oui, bien sûr. Je n'ai pas les idées en ordre.

— Décidément, deux agressions à un mois d'intervalle, cela fait beaucoup. Je comprends que vous soyez bouleversée. Je sais que vous êtes encore très fatiguée, poursuivit la policière d'une voix douce. Je vous promets de ne pas rester longtemps, mais nous avons besoin de votre témoignage pour comprendre ce qui vous est arrivé.

Camille acquiesça.

Tiphaine Le Goff s'installa sur le fauteuil proche du lit médicalisé. Camille se redressa un peu et tendit la main vers le verre posé sur la tablette. Il était presque vide.

— Voulez-vous que j'aille chercher un peu d'eau ? demanda l'infirmière.

La jeune femme abaissa les paupières en signe d'assentiment.

Après avoir bu quelques gorgées, elle fit signe à l'enquêtrice qu'elle était prête.

— Merci beaucoup. Je sais que c'est difficile, s'excusa-t-elle. C'est aussi nécessaire pour l'enquête. En tout cas, ne forcez pas sur votre voix. Et si vous vous sentez trop angoissée, dites-le-moi. Mais tout ce que vous pourrez me dire sera très utile. OK ?

— Oui.

— Bon, on y va. Est-ce que vous vous souvenez de ce qu'il s'est passé, avant-hier soir ?

Camille hésita, puis se lança :

— Je ne comprends pas. Je m'entendais bien avez lui, pourtant.

— Attendez : parlez-vous de la personne qui a tenté de vous étrangler ? demanda l'enquêtrice.

— Oui.

— Est-ce un proche ?

— C'est un de mes collègues de l'Ehpad. Il était là quand vous êtes venue. Je l'ai vu en partant du boulot. Il ne se sentait pas bien. Je l'ai invité à prendre un verre.

Elle s'arrêta de parler, les yeux fixant le mur jaune derrière la policière.

— Vous l'avez donc invité chez vous, si je comprends bien.

— Oui, répondit la jeune fille, dans un murmure.

240

— Était-ce la première fois ?

— Oui, nous ne sommes pas amis, précisa Camille d'une voix rauque. Juste des collègues. C'était pour qu'il puisse appeler sa femme et qu'elle vienne le chercher.

— D'accord. Vous étiez seule avec lui ?

— Bien sûr. Je n'avais pas de raison d'avoir peur de lui.

— Que s'est-il passé ensuite ? Votre collègue a-t-il eu des mots ou des gestes déplacés envers vous ?

— Non, ce n'est pas cela.

Le visage de Camille pâlit. La policière tenta de la rassurer :

— Excusez-moi, j'essaie seulement d'appréhender les faits, pour vous aider.

— Je sais.

— Cet homme a-t-il cherché à vous séduire ?

La voix de la jeune fille se fit plus gutturale.

— Non, réagit-elle. C'est parce que je suis lesbienne.

Il y eut un silence et la phrase résonna dans tout le corps de la policière. Celle-ci prit quelques secondes pour se recentrer, puis demanda avec une intonation qu'elle essaya de rendre la plus douce possible :

— Vous pensez qu'il s'agit d'une agression homophobe, c'est bien ça ? Votre collègue était-il au courant pour votre homosexualité ?

Quelques secondes passèrent… Tiphaine Le Goff tentait de superposer les morceaux du puzzle sans parvenir à reconstituer la scène qui s'était déroulée dans l'immeuble de Mlle Clément.

— Camille ? Votre réponse est très importante pour que je comprenne ce qu'il s'est passé.

— Non, je ne pense pas. Il a eu l'air surpris, lorsqu'il a découvert l'affiche du festival LGBT « D'un bord à l'autre ». Enfin d'abord surpris, ensuite furieux.

— Vraiment ? Furieux ? s'étonna la policière.

Puis elle se tut pour laisser la jeune fille raconter à son rythme.

— Il est devenu carrément dingue. Je ne le reconnaissais plus.

— Je vous repose la question : étiez-vous seule avec lui ? questionna la policière, en pleine confusion.

— Oui, je vous l'ai déjà dit. Je lui ai demandé de partir, je crois. À partir de là, tout devient trouble.

— Vous rappelez-vous ce qu'il s'est passé après qu'il vous a attaquée ? Avez-vous utilisé quelque chose pour vous défendre ? Savez-vous si quelqu'un vous a porté secours ?

— C'est le flou dans ma tête. Je ne sais plus... Je crois qu'il m'a fait boire un truc amer avec de l'alcool. C'était horrible. J'étais terrorisée. J'étouffais, j'étais dans un état brumeux... Quelqu'un ? Une ombre... Je ne sais plus...

Camille commença à respirer avec difficulté. Au même instant, le médecin pénétra dans la chambre. Il s'approcha en hâte du lit de sa patiente et tenta de l'apaiser.

— Madame, requit-il en se tournant vers Tiphaine Le Goff, je vais vous demander de reporter la suite de votre audition.

— C'est bon pour moi, j'allais terminer. Une toute dernière chose : Mademoiselle Clément, pourriez-vous me donner le nom de celui qui vous a agressée ?

— Lucas, répondit Camille. Je ne sais plus son nom de famille. En plus, il me disait que ce n'était pas ça, finalement. Je n'y comprenais rien.

— Ça suffira pour moi, la remercia l'enquêtrice. Quelqu'un de votre famille peut-il faire un dépôt de plainte pour vous au commissariat de police ?

— Non, personne, répondit Camille sans développer, trop épuisée pour expliquer sa situation.

— Bon. Dans ce cas, je vais voir si un agent peut se déplacer à l'hôpital pour prendre votre déposition. Et je vous remercie pour votre coopération. Je reviendrai lorsque vous serez mieux rétablie. Si jamais vous vous souvenez de quelque chose d'autre et que vous souhaitez m'en parler, voici mon numéro de téléphone, ajouta-t-elle en lui tendant une carte de visite.

***

Les deux enquêteurs redescendirent dans le hall de l'hôpital et firent une pause à la cafétéria pour *débriefer*. Tiphaine prit un thé à la menthe et *Snickers* un Cacolac et deux barres chocolatées.

— T'arrêtes jamais, en fait, s'esclaffa la policière.

— C'est quoi, le problème ? Le chocolat, c'est bon pour le moral, rétorqua son collègue, l'air convaincu.

— Parce tu crois qu'il y en a vraiment dans tes trucs, là ? C'est du sucre, c'est tout !

— Détrompe-toi. J'ai même trouvé des Snickers hyperprotéinés et avec des édulcorants. Mais là, y en avait pas !

— Tiens, file-moi une barre, j'ai un coup de mou.

— Je croyais que…

— Mais t'es pas là pour croire, mon gars ! ricana le capitaine Le Goff. Bon, allez, on se le fait ce point ? Surtout que j'ai du lourd ! Camille Clément m'a donné le nom du type qui a tenté de l'étrangler.

— Et…

— C'est Lucas.

— Le macchabée à qui on a rendu visite, tout à l'heure ? Le mec qui bossait à l'Ehpad avec elle ?

— Affirmatif. On a complètement fait fausse route ! Aucun rapport avec le vol des médicaments à l'Ehpad. C'est une violence de type homophobe.

— Ah bon ! Mais du coup, qui a tué Lucas ?

— Aucune idée. En tout cas, cet entretien change la donne. Ce ne sont plus deux personnes qui ont été agressées par un individu lambda. Le type qui est mort s'en est pris à Camille, puis il a reçu deux coups de couteau. Qui les lui a donnés ? Mystère. Et qui a appelé les pompiers ? Dis-moi, ajouta-t-elle à l'attention de son coéquipier, tu pourrais revérifier l'identité du mort et voir s'il n'apparaît pas dans le TAJ[1] ? S'il n'en est pas à sa première agression, il est peut-être déjà fiché quelque part.

---

1. Traitement d'antécédents judiciaires.

Chapitre 48

Vanessa - Mercredi 27 janvier 2016

Le Samu arriva rapidement sur les lieux pour transporter Vanessa aux urgences les plus proches, place Jean-Claude Abrioux, à quelques centaines de mètres du commissariat. Yasmine l'accompagnait dans le véhicule. Elle avait expliqué à Maria comment les y rejoindre.

Vanessa était en état de choc émotionnel, comme paralysée. Dans son cerveau, les images se succédaient sans logique. Camille étouffant. Le béton froid du parking. Sa mère. Des bouteilles renversées sur le sol. Les larmes. Sa mère dans son lit d'hôpital, déjà ailleurs. Rien ne pourrait plus être réparé, désormais. Elle se retrouvait seule.

Aux urgences, le médecin-chef, une femme d'une quarantaine d'années énergique, prit en charge l'adolescente, s'adressant à elle en termes rassurants. Pendant que l'équipe soignante l'installait sur un lit, elle commença à poser des questions à celle qui l'accompagnait.

— Vous êtes une parente ?

— Non, répondit Yasmine. Je suis son éducatrice. Vanessa Chevalier vit dans un foyer pour mineures.

— A-t-elle bu ? Consommé des stupéfiants ?

— Je ne pense pas. Lorsque je l'ai rejointe, elle était dans un état normal.

Elle n'avoua pas que Vanessa avait passé la nuit dehors. Il serait toujours temps d'y revenir plus tard.

— Prend-elle des médicaments ?

— Oui, elle a un calmant, car il y a quelques semaines, elle a fait une crise d'angoisse.

— Il me faudrait l'ordonnance, dès que vous pourrez. Vous avez connaissance de ce qui aurait pu déclencher la crise d'aujourd'hui ?

— Oui, malheureusement. On vient de lui annoncer le décès de sa mère. Ça lui a provoqué un choc et elle s'est évanouie.

La doctoresse se rapprocha de Vanessa et vérifia sa tension et son rythme cardiaque, tout en demandant à l'infirmière de procéder à un bilan complet, y compris toxicologique. Puis, elle administra à l'adolescente un tranquillisant pour l'aider à se détendre, tout en lui posant quelques questions.

Vanessa la regarda sans répondre, la gorge nouée. Impossible de parler. Elle remua avec difficulté la tête de droite à gauche, avec l'impression que sa mâchoire était bloquée.

— C'est pas la grande forme, c'est ça ? reprit la doctoresse. Je comprends. Je viens de vous administrer un calmant qui devrait vous soulager, voire vous faire dormir. Vous allez rester encore un peu avec nous, pour que l'on puisse surveiller l'évolution de votre état.

L'infirmière s'approcha pour placer également une perfusion avec des antispasmodiques. Il ne fallut pas longtemps pour que Vanessa commence à sombrer dans les limbes d'un sommeil chimique, fuyant loin de sa douleur.

Yasmine et Maria qui patientaient nerveusement dans le couloir se levèrent pour prendre des nouvelles, lorsque la doctoresse sortit de la chambre.

— Rassurez-vous. Physiquement, elle souffre d'une crise de té-
tanie, causée par un stress émotionnel intense. Les soins que nous
lui prodiguons vont l'aider à se remettre rapidement. En revanche,
psychologiquement, elle aura absolument besoin d'être suivie,
notamment pour le deuil de sa mère, mais aussi plus globalement,
ajouta la femme médecin. Par ailleurs, je vais demander à l'assistante sociale de l'hôpital de prendre contact avec vous pour faire
le point sur la situation de cette jeune personne. Et pourriez-vous
également aller au secrétariat pour finaliser son admission ?

Yasmine acquiesça, avant de solliciter l'autorisation de se rendre
auprès de Vanessa.

Immobile, l'adolescente semblait dormir profondément.

Ça ne s'arrêterait donc jamais ! L'éducatrice se sentait découragée.

Mais elle n'avait pas le droit de baisser les bras.

Les projets de la jeune fille seraient sûrement repoussés à une date
ultérieure, mais ce n'était pas le plus important. Même si l'entrée au
foyer maternel prenait quelques mois supplémentaires, elle ne la lâ-
cherait pas.

Quelques heures plus tard, Vanessa se réveilla, encore sonnée.
Yasmine était assise à côté de son lit.

— Comment te sens-tu ? lui demanda-t-elle tout doucement, en
lui caressant les cheveux.

— Y a eu mieux, murmura Vanessa d'une voix éteinte.

Et elle se rendormit sans voir Maria qui se penchait pour l'embrasser sur la joue.

Chapitre 49

Au commissariat, Tiphaine Le Goff étouffa un bâillement. Le manque de sommeil engourdissait ses neurones. La veille, elle s'était rendue au domicile de son père, toujours en arrêt maladie, mais désormais chez lui. Il poursuivait ainsi la phase de réadaptation en ambulatoire. Bien qu'il lui ait assuré se sentir en forme, l'infarctus qui avait failli lui coûter la vie hantait encore les nuits d'insomnies de la policière. Elle poussa un soupir et se dirigea vers la machine à café, décidée à prendre un double expresso. Elle avait besoin d'avoir l'esprit clair ! Son mug rempli à ras bord, elle fit demi-tour. Soudain, son téléphone sonna, ce qui la fit sursauter. En tentant de le décrocher d'une main, elle se renversa un peu de café brûlant sur l'autre !

— Putain ! râla-t-elle.

— Quel accueil ! la taquina l'opérateur du FAED à l'autre bout de la ligne.

— Je viens de me renverser du café brûlant sur la main !

— Je peux te rappeler dans quelques minutes, si tu préfères !

— Hors de question ! J'irai me passer la main sous l'eau froide plus tard ! Attends, je m'installe. Voilà, je t'écoute !

— Bon, on a du nouveau concernant Gaël Lucas. J'espère que tu es assise : les empreintes matchent…

Il fit une pause pour ménager son suspense !

— Attends, le reprit Tiphaine, tu me parles des empreintes du mort ou de celles trouvées dans l'appartement ?

— Je te parle de Gaël Lucas, décédé de blessures à l'arme blanche.

— OK. Il est fiché quelque part ?

— On peut dire ça. Ces empreintes sont celles d'un criminel recherché depuis presque dix ans.

Le capitaine Le Goff sentit son cœur bondir dans sa poitrine.

— Quel genre de criminel ? demanda-t-elle.

— Un meurtrier. Les empreintes correspondent à celles retrouvées sur une jeune femme étranglée dans une rue de Paris. La victime s'appelait Justine Muller. Le coupable n'a jamais pu être identifié jusqu'à présent.

L'enquêtrice en resta sans voix. Elle repoussa une mèche de cheveux et se gratta la tempe, avant de demander finalement :

— Et on est sûr de ça ?

— C'est indiscutable. Les points concordent. Nous avons eu la chance qu'il ait laissé de belles empreintes sur les lunettes de la victime. Même si ce sont les seules qu'on a de lui et qu'elles sont restées muettes jusqu'à ce jour, aujourd'hui, ça paie !

Tiphaine Le Goff était abasourdie. Justine Muller, un nom qu'elle ne connaissait que trop bien et qui ressurgissait de manière totalement inattendue !

— Putain ! s'écria-t-elle pour la deuxième fois en quelques minutes. C'est dingue !

— Il arrive que des criminels se fassent interpeller pour de tout autres motifs que leur crime.

— C'est clair ! Mais là, c'est autre chose. Cette affaire, j'en entends parler depuis des années !

— Ton père ?

— Exact.

— Et comment va-t-il, demanda l'opérateur du FAED ?

— Mieux. Il est sorti de l'hôpital et il continue sa rééducation. Il vient de s'acheter un vélo d'intérieur pour s'assurer, à l'avenir, une activité physique régulière. Je ne te cache pas que le choc a été rude. Il se croyait indestructible. Comme beaucoup d'entre nous, finalement.

Au téléphone, l'agent fit une remarque :

— En tout cas, dommage que l'individu qu'il recherche depuis tant d'années soit mort. Il ne pourra plus parler !

— Très regrettable, effectivement ! Parce qu'on aurait eu pas mal de questions à lui poser ! Mon père va être écœuré ! C'est moche pour la famille de la victime. D'ailleurs, il faut que je te laisse, là. Je dois appeler mon père et prévenir le reste de l'équipe ! Il y a du *taf* !

— OK, je t'envoie immédiatement le rapport. À plus.

La policière remercia son interlocuteur pour la diligence dont il avait fait preuve, puis elle raccrocha, sonnée ! Elle avala une gorgée de café. Il commençait à tiédir et elle n'aimait que le café chaud, sauf quand elle se le renversait sur la main, évidemment ! Elle but l'intégralité du mug en quelques secondes. La journée allait être longue. En se levant, elle ne put retenir une exclamation :

— Bon sang !

Après avoir contacté le commissaire, qui se trouvait en déplacement, et lui avoir communiqué les nouvelles données, elle convoqua les membres de l'équipe.

— Réunion d'urgence ! Nous avons un nouveau revirement dans l'affaire Lucas, leur annonça-t-elle.

Chacun rappliqua et s'installa autour de la grande table.

— Je viens de m'entretenir avec l'agent du FAED. Et dans un sens, ce qu'il vient de m'apprendre corrobore le témoignage de Camille Clément, concernant l'agression dont elle a été victime de la part de Gaël Lucas. On peut dire qu'elle a eu chaud ! Les empreintes digitales du mort correspondent à celles retrouvées sur une jeune fille étranglée il y a une dizaine d'années, déclara-t-elle sans préambule.

En alerte, le groupe se focalisa soudain sur ses propos.

— C'est un *cold case*, poursuivit-elle. Là où je suis tombée des nues, c'est que cette affaire ne m'est pas inconnue. Il y a quelques semaines, mon père a repris le dossier à zéro. Au moment du meurtre, il venait d'arriver à la Crim' et ne faisait pas parti de l'équipe en charge de l'enquête. Mais pour des raisons, on va dire personnelles, il ne l'a jamais oubliée.

La surprise se mêlant à l'incrédulité, quelques raclements de gorge se firent entendre.

— Je n'ai pas encore eu le temps de l'appeler. Je voulais d'abord vous tenir informés. Vous savez peut-être que mon père a fait un infarctus, il y a un mois. Je ne sais pas quand il doit reprendre le boulot exactement. Je compte le prévenir à l'issue de cette réunion. Quant à nous, poursuivit-elle, nous devons découvrir le lien entre les deux affaires. Que s'est-il passé cette nuit-là ? Par qui Lucas a-t-il été tué ? Pour l'heure, nous manquons d'éléments tangibles. Certes, l'affaire Justine Muller va être enfin résolue, mais l'enquête risque aussi de nous être retirée, car cette avancée n'est due qu'au hasard. Bref, ça urge ! Je veux tout savoir sur Gaël Lucas. Essayez de trouver s'il a de la famille. De mon côté, je m'occupe de la perquisition du domicile des Lucas[1].

_____

1. Dans le cadre d'une enquête de flagrance, il n'y a pas besoin de commission rogatoire pour perquisitionner.

La pièce retentit du grincement des pieds de chaise. Tiphaine Le Goff se hâta de rejoindre son bureau pour appeler son père. Une fois assise, elle prit encore quelques minutes avant de le faire, anxieuse de sa réaction. Maintenant que Gaël Lucas était mort, combien de questions resteraient sans réponse ?

Chapitre 50

Vendredi 29 janvier 2016

Le choc de la nouvelle avait été brutal, mais il s'était repris rapidement. Après le coup de téléphone de sa fille, la veille, le commandant Christian Le Goff s'était rendu à l'hôpital pour convaincre sa cardiologue de signer une autorisation de retour anticipé au travail. Son absence lors de la perquisition au domicile des Lucas n'était pas envisageable. Le document obtenu, il avait hélé un taxi pour le conduire à son bureau à Paris.

Ce n'était pas la première fois qu'une enquête redémarrait et se résolvait grâce à un hasard, comme un accident, une erreur d'adresse ou un contrôle routier. Un coup de chance. Ou de malchance. Des milliers de questions tournaient en boucle dans sa tête depuis ce rebondissement inattendu. Des interrogations auxquelles Tiphaine n'avait pu répondre. Il gardait l'espoir de démêler ce qu'il s'était réellement passé dix ans auparavant. Pour Justine. Pour ses proches. Voire pour d'autres victimes. Les familles devraient faire le deuil d'un procès, sauf si l'on découvrait qu'il y avait un ou des complices. Désormais armé du nom du tueur, Le Goff comptait rassembler autant d'informations que possible. L'affaire lui laissait cependant un goût amer, car le meurtrier risquait d'emporter ses secrets dans la tombe.

Les deux enquêtes allaient devoir être menées conjointement, dans un premier temps en tout cas. La perquisition avait lieu ce vendredi matin, sous l'autorité de sa fille, le capitaine Tiphaine Le Goff, en charge de l'enquête de flagrance.

Cela faisait plusieurs semaines qu'il ne s'était pas levé aussi tôt et les yeux lui piquaient un peu. Après une douche revigorante, le commandant avala ses médicaments. Il s'autorisa un expresso, puis se prépara à partir. Finalement, il revint sur ses pas et récupéra quelques fruits secs, une bouteille d'eau, et emporta le tout avec lui dans un sac.

★★★

Un peu avant six heures du matin, le capitaine et son coéquipier *Snickers* s'arrêtèrent devant l'immeuble où vivait l'épouse de Gaël Lucas. La rue était calme et peu de véhicules circulaient encore.

Au même moment, Tiphaine Le Goff aperçut l'Audi de son père qui se garait à quelques mètres d'eux. Le groupe étant au complet, elle sortit de la voiture et se dirigea vers l'interphone. Elle sonna à plusieurs reprises. Au moment où elle s'apprêtait à déranger un voisin, un homme sortit devant elle. Tiphaine en profita pour bloquer la porte et s'engouffrer dans le hall, *Snickers* et son père sur ses talons. L'équipe prit l'ascenseur pour rejoindre l'appartement de Gaël Lucas. Le couloir était silencieux, seulement troublé par le bruit lointain d'une télévision provenant d'un appartement situé derrière eux. Tiphaine s'avança et sonna à la porte. Pas de réponse. Elle frappa fermement et annonça :

— Police judiciaire, capitaine Le Goff. Nous avons une autorisation de perquisition.

Rien. Pas un bruit. Pas de mouvement à l'intérieur.

Tiphaine Le Goff se tourna alors vers *Snickers* et lui demanda de réquisitionner deux voisins pour assister à l'opération. Il revint avec une sexagénaire en robe de chambre et un homme bourru qui le suivaient à contrecœur. Tous deux se placèrent à une distance qui leur permettait de voir sans être trop impliqués.

Le capitaine procéda à l'ouverture de la porte. Accompagnée de *Snickers,* elle s'avança avec prudence, afin de sécuriser les lieux.

Elle revint quelques secondes plus tard et interpella le commandant.

— Appelle les pompiers. On a une femme évanouie dans la chambre. Certainement Mme Lucas. Elle semble avoir perdu pas mal de sang. Et elle est enceinte.

Environ dix minutes plus tard, les pompiers arrivèrent avec un brancard et se dirigèrent vers la chambre où se trouvait Annabelle Lucas. L'un d'eux s'agenouilla et essaya d'établir un contact avec l'occupante des lieux :

— Bonjour, serrez-moi la main si vous m'entendez.

Depuis l'encadrement de la porte, Tiphaine observait la situation. Annabelle Lucas ne réagissait pas. Les pompiers sanglèrent la jeune femme, toujours inconsciente, et ils se dirigèrent rapidement vers l'ascenseur.

L'équipe ayant évacué les lieux, la perquisition commença. Les policiers embarquèrent l'ordinateur de la chambre, le téléphone d'Annabelle, la télé connectée, plusieurs cartons remplis de documents, d'anciennes photos et coupures de presse, trouvèrent quatre clés USB, deux disques durs et plusieurs vieux téléphones. Le Goff observa un instant l'ordinateur, avant d'échanger un regard avec Tiphaine.

— Faites remonter tout ça à la cyber, murmura-t-il. Je veux savoir tout ce qu'il peut contenir : historique de navigation, fichiers cachés, emails, tout ce qu'on pourra récupérer.

Snickers, de son côté, interrogea Tiphaine :

— Qu'est-ce que je prends, dans la salle de bain ?

— Emporte tout ce qui est susceptible d'appartenir au défunt, répliqua le capitaine après avoir échangé quelques mots avec son père. On triera plus tard.

— Il y a des bijoux, sûrement à son épouse. On les récupère aussi ?

— Non, je ne pense pas que ce soit nécessaire pour le moment, répondit Tiphaine.

— OK.

Christian Le Goff suivit l'homme des yeux au moment où celui-ci quittait la pièce. Une sensation dérangeante, tel un fourmillement, se propagea soudain en lui, depuis son cuir chevelu jusqu'à ses pieds. Il connaissait ce ressenti sans pouvoir s'expliquer comment il lui venait. L'impression d'un malaise physiologique.

Il suivit son instinct.

— Attendez ! Montrez-moi de quoi il s'agit ?

— Il y a quelques paires de boucles d'oreille sur un présentoir. Des bracelets. Et aussi une chaîne, là-bas, sur la tablette du lavabo. Avec une croix. Peut-être en or. Jetez-y un œil et dites-moi si je dois tout embarquer.

Le Goff père s'approcha, comme s'il s'était avancé vers un autel. Religieusement. Il retint son souffle.

Une voix, derrière lui, le ramena à la réalité.

— Alors ?

Il fixa l'objet, et le sol sembla se dérober sous ses pieds.

La croix en or rose.

Ciselée en pointe à chaque extrémité.

La rosace au centre.

Il n'en croyait pas ses yeux.

Jusqu'à ce jour, il ne l'avait vue qu'en photo. Mais il en était sûr. C'était le bijou que portait Justine Muller la nuit où elle avait été assassinée. Celui que les enquêteurs avaient cherché en vain.

Il serra les dents.

— Emportez-le, répondit-il enfin à *Snickers*. Et prenez tous les bijoux que vous trouverez.

Snickers fronça les sourcils.

— Tous ?

— Oui.

Un silence s'abattit sur la pièce. Le Goff passa lentement la main sur son visage.

— On doit envisager que ce ne sont pas les bijoux d'Annabelle Lucas, dit-il enfin.

Snickers exhala lentement.

— Vous êtes en train de me dire qu'on pourrait avoir plusieurs meurtres sur les bras ?

Le Goff glissa le collier dans un sachet de scellés, l'air sombre.

— Je suis en train de dire que cette enquête vient de prendre une tout autre dimension.

Chapitre 51

Samedi 30 janvier

Yasmine prit une profonde inspiration avant d'entrer dans le commissariat, après avoir patienté un quart d'heure sur le trottoir, derrière les barrières. Les mesures de sécurité s'étaient renforcées suite aux attentats de l'année précédente et, comme le jour de sa venue avec Vanessa, un policier était en faction devant l'entrée des grilles.

Elle profita du temps d'attente pour réfléchir encore à la meilleure façon de présenter les faits. L'enjeu était crucial pour Vanessa, dont la fugue avait été signalée trois jours plus tôt. Elle devait expliquer que la jeune fille était rentrée, mais que, depuis, elle était hospitalisée. Vanessa lui avait raconté avoir poignardé un homme qui agressait son amie Camille. L'adolescente était entrée dans le studio par effraction, en escaladant la rambarde du balcon. La situation était critique.

À l'intérieur du commissariat, Yasmine remarqua les murs tapissés d'affiches, dont une pancarte indiquant les numéros d'urgence pour les violences domestiques.

En se raclant la gorge, elle s'approcha du bureau d'accueil.

— Bonjour, je viens déposer plainte au nom d'une adolescente actuellement hospitalisée qui ne peut pas se présenter en personne, expliqua-t-elle d'une voix qu'elle voulut assurée.

Yasmine était consciente des implications de sa démarche. Vanessa avait souhaité témoigner de son propre chef deux jours auparavant, mais Yasmine ne pouvait permettre que la jeune fille s'accuse dans une situation où elle n'avait agi que pour protéger son amie et elle-même. Or, tout témoignage mal interprété ou mal présenté pouvait mettre en péril la liberté et l'avenir de Vanessa.

— Pouvez-vous me donner plus de détails ? demanda l'agent d'accueil, l'air détaché.

Une boule se forma dans la gorge de Yasmine. Elle se lança :

— Je suis Yasmine Messaoud, éducatrice de Vanessa Chevalier, qui vit en foyer. Elle a été témoin d'une agression. Un homme a attaqué une de ses amies, et Vanessa a repoussé l'individu et l'a blessé. Elle a pris peur et s'est enfuie, mais a appelé les secours avant de partir. Vanessa voulait venir s'expliquer, mais elle est hospitalisée depuis deux jours.

L'agent administratif commença à saisir des informations sur son ordinateur, jetant occasionnellement un regard à Yasmine.

— Il me faut vos pièces d'identité ? réclama-t-il. La vôtre, celle de la jeune fille, ainsi que des documents attestant que vous êtes son éducatrice ?

Yasmine sortit des papiers de son sac et les tendit au policier, qui les examina brièvement avant de les lui restituer.

— Veuillez patienter, je vais appeler un officier pour prendre votre déclaration.

L'agent se leva et s'éloigna après avoir désigné du doigt la salle d'attente, qui se résumait à quelques sièges fixés au sol.

***

Un quart d'heure plus tard, un policier invita Yasmine à le suivre dans un bureau. À l'intérieur, la lumière blafarde d'un néon éclairait faiblement la pièce. Nerveuse, Yasmine frotta ses doigts engourdis.

— On m'a dit que vous veniez déposer une plainte au nom d'une mineure qui vit en foyer, commença l'officier.

— Exactement. Je suis Yasmine Messaoud, éducatrice dans un foyer pour adolescentes.

— OK. La jeune fille est absente, pourquoi ?

— Elle a subi un choc émotionnel, car sa mère vient de décéder. Vanessa s'est évanouie juste devant ce commissariat où elle venait témoigner. Elle a été emmenée à l'hôpital de la place Abriou, juste à côté. Elle y est toujours.

— Désolé d'entendre cela. Pouvez-vous me donner plus de précisions sur ce qu'il s'est passé, car je ne comprends pas exactement la raison de votre présence ici ?

Yasmine détailla l'événement : l'agression de Camille, l'intervention de Vanessa, sa surprise en découvrant que l'agresseur travaillait avec elle à l'Ehpad, sa peur qu'il l'accuse de l'avoir blessé, et sa fuite. Elle mentionna aussi la fugue signalée par elle-même et la directrice du foyer.

Le policier cessa de prendre des notes et consulta son ordinateur. Yasmine ne pouvait voir l'écran et attendait anxieusement. L'homme décrocha le téléphone pour passer un appel.

— Peux-tu venir ? demanda-t-il à son interlocuteur. J'ai une déposition qui pourrait t'intéresser.

Il raccrocha et se tourna vers Yasmine :

— J'ai demandé à une collègue de nous rejoindre, votre cas semble lié à une enquête en cours.

Peu après, le capitaine Tiphaine Le Goff entra et se présenta. Sur sa demande, Yasmine répéta ce qu'elle venait d'expliquer. L'enquêtrice l'écouta attentivement.

Elle se rappelait avoir déjà vu cette femme quelque part. Ah oui, un jour où elle était allée voir son père. La petite stagiaire de l'Ehpad, cette gamine, était-elle la pièce manquante pour résoudre son enquête ? Après tout, ça se tenait. L'éducatrice, bouleversée, ne semblait pas se souvenir de ce moment où toutes les trois s'étaient croisées brièvement à l'hôpital.

— Merci, conclut le capitaine. Mon collègue va imprimer votre déclaration et vous pourrez la signer. Laissez-nous vos coordonnées. Nous devrons auditionner Vanessa Chevalier... en tant que témoin, précisa-t-elle en remarquant le trouble de Yasmine.

— Mais elle était en route pour témoigner quand elle a eu son malaise. Le gardien, devant la barrière, pourra confirmer.

— Nous allons vérifier ça.

Yasmine insista :

— Vanessa a été bouleversée par la mort de sa mère. Les obsèques ont lieu mardi prochain. Elle est encore très fragile.

Le capitaine Le Goff se retourna vers elle.

— Nous verrons ce qui est possible. En attendant, madame, voici ma carte, contactez-moi si vous avez d'autres informations.

Découragée, Yasmine ressortit du commissariat quelques minutes plus tard, avec l'impression d'avoir aggravé la situation de Vanessa. Qu'aurait-elle pu faire d'autre ?

Chapitre 52

Mardi 2 février 2016

Vanessa avançait lentement dans l'allée centrale de l'église Saint-Joseph, agrippée à la main de Yasmine. L'éducatrice s'était chargée des formalités des obsèques en lien avec une assistante sociale. Les frais seraient prélevés sur la succession, car Marion Chevalier était propriétaire de sa maison, un ancien pavillon d'une cinquantaine de mètres carrés, dont elle avait hérité, semblait-il, de sa grand-mère. Peut-être la jeune fille serait-elle obligée de vendre le bien pour régler tous les frais. Ces détails seraient à régler ultérieurement.

Vanessa avait l'impression de s'enfoncer dans un tunnel. Elle ne voulait pas parler. Elle ne parvenait pas à pleurer. Elle était vide. Seule l'enveloppe de son corps était présente, et encore, si peu.

Elle regrettait de ne rien avoir « consommé » pour atténuer sa douleur. Peut-être cela l'aurait-il aidée à faire face. Au fond, elle restait une junkie qui aspirait à fuir la réalité.

Elle ne ressentait même plus de colère envers sa mère.

Ça aurait pu être elle dans ce cercueil. Quelle différence cela aurait-il fait ?

L'église était austère, glaciale. Elle frissonna et remonta la fermeture éclair de son blouson. Derrière elle, les autres filles du foyer, silencieuses, l'accompagnaient en signe de soutien. Maria, à sa gauche, lui déposa un bisou sur la joue.

— T'as le droit d'être triste, lui murmura-t-elle.

Une boule se forma dans la gorge de Vanessa. Était-elle encore capable de ressentir des émotions ?

Dans la petite église, il y avait plus de monde qu'elle ne l'aurait imaginé. Vanessa se sentait observée. On devait se dire que c'était sa faute ; la voir comme la fille ingrate, la droguée. Elle s'en fichait.

Elle s'assit sur un banc, entourée de Yasmine et Maria. Une larme glissa sur sa joue. La cérémonie débuta et des notes résonnèrent dans l'église. Une espèce d'orgue électrique et des chants qui n'avaient pas de mélodie. Ça ne ressemblait à rien. C'était moche ! Le jour où elle mourrait, elle ne voulait pas de ce genre de truc ! On lui avait demandé si elle souhaitait parler. Non. Elle ne se sentait capable de rien, à part d'attendre que ça soit terminé.

Se lever parfois machinalement avec les autres. Se rasseoir quelques secondes plus tard. Quel était le sens de tout ça ? Un instant, elle imagina la suite : le cercueil englouti par la terre, la disparition définitive du corps de sa mère. Elle n'avait pas voulu la voir, une dernière fois, morte. C'était au-delà de ses forces.

Yasmine lui fit signe de la suivre et elles s'approchèrent du cercueil sur lequel était posé un bouquet de roses. Devant elle, certaines personnes faisaient le signe de croix. Yasmine toucha le bois du cercueil et se recueillit quelques secondes avant de s'écarter et de laisser la place à Vanessa. L'adolescente hésita, immobile, puis elle avança la main. Lorsque le contact se fit avec le bois froid, elle sentit une décharge électrique la traverser sur tout le corps. Hoquetant de longs sanglots, elle se jeta soudain sur le cercueil, l'enlaçant de ses bras.

Maria et Yasmine l'aidèrent à se relever et la raccompagnèrent à sa place. La cérémonie sembla s'achever en un instant. Alors que les notes de *Somewhere Over the Rainbow* du chanteur hawaïen IZ remplissaient l'église, Vanessa, soutenue par Yasmine, se dirigea vers la sortie.

— J'ai choisi cette chanson pour toi, lui murmura-t-elle. Tu m'avais dit qu'elle te calmait, que tu l'écoutais avec ta maman quand tu étais petite.

Vanessa se blottit contre Yasmine et laissa libre cours à ses larmes.

Les gens commençaient à quitter l'église. Quelques-uns discutaient encore à l'extérieur ; d'autres s'éloignaient déjà. Yasmine n'avait pas organisé de condoléances formelles. Des regards compatissants glissaient sur Vanessa, mais elle ne les percevait pas. Le ciel était gris, pluvieux. Lourd. Le vent glacial s'immisçait sous les vêtements.

L'employé des pompes funèbres informa Yasmine que le convoi allait bientôt s'acheminer vers le cimetière. Une femme s'approcha, que Vanessa, perdue dans ses pensées, ne reconnut qu'au moment où elle lui posa la main sur le bras. C'était Isabelle, l'assistante familiale de Flora. Vanessa lui sourit faiblement, touchée par sa présence. Yasmine remercia également Isabelle, qui ignorait tout des événements récents survenus dans la vie de l'adolescente. C'était aussi bien ainsi, pour le moment.

Quelques minutes plus tard, d'une démarche d'automate, Vanessa emboîta le pas à Maria et à Yasmine, en direction du minibus que celle-ci avait loué pour leur groupe.

À une vingtaine de mètres de là, Camille, visage pâle et boucles rousses cachées sous un *snood*[1] rabattu sur ses cheveux, se hâta de rejoindre sa voiture.

---

1. Écharpe tubulaire en laine que l'on porte en foulard, en capuche ou en cagoule.

Chapitre 53

Mardi 2 février 2016

C'était terminé. Le temps de la cérémonie et celui de l'inhumation au cimetière, son corps avait fait de la figuration. À peine Vanessa se souvenait-elle avoir jeté une rose dans le trou au fond duquel reposait le cercueil de sa mère. Elle avait assisté à la scène dans un état second, déconnectée, dissociée de tout.

Quelques personnes commençaient à quitter le cimetière et Vanessa les suivit machinalement, ses pas crissant sur le gravier. Arrivée près d'un grand portail, elle aperçut un banc et, attirée comme par un aimant, s'y assit et laissa sa tête tomber dans ses mains.

Camille, qui avait suivi le convoi de loin, s'approcha hésitante. À une dizaine de mètres de Vanessa, elle avisa le capitaine Tiphaine Le Goff. Lorsque l'élève infirmière la supplia du regard, la policière hocha la tête, en signe d'assentiment. Camille se précipita alors vers Vanessa et l'enlaça, mêlant ses sanglots à ceux de son amie. Vanessa leva un visage inondé de larmes.

— Je suis là, Vanessa. Je suis là, murmurait Camille en caressant ses joues. Je me souviens que c'était toi. Tu m'as sauvée. Je ne les laisserai pas te faire du mal. Je suis si triste pour ta maman et pour toi.

Vanessa la regarda. Camille était vivante. Elle avait l'air d'aller bien. Peut-être un peu grâce à elle. Les deux jeunes filles restèrent enlacées, pleurant de concert.

Un peu plus loin, Tiphaine Le Goff s'approcha de Yasmine pour s'entretenir avec elle. Après leur discussion, l'enquêtrice se dirigea vers le portail et quitta le cimetière.

Maria, inquiète, demanda à Yasmine :

— C'était qui, celle-là ?

— Une policière. Elle veut interroger Vanessa demain et elle m'a remis une convocation.

Maria, horrifiée, s'exclama :

— Quoi ? Non, c'est trop ! Elle peut pas faire ça maintenant.

— Ils veulent juste sa version des faits et la confronter à celle de Camille. C'est elle, sur le banc, non ?

— Je crois que oui, mais je ne l'ai jamais vue.

— Cela reste à confirmer, mais d'après ce que m'a dit la policière, le procureur estime avoir assez d'éléments pour soutenir la légitime défense. Il envisage de requalifier les faits.

— Ils ont intérêt à laisser Vanessa tranquille, sinon je leur fais la peau, jura Maria.

Yasmine esquissa un sourire en dépit de la gravité de la situation.

Maria, les yeux brillants d'émotion, se précipita vers Vanessa et Camille sur le banc, les enlaçant avec force. Ce fut comme un signal. Toutes les filles du foyer se ruèrent vers Vanessa, formant un cercle protecteur autour d'elle.

Chapitre 54

Trois semaines plus tard.

Christian et Tiphaine Le Goff se garèrent près du domicile de Mme Muller. Accueillis par un ciel lourd et menaçant, ils se hâtèrent vers le pavillon, bravant des rafales glaciales. Si la résolution de l'enquête était un soulagement, cette fin leur laissait un arrière-goût amer.

À leur arrivée, la mère de Justine leur proposa du café pour les réchauffer. Les enquêteurs acceptèrent avec gratitude et s'engagèrent dans le salon pendant que Mme Muller s'absentait. Assis en face de Tiphaine, Christian observait sa fille, notant les cernes profonds sous ses yeux. Elle n'en était qu'aux premières années de sa carrière. Il se promit de lui parler de l'importance de se protéger, de garder du temps pour elle, pour ses proches, ses amis, peut-être aussi pour fonder une famille.

Le commandant songea au motif de leur visite. Il redoutait l'insuffisance de leurs réponses. Bien qu'ils aient identifié le meurtrier de Justine, nombre d'incertitudes perduraient.

Lorsque Mme Muller revint avec le café et des cookies, le père et la fille la remercièrent pour sa délicate attention. Le silence s'installa, pendant que chacun se réfugiait dans ses pensées.

Après quelques instants, Christian Le Goff posa sa tasse, prit une profonde inspiration et expliqua les circonstances de l'identification du meurtrier. Sa fille compléta en expliquant que l'homme avait été retrouvé mort poignardé, et que les empreintes recueillies sur les lunettes de Justine et enregistrées dans les fichiers de la police avaient permis de faire le lien entre les deux affaires.

— Comment est-ce possible d'en arriver là ? s'exclama Mme Muller. Alors le meurtrier a vécu toutes ces années sans être inquiété par la justice ?

— Il menait une vie en apparence normale, confirma le commandant. Mais derrière cette façade se cachait un individu instable et manipulateur.

Mme Muller écoutait, absorbée par le récit. Christian Le Goff précisa que la personnalité trouble du meurtrier avait été révélée suite à son décès, laissant sa femme en état de choc profond.

— Elle ne savait rien avant cela ? demanda Mme Muller.

— Il semble que ce soit le cas, mais cela reste à confirmer, répondit l'enquêtrice.

Les émotions étaient palpables dans la pièce. Mme Muller paraissait dévastée par les révélations.

— Lucas, c'était son nom de famille ?

— Oui, répondit la policière, en effet. Mais ses collègues ne le connaissaient que par celui-là. Longtemps, Gaël a dissimulé son prénom, qui avait fait l'objet de moqueries dans son enfance.

Mme Muller soupira avant de poser une question :

— M. Le Goff, y aura-t-il un procès malgré tout ?

— Malheureusement, le décès d'une personne interrompt les poursuites pénales à son encontre. Sauf s'il y a un ou des complices, mais cela ne semble pas être le cas. En revanche, notre enquête continue pour éclaircir tous les aspects de cette affaire, développa le commandant. Nous explorons aussi la possibilité que Lucas soit impliqué dans d'autres crimes non résolus.

La conversation dériva sur le probable motif homophobe des agressions. Tiphaine Le Goff précisa que, suite à leurs investigations, ils avaient découvert une histoire familiale marquée par l'abandon, le silence et les non-dits. Gaël Lucas n'avait jamais surmonté le départ de sa mère, qu'il avait longtemps cru morte, alors qu'elle avait quitté le foyer pour vivre avec une femme. Cette blessure enfouie, ce secret enterré, ce deuil jamais fait, tout cela avait façonné le terreau de son déséquilibre.

L'enquêtrice poursuivit les explications :

— Leur père a la maladie d'Alzheimer et vit dans un Ehpad. Leur mère, qui vient de subir une greffe de moelle osseuse, a récemment accepté de nous parler. D'après elle, son ancien compagnon lui interdisait formellement de voir leurs enfants. Elle aurait pu lutter pour ses droits, mais les détails restent flous. Récemment, la compagne de la mère, en quête d'un donneur compatible, a contacté Gaël et sa sœur. Cette requête, couplée à la découverte de l'homosexualité d'une collègue, a déclenché chez Lucas une rage incontrôlée. Il a tenté de l'étrangler, et sans l'intervention rapide d'une tierce personne, la situation aurait pu être fatale.

Mme Muller, ébranlée par ce flot d'informations, resta quelques minutes immobile, incrédule, le regard dans le vague.

— Pour ma fille, sait-on pourquoi il s'en est pris à elle ? La connaissait-il ?

Christian Le Goff dut avouer qu'ils n'avaient pas encore de réponses à lui offrir, mais qu'ils continuaient à chercher des indices.

— Mais vous êtes certains qu'il s'agit bien de son meurtrier ?

— Oui, les empreintes sont formelles. De plus, je dois aussi vous remettre quelque chose.

Il s'interrompit pour fouiller dans la poche intérieure de son blouson.

— La croix de Justine. Nous l'avons retrouvée chez lui, déclara le commandant en lui tendant soigneusement la boîte contenant le bijou.

La révélation sembla submerger Mme Muller de chagrin. Son corps se voûta soudain.

— C'était donc vraiment lui, murmura-t-elle, la voix étranglée par l'émotion. La dernière fois que j'ai vu cette croix, elle était autour du cou de ma fille. La tenir dans mes doigts, alors que Justine n'est plus, me paraît tellement dépourvu de sens. C'en est presque insupportable. Mais je vous remercie de me l'avoir rendue.

Elle essuya ses larmes, tandis que l'enquêteur restait silencieux, conscient de la douleur incommensurable qu'elle éprouvait. Cette détresse, il la connaissait dans sa chair. Il aurait voulu avoir le pouvoir de réconforter cette mère, mais il savait que rien ni personne ne lui ramènerait jamais sa fille. Les années parurent brusquement peser plus lourd sur ses épaules à lui aussi. Pourquoi ne pas envisager sa retraite à venir sous un autre angle ? La perspective de se retirer de toute cette noirceur, de ces tragédies, lui apporta soudain un étrange soulagement.

Et s'il envisageait de l'anticiper, une fois cette affaire close ?

Parviendrait-il à se l'autoriser ?

Lui vint soudain l'idée de se consacrer à une association, à l'instar de Mme Muller.

Dans le silence qui se prolongea, deux anges passèrent. Le premier portait le prénom de Justine, le second, celui de Claire.

Épilogue

Un an et dix mois plus tard

Vanessa étouffa un bâillement et frotta ses yeux ensommeillés. La nuit avait été courte. Elle se servit un jus de fruits et lança la cafetière. Elle était la première debout, un exploit après la fête de la veille agrémentée de Malibu-ananas-passion. Toujours en pyjama, elle enfila un bonnet rouge à pompon. Déjà plus de 10 heures ! Elle aurait bien profité de sa grasse matinée encore un peu, mais une balade au canal de l'Ourcq l'attendait pour éliminer les excès du réveillon.

Son téléphone vibra. À l'écran s'afficha le visage souriant d'Isabelle, l'assistante familiale.

— Joyeux Noël, Vanessa. Tu es toute mignonne avec ton bonnet !

— Merci ! Ah, j'entends un chœur derrière toi, s'amusa Vanessa.

Isabelle montra les jumelles qui envoyaient des bisous à travers l'écran.

— Flora n'est pas encore levée ?

— Elle devrait se réveiller bientôt. J'étais en train de me préparer un café, j'en ai besoin !

Elles échangèrent des anecdotes sur la veille. Vanessa raconta comment elles avaient célébré Noël avec Flora, entre cookies, chocolat chaud et décorations festives.

— Et le père Noël, il est passé ? demanda Isabelle.

— Bien sûr ! Flora s'est endormie vers 19 h et un peu après minuit, elle s'est réveillée, surexcitée ! Du coup, on a fait « au revoir » de la main au papa Noël, derrière la fenêtre ! Pupuce était persuadée de le voir dans le ciel et elle lui a envoyé des bisous. Ensuite, on a fait l'ouverture des cadeaux !

— Oh, petit cœur ! En tout cas, la colocation avec tes copines a l'air de super bien se dérouler, dis-moi.

— Je suis trop heureuse. C'est pas simple tous les jours ! J'ai l'impression de courir partout, mais les filles me soutiennent et c'est mieux que tout ce dont j'aurais pu rêver ! Camille m'aide aussi à préparer mon Bac pro.

— En tout cas, bravo, tu as bien repris ton cursus, malgré les épreuves que tu as vécues, il y a deux ans ! Et comment te sens-tu ?

— Bien, je continue à voir ma psy et j'ai pas mal d'aides diverses. Et je suis toujours en contact avec Yasmine. D'ailleurs, elle vient prendre le thé cet après-midi. Elle veut goûter nos fameux cookies !

— Bon, je ne vais pas te retenir trop longtemps, alors. Quand même, je n'ai pas envie de remuer les mauvais souvenirs, mais dis-moi, c'est totalement terminé, cette affaire, après la mort du type, là ? Votre agresseur. Enfin, tu vois de qui je veux parler.

— Oui, valida Vanessa, c'est définitivement terminé. Le procureur et le juge ont confirmé que j'avais agi pour sauver Camille. L'attente et les interrogatoires, c'était super éprouvant, j'avais peur d'être condamnée. Heureusement, il n'y a pas eu de procès. Notre agresseur était très dangereux. La police enquête encore pour savoir s'il y a eu d'autres victimes.

Isabelle soupira, consciente de la gravité de la situation :

— Quelle histoire terrifiante ! Camille et toi avez vraiment eu de la chance dans votre malheur.

— C'est sûr. De mon côté, je craignais la réaction de la juge aux affaires familiales. Le non-lieu a prouvé mon innocence. J'ai quand même dû montrer que j'étais assez solide pour m'occuper de ma fille, après ce que j'avais traversé. J'ai failli perdre espoir. Je ne sais pas si vous vous souvenez : à cause du temps perdu dans cette affaire, j'ai loupé la place qui m'était réservée dans un foyer maternel. Enfin, maintenant, c'est du passé. Vivre en coloc' avec Maria et Camille, c'est trop bien !

— Et la succession, c'est terminé aussi ?

— Oui, répondit Vanessa avec une montée d'émotion dans la voix. La maison de maman a été vendue. Pas hyper cher, apparemment, car elle ne s'en occupait pas du tout. C'était vieux. Y avait plein de trucs déglingués. Mais enfin, cet argent m'aide pour vivre avec ma fille, en attendant que je termine mes études.

Leur conversation fut interrompue par l'arrivée joyeuse de Flora, les cheveux en bataille, claironnant à tout va « papa Noël, papa Noël ».

— *Chaton*, le père Noël est déjà passé, dit Vanessa avec un sourire. Tu sais qui est à l'appareil ?

— Coucou Flora ! Joyeux Noël, cria Isabelle, rejointe par sa famille.

Flora, tout excitée, commença à montrer ses cadeaux. L'appartement s'animait, Maria et Camille s'étant ralliées à cette euphorie matinale.

— On va vous laisser, conclut Isabelle. Joyeux Noël à toutes !

— Joyeux Noël ! répondirent-elles en chœur.

Maria proposa de préparer le petit déjeuner, ce qui enthousiasma Flora.

Vanessa raccrocha et regarda autour d'elle. Dans quelques mois, elle fêterait ses vingt ans. C'était incroyable ! Elle sourit et se dit que ce Noël resterait sûrement comme l'un des meilleurs de sa vie.

Remerciements

Voilà, je suis arrivée au terme de l'écriture de ce roman et de l'histoire de Vanessa. Je la quitte au moment où elle est suffisamment forte pour voler de ses propres ailes.

Il m'a fallu beaucoup de temps pour que je m'autorise enfin à écrire. Alors que dès l'enfance, j'ai commencé à le faire. Mais sans cesse, je reléguais ce processus à plus tard. Jusqu'au jour où j'ai compris que plus tard, bien souvent, cela signifiait trop tard.

Alors, je remercie tous ceux qui m'ont soutenue et accompagnée dans cette démarche, à quelque niveau que ce soit. Merci à Géraldine Farion et à Claire Roig, qui m'ont aidée à lever mon blocage et à prendre le temps nécessaire pour raconter cette histoire.

Merci à mes premiers lecteurs, qui ont eu la patience de lire un roman qui était encore loin d'être abouti et a nécessité ensuite plusieurs mois de travail pour l'améliorer. Je veux citer Alice Quinn, Amanda Castello, Florence Clerfeuille, Micheline Traccoën, Nelly Burglin Razik et Xavier Theoleyre. Merci également à Sacha Erbel, qui m'a aidée notamment sur les procédures policières et judiciaires. S'il reste des erreurs, elles seront entièrement de mon fait.

Merci à mon mari qui a toujours écouté patiemment ce que j'acceptais de lui raconter de ce roman, qui m'a soutenue lorsque je doutais, qui ne s'est pas formalisé lorsque je restais enfermée des heures durant dans mon bureau à écrire ou réécrire, peaufiner tel ou tel chapitre.

Merci enfin à tous ceux et celles qui liront ce roman.

Édition : BoD · Books on Demand, 31 avenue Saint-
Rémy, 57600 Forbach, bod@bod.fr
Impression : Libri Plureos GmbH, Friedensallee 273,
22763 Hamburg (Allemagne)

ISBN : 978-2-3225-5311-2
Dépôt légal : avril 2025

Couverture réalisée par Théo Wberg